ELEMENTALS

PROROCTWO CIENI

Michelle Madow

ELEMENTALS

PROROCTWO CIENI

KSIĘGA PIERWSZA

PRZEŁOŻYŁA
Daria Kuczyńska-Szymala

Young

TYTUŁ ORYGINAŁU:
Elementals: The Prophecy of Shadows
(Title #1)

Redaktor prowadząca: Aneta Bujno
Redakcja: Monika Pruska
Korekta: Małgorzata Lach
Opracowanie graficzne okładki: Łukasz Werpachowski
Projekt okładki: © The Killion Group, Inc.
Skład: skladigrafika@gmail.com

Wydanie I
Białystok 2018
ISBN 978-83-65740-38-0

Bądź na bieżąco i śledź nasze wydawnictwo na Facebooku:
www.facebook.com/kobiece

WYDAWNICTWO
KOBIECE

www.wydawnictwokobiece.pl

Wydawnictwo Kobiece
E-mail: redakcja@wydawnictwokobiece.pl
Pełna oferta wydawnictwa jest dostępna na stronie
www.wydawnictwokobiece.pl

PRZEPOWIEDNIA

Z początkiem nowego roku niebiosa
przetnie Olimpijska Kometa, a wtedy
mur zacznie kruszeć.
Piątka reprezentująca każdy element
świata wspólnie będzie dążyć
do przywrócenia równowagi, a rozbudzi
ich potęga Eteru. Podróż powiedzie
ich na Wschód, ścieżką ku Cieniom,
które będą im służyć za przewodnika.

– spisała 2 czerwca 1692 roku
Abigail Goode
w Kinsley, Massachusetts

ROZDZIAŁ 1

Sekretarka przerzucała nerwowo stosy dokumentów na biurku, szukając mojego rozkładu zajęć.

– O, jest. – Wyciągnęła kartkę i podała mi ją. – Jestem pani Dopkin. Gdybyś miała jakiekolwiek pytania, zapraszam.

– Dziękuję. – Spojrzałam na plan, na którym widniało moje nazwisko oraz spis zajęć i sal. – To jakaś pomyłka. – Przysunęłam kartkę bliżej, nie wierząc własnym oczom. – Tu są same rozszerzone przedmioty.

Zmarszczyła brwi i kliknęła kilka razy myszką.

– Twój plan się zgadza – powiedziała. – Wychowawca specjalnie zaznaczył, że masz mieć rozszerzone przedmioty.

– Ale w starej szkole takich nie miałam.

– Nic nie wskazuje na pomyłkę – stwierdziła. – A zaraz będzie dzwonek, więc jeśli uważasz, że potrzebne są jakieś zmiany, to przyjdź pod koniec dnia, porozmawiamy o tym. Jesteś w klasie pana Faulknera, to za biblioteką. Po wyjściu z sekretariatu skręć w prawo i idź prosto korytarzem. Biblioteka będzie po prawej. Wejdź do środka i przejdź na sam tył. Są tam tylko jedne drzwi, te do twojej klasy. Ale pośpiesz się, chyba nie chcesz się spóźnić!

Skierowała wzrok na ekran komputera, najwyraźniej uznając, że zakończyłyśmy rozmowę, więc podziękowałam jej za pomoc i wyszłam z sekretariatu.

Liceum Kinsley High wydawało się zimne w porównaniu z moją starą szkołą w Georgii. I nie tylko w dosłownym znaczeniu. Kanciaste bladobeżowe szafki ciągnęły się wzdłuż każdej ze ścian, a kolor betonowej podłogi, dziwna mieszanina brązów, przypominał wymiociny. Najgorsze było to, że nie było tu żadnych okien, przez co dotkliwie odczuwało się brak światła słonecznego.

Wolałam ciepłą zieleń dywanów i otwarte przestrzenie mojej starej szkoły. Tak naprawdę to wolałam wszystko w moim małym miasteczku w Georgii, zwłaszcza przestronny dom i brzoskwiniowy sad, które tam zostawiłam. Ale starałam się nie uskarżać się rodzicom.

Pamiętałam przecież, jak tata skakał z radości po salonie, opowiadając nam o swoim awansie na głównego prezentera telewizyjnej stacji informacyjnej. To była jego wymarzona praca i nie przeszkadzało mu to, że jedyny dostępny wakat znajduje się w Massachusetts. Mama ochoczo zgodziła się na przeprowadzkę, przekonana, że jej obrazy będą się lepiej sprzedawać w miasteczku, które jest położone w pobliżu większego miasta. Mojej młodszej siostrze Becce spodobał się pomysł rozpoczęcia wszystkiego na nowo oraz fakt, że pod względem zakupów nasza mieścina w Georgii nie miała z Bostonem żadnych szans.

Mnie też powinno się coś w tej przeprowadzce spodobać. Niestety nadal nie odkryłam, co to mogłoby być.

Dopiero przed podwójnymi drzwiami uświadomiłam sobie, że dotarłam do biblioteki. Przynajmniej się po drodze nie zgubiłam.

Weszłam do środka i z miłym zaskoczeniem stwierdziłam, że jest zupełnie inna niż reszta szkoły. Złoty dywan i pokryte drewnianą boazerią ściany sprawiały ciepłe, przytulne wrażenie, a na górze były nawet okna. Miałam ochotę pobiec ku słońcu, ale zadzwonił już dzwonek, więc popędziłam na tył biblioteki. Miałam nadzieję, że ponieważ byłam nowa, spóźnienie ujdzie mi na sucho.

Tak jak zapowiedziała sekretarka, z tyłu biblioteki były tylko jedne drzwi. Ale ich stara, odrapana drewniana powierzchnia sugerowała, że są to raczej drzwi do jakiegoś schowka, a nie do klasy. Nie było też w nich przeszklenia, więc nie mogłam zajrzeć do środka. Musiałam założyć, że to właściwe wejście.

Objęłam palcami gałkę. Ręka lekko mi drżała. *To twój pierwszy dzień* – przypomniałam samej sobie. *Nikt nie będzie miał pretensji o spóźnienie w pierwszy dzień.*

Otworzyłam drzwi, spodziewając się, że jednak zobaczę schowek pełen starych książek albo mioteł. Ale to nie był schowek.

To była sala lekcyjna.

Wszyscy na mnie spojrzeli, a ja popatrzyłam na przód sali, gdzie obok tablicy zapisanej informacjami organizacyjnymi stał wysoki, patykowaty mężczyzna w tweedowym garniturze. Jego siwe włosy lśniły w świetle, a pokryta zmarszczkami skóra i ciepły uśmiech sprawiały, że przypominał raczej poczciwego dziadka niż nauczyciela.

Odchrząknął i obrócił w dłoni kawałek kredy.

– Pewnie jesteś Nicole Cassidy – stwierdził.

– Tak. – Skinęłam głową i rozejrzałam się po uczniach. Było ich około trzydzieścioro, a ja odniosłam wrażenie, jakby jakaś niewidzialna linia przebiegała przez środek sali, dzieląc ich na dwa obozy. Ci bliżej drzwi mieli na sobie dżinsy i bluzy, natomiast ci bliżej ściany wyglądali, jak gdyby wybrali się na pokaz mody, a nie do szkoły.

– Miło cię poznać, Nicole. – Nauczyciel zdawał się mówić szczerze, jakby spotkał nowego przyjaciela, a nie kolejnego ucznia. – Witamy w naszej klasie. Nazywam się Faulkner, ale mów mi po imieniu, Darius. – Odwrócił się do tablicy, uniósł dłoń i przesunął ją przed sobą. – Pewnie nie spodziewałaś się, że wszystko będzie wyglądać tak normalnie, ale musimy być ostrożni. Jak zapewne wiesz, nie możemy ryzykować, by ktoś dowiedział się, co się tutaj dzieje.

W tym momencie powierzchnia tablicy zalśniła – niczym rozświetlone słońcem morze – i poranne ogłoszenia organizacyjne na moich oczach całkowicie zmieniły swoją treść.

ROZDZIAŁ 2

Zamrugałam kilka razy, żeby upewnić się, że nie mam halucynacji. To, co właśnie zobaczyłam, nie mogło być prawdą.

Przynajmniej tyle dobrego, że tablica przestała lśnić, ale teraz zamiast porannych ogłoszeń widniały na niej informacje o znaczeniu kolorów. Spojrzałam na uczniów i chociaż kilku z nich się uśmiechało, większość pozostała obojętna. Tylko patrzyli na mnie, czekając, aż coś powiem. Darius też spokojnie stał i czekał na moją reakcję.

– Jak to zrobiłeś? – zapytałam w końcu.

– To proste – odparł Darius. – Użyłem magii. Co prawda takie zadanie nie byłoby łatwe dla ciebie, bo jesteś dopiero na drugim roku, ale przy odpowiedniej praktyce załapiesz to. – Wskazał na miejsce w drugim rzędzie, obok dziewczyny z sięgającymi brody popielatobrązowymi włosami. – Usiądź, proszę. Będziemy kontynuować lekcję.

Gapiłam się na niego bez ruchu.

– Użyłeś… magii? – powtórzyłam, choć to drugie słowo z trudem przeszło mi przez gardło. Jeszcze raz rozejrzałam się po klasie, czekając, aż ktoś się roześmieje. To musiał być żart. Żadna sowa nie wrzuciła mi przecież listu do kominka, żeby powiadomić mnie o przyjęciu do specjalnej szkoły, a także z całą pewnością nie przyjechałam do Kinsley High zaczarowanym pociągiem. – Bardzo śmieszne. A teraz powiedz mi, co naprawdę zrobiłeś.

– To znaczy, że nie wiesz? – Darius zmarszczył czoło.

– Czy to jest jakaś specjalna klasa? – zapytałam. – I jakimś cudem załapałam się na… kurs magicznych sztuczek?

– To nie była sztuczka – odpowiedział chłopak o mocnej, wysportowanej sylwetce ze środka klasy. Włosy w kolorze piasku sięgały mu za uszy. Oparł się na krześle i podciągnął rękawy do łokci. – Po co robić sztuczki, kiedy można ćwiczyć prawdziwą magię?

Popatrzyłam na niego, a potem do tyłu na drzwi. Chyba nie mówił poważnie. Bo przecież magia – prawdziwa magia – nie istnieje. Robią sobie ze mnie żarty. Po prostu nabijają się z nowej, która nie dorastała tak blisko Salem, jak oni.

Nie dam się nabrać. Proszę bardzo, mogę się z nimi pobawić.

– Skoro to ma być magia, to gdzie wasze różdżki? – Uniosłam dłoń, udając, że wymachuję różdżką.

Darius zaczął czyścić okulary brzegiem swetra.

– Zakładałem, że zaczęłaś już lekcje w swojej poprzedniej szkole. – Zmarszczył brwi i założył okulary z powrotem. – Sądząc jednak po twojej reakcji, domyślam się, że tak nie było. Przepraszam, że cię zaskoczyłem. Niestety, nie ma łatwego sposobu, żeby to przekazać, więc zrobię to wprost. – Wziął głęboki oddech i powiedział: – Jesteśmy czarownikami. Ty też jesteś czarownicą. A co do twojego pytania, to nie używamy różdżek, ponieważ prawdziwi czarownicy ich nie potrzebują. To jedynie legenda wymyślona przez ludzi, którzy czuli się bezpieczniej, wierząc, że nie można im zrobić krzywdy, jeśli nie widać różdżki.

– Nie mówisz poważnie. – Roześmiałam się nerwowo i zaczęłam skubać rękawy swetra. – Nawet gdyby czarownicy i czarownice istnieli – a przecież tak nie jest – to ja na pewno nie byłabym jedną z nich.

Jedyną „magiczną" rzeczą, jaka kiedykolwiek mi się przytrafiła, było to, jak szybko po przyjeździe tutaj zagoiło mi się więzadło w kolanie, które naderwałam, grając w tenisa w zeszłym miesiącu. Lekarz powiedział, że to prawdziwy cud.

Ale to wcale nie znaczy, że to była magia!

– Mówię najzupełniej poważnie – powiedział Darius. – Wszyscy jesteśmy czarownikami i ty też jesteś czarownicą. I to rzeczywiście jest klasa specjalna – dla czarowników. Choć oczywiście administracja szkoły nie ma o tym pojęcia. – Zachichotał. – Sądzą, że to klasa dla wyjątkowo zdolnych uczniów. A teraz usiądź, proszę, obok Kate, a ja co nieco ci wyjaśnię.

Rozglądałam się po sali, czekając, aż ktoś zakończy tę zgrywę. Ale dziewczyna z popielatobrązowymi włosami, zapewne Kate, założyła kosmyk za ucho i skupiła wzrok na swoich dłoniach. Chłopak o atletycznej sylwetce obok niej patrzył na mnie wyczekująco i uśmiechnął się, gdy napotkał mój wzrok. Dziewczyna za nim przeglądała notatki, a paru innych uczniów poprawiało się na krzesłach.

Nagle poczułam, że zrobiło mi się za gorąco w swetrze i z trudem zapanowałam nad pragnieniem natychmiastowej ucieczki. To była jakaś pomyłka i musiałam ją szybko wyjaśnić. Najlepiej od razu.

– Pójdę z powrotem do sekretariatu i upewnię się, czy dali mi właściwy plan lekcji – powiedziałam, wskazując kciukiem na drzwi za sobą. – Musieli pomylić klasy. Ale miło było pogadać o... – spojrzałam na tablicę, żeby przypomnieć sobie temat – ...o barwach energii i ich znaczeniu.

Oni chyba kompletnie powariowali.

Wybiegłam z klasy z uczuciem, że będę mogła zaczerpnąć powietrza dopiero w lobby biblioteki. Nikogo tam nie było, a ja usiadłam na krześle, żeby zebrać myśli. Za chwilę pójdę do sekretariatu. Ale na razie wyjęłam komórkę, żeby popatrzeć na coś znajomego, coś, co udowodni mi, że nie zwariowałam.

Przeglądając najnowsze zdjęcia przyjaciół, jeszcze mocniej poczułam tęsknotę za domem. Oczy napełniły mi się łzami na myśl o tym, że oni żyją sobie teraz beze mnie. Nie minął nawet tydzień, a już przestali pisać do mnie tak często jak wcześniej. Byłam setki mil od nich, a oni szli do przodu i zapominali o mnie.

Nie chciałam, żeby ktokolwiek zobaczył mnie zapłakaną, więc otarłam łzy i przełączyłam aparat w komórce na selfie, żeby sprawdzić, jak wyglądam. Oczy miałam lekko zaczerwienione, ale raczej nikt nie zwróci na to uwagi. Makijaż nie doznał uszczerbku.

Już miałam schować komórkę, gdy zauważyłam coś dziwnego. Drobna blizna nad moją lewą brwią – ta, której dorobiłam się w czwartej klasie, przewracając się na placu zabaw – zniknęła. Potarłam palcem wskazującym miejsce, w którym była, bo myślałam, że to złudzenie optyczne. Ale skóra była miękka i gładka.

Tak jakby blizny nigdy tam nie było.

Ręka opadła mi na kolana. Blizny nie znikają w ciągu jednej nocy, tak jak naderwane więzadła nie goją się w ciągu paru dni. A Darius brzmiał tak przekonująco, jakby mówił najszczerszą prawdę. I wszyscy uczniowie wydawali się w pełni popierać jego słowa. A co, jeśli naprawdę wierzą w to, co mówił? Że magia istnieje?

Fajnie by było, gdyby to była prawda, ale to przecież niemożliwe. Wyłączyłam komórkę, schowałam telefon do torby i wstałam. Musiałam się stamtąd wydostać. Gdy to zrobię, znowu będę w stanie jasno myśleć.

– Nicole! – zawołał ktoś z tyłu. – Poczekaj chwilę.

Głęboko westchnęłam i odwróciłam się. Szatynka, którą Darius nazwał Kate, truchtała w moim kierunku. Była jeszcze niższa, niż myślałam, a piegi rozsiane na jej nosie sprawiały, że wyglądała, jakby była w wieku mojej siostry Bekki, która chodziła do ósmej klasy. Ale na tym kończyły się podobieństwa między nimi. Aparycja Kate była raczej przeciętna, poza oczami, które miały wyjątkową barwę jasnej zieleni lasu.

– Wiem, że to brzmi jak szaleństwo – powiedziała, gdy w końcu do mnie dotarła. Zaczęła skubać skórkę na kciuku i choć podejrzewałam, że chce, żebym powiedziała, że wcale tak nie jest, nie byłam w stanie skłamać.

– Owszem. – Przestąpiłam z nogi na nogę i złapałam pasek torby. – Wiem, że to Massachusetts i że czarownice to część lokalnej historii, więc jeśli wy wszyscy w to wierzycie, to spoko. Ale to naprawdę nie moja sprawa.

– Nie mów tak głośno. – Rozejrzała się wokół, ale w bibliotece poza nami nikogo nie było, więc mogła swobodnie kontynuować. – To, co Darius ci powiedział, jest prawdą. Jak inaczej wyjaśnisz to, co widziałaś na tablicy?

– Projektor? – Wzruszyłam ramionami. – A może to tablica multimedialna?

– Tam nie ma żadnego projektora – odpowiedziała, patrząc mi prosto w oczy. – I to nie jest tablica multimedialna, choć fajnie byłoby taką mieć.

– No to nie mam pojęcia. – Zerknęłam na drzwi. – Ale magia to ostatnia rzecz, jaką przyjęłabym za wyjaśnienie. Bez urazy.

– Nie ma sprawy – odparła z całkowitą powagą. – Jednak nie bez powodu znalazłaś się w naszej klasie. Jesteś jedną z nas. Pomyśl o tym… Czy nie zdarzają ci się dziwne rzeczy? Albo ludziom wokół ciebie? Takie, które nie mają logicznego wytłumaczenia?

Otworzyłam usta, gotowa zaprzeczyć, ale zaraz je zamknęłam. W końcu dwa cudowne uleczenia w ciągu paru dni na pewno można określić mianem dziwnych, choć nie posunęłabym się do nazwania ich magią.

Ale czy nie taka właśnie jest definicja cudu – że jest to coś, co dzieje się bez logicznego wytłumaczenia, wywołane przez coś potężniejszego od nas? Coś magicznego?

– Zdarzają się. – Kate uśmiechnęła się, kołysząc się na czubkach palców. – Prawda?

– Nie wiem. – Wzruszyłam ramionami, bo nie chciałam wdawać się w szczegóły. Już w mojej głowie brzmiało to zbyt zwariowanie – a jak zabrzmiałoby, gdybym wypowiedziała to na głos? – Ale chyba wrócę z tobą do sali. Sekretarka powiedziała, że i tak będzie mogła skorygować mój plan zajęć dopiero pod koniec dnia.

Uśmiechnęła się i poprowadziła mnie z powrotem do klasy. Wszyscy znowu na mnie spojrzeli, gdy weszłyśmy, ale ja spuściłam wzrok i zajęłam puste miejsce obok Kate.

Darius skinął nam głową i czekał, aż wszyscy będą gotowi. Dopiero wtedy rozejrzałam się wokół. Chłopak, którego Darius nazwał Chris, uśmiechnął się do mnie, dziewczyna z platynowoblond włosami piłowała sobie paznokcie pod blatem, a jej sąsiadka wyglądała tak, jakby zaraz miała zasnąć. Typowi uczniowie liceum, którzy nie mogą doczekać się końca lekcji.

Lecz mój wzrok zatrzymał się na końcu rzędu na chłopaku z ciemnymi zmierzwionymi włosami. Designerskie dżinsy i czarna skórzana kurtka sprawiały wrażenie, jakby przyszedł na zajęcia prosto z sesji zdjęciowej, a swobodna poza, jaką przyjął, opierając się o tył krzesła, emanowała pewnością siebie i beztroską. Gdy napotkał mój wzrok, poczułam gęsią skórkę. Miał oczy w zdumiewającym kolorze palonego brązu, a spojrzenie łagodne, a jednocześnie taksujące. Jakby próbował mnie rozgryźć.

Kate oparła łokieć na stoliku i nachyliła się ku mnie.

– Nawet o tym nie myśl – szepnęła, a ja oderwałam wzrok od jego oczu i zarumieniłam się, uświadamiając sobie, że właśnie przyłapała mnie na gapieniu się na tego chłopaka. – To Blake Carter. Chodzi z Danielle Emerson od zeszłego roku. To ta po jego lewej.

Nie chciałam znowu się gapić, więc zerknęłam na nią tylko kątem oka. Kasztanowe włosy były gęste jak u supermodelki, oczy w kolorze morskiego błękitu tak jasne, że zaczęłam się zastanawiać, czy nie ma barwionych soczewek, a jej czarna koszulka miała tak głęboki trójkątny dekolt, że ledwo mieściła się w granicach dopuszczalnego stroju do szkoły.

No jasne, że Blake miał dziewczynę, w dodatku piękną. Nie miałam żadnych szans.

– Jak już wspomniałem, będziemy omawiać kolory energii i ich znaczenie – powiedział Darius, przerywając moje myśli. – Lecz zanim zaczniemy, kto wyjaśni Nicole, w jaki sposób korzystamy z energii?

Osunęłam się niżej na krześle, bo nie podobało mi się, że uwaga wszystkich znowu skupiona jest na mnie. Na szczęście dobrze zbudowany chłopak siedzący obok Kate, który powiedział wcześniej, że magia to wcale nie sztuczki, uniósł dłoń.

– Chris – wywołał go Darius. – Bardzo proszę.

Chris odsunął włosy z czoła i zwrócił się w moją stronę. Na koszulce miał groźną burzową chmurę dzierżącą błyskawicę niczym kij bejsbolowy, a pod spodem napis „Trenton Thunder". Durne, bo z całą pewnością nie słyszałam o takiej drużynie. Chłopięcy uśmiech i wyraźnie zarysowane kości policzkowe Chrisa sprawiały, że był atrakcyjny w sympatyczny sposób. Nie w taki mówiący: „rzuć natychmiast to, co robisz, bo właśnie idę w twoim kierunku", jak u Blake'a, ale na pewno dziewczyny z mojej starej szkoły zwróciłyby na niego uwagę.

– Energia jest wszędzie. – Chris zatoczył dłońmi olbrzymi łuk ponad głową, aby to zademonstrować. – Ludzie wiedzą, że istnieje – okiełznali ją choćby w elektronice. Ale różnica między nami a zwykłymi ludźmi jest taka, że my potrafimy bezpośrednio podłączyć się do energii i ją wykorzystać, a normalni ludzie – nie. – Uśmiechnął się do mnie, jakby oczekiwał, że rozumiem, co mówi. – Kapujesz?

– Nie bardzo – odpowiedziałam. – Przykro mi.

– Łatwiej będzie, gdy porównasz to z czymś znajomym – odpowiedział szybko. – Co się stanie z metalową rączką łyżeczki, gdy wstawisz ją do gorącej wody?

– Rozgrzeje się? – odpowiedziałam pytaniem. Takich rzeczy uczą w piątej klasie na przyrodzie, a nie w liceum.

– A jeśli będzie z plastiku?

– To się nie rozgrzeje – odparłam powoli. – Nadal będzie mieć temperaturę otoczenia.

– No właśnie. – Uśmiechnął się do mnie promiennie, jak gdybym właśnie rozwiązała jakieś skomplikowane równanie z astrofizyki. – Ludzie są jak plastik. Nawet gdy są zanurzeni w energii, nie potrafią jej przewodzić. A czarownicy są jak metal. Mamy zdolność do wchłaniania energii i sterowania nią, jak chcemy.

– A niby jak wchłaniamy tę energię? – zapytałam chyba tylko po to, żeby sprawić mu przyjemność.

– Przez dłonie. – Chris uniósł ręce wnętrzem do góry, zamknął oczy i wziął głęboki oddech. Wyglądał jak medytujący Budda. Pozostali uczniowie zaczęli chichotać, a Chris otworzył oczy, znów podciągnął rękawy i odwrócił się ode mnie.

– O-o-k-e-e-j. – Przeciągnęłam samogłoski, uśmiechając się i chichocząc z innymi.

Darius odchrząknął i wszyscy się uspokoili.

– Potrafimy przewodzić energię z Kosmosu do naszych ciał – oznajmił zdecydowanym tonem. Przeszedł mnie dreszcz i choć nadal nie wierzyłam w to, co wszyscy dookoła mówili, postanowiłam ich posłuchać. – Gdy już ją okiełznamy, możemy ją wykorzystać – tak, jak chcemy. Wyobraź sobie energię jako światło. Zawiera w sobie różne kolory, a każdy z nich odpowiada jakiemuś aspektowi życia. Wypisałem je na tablicy. Podstawowym ćwiczeniem, jakie będziemy robić w tej klasie, jest wyczuwanie tej energii i jej wchłanianie. Po prostu otwórz swój umysł, wybierz kolor, na którym się skupisz, i wyobraź sobie, jak wnika do twojego ciała przez dłonie.

Obróciłam dłoń, by spojrzeć na jej wnętrze. Wyglądała normalnie – zupełnie nie tak, jakby miała się za chwilę otworzyć i wchłonąć energię z Kosmosu.

– Zrobimy sesję medytacyjną – kontynuował Darius. – Niech każdy wybierze jakiś kolor z tablicy i wyobrazi go sobie jako energię wnikającą przez dłonie. Nie kombinujcie, tylko chłońcie energię – ale nie odpychajcie jej z powrotem do Kosmosu. Dzięki temu nabierzecie wprawy i zrobicie postępy. – Spojrzał na mnie, a ja dostrzegłam w jego wzroku rodzaj wyzwania. – Proszę, wybierzcie kolor i zaczynajcie.

Rozejrzałam się po sali, żeby sprawdzić, co robią pozostali. Większość miała już zamknięte oczy i spokojne, odprężone twarze. Naprawdę to robili. Jak gdyby szczerze w to wierzyli.

Jeśli nie będę sprawiać wrażenia, że przynajmniej próbuję, to znowu podpadnę. Lepiej więc przyłączyć się i trochę poudawać.

Przeniosłam wzrok na tablicę i szybko przejrzałam „znaczenia" kolorów. W pierwszej kolejności moją uwagę przykuła czerwień. Rzekomo zwiększa pewność siebie, dodaje odwagi, zapewnia miłość, atrakcyjność i pożądanie. Hasła te sprawiły, że zerknęłam na Blake'a, który cały czas siedział z zamkniętymi oczami i zaciskał w skupieniu usta.

Ale on był poza moim zasięgiem, a na dodatek miał dziewczynę. Nie powinnam marnować czasu na łudzenie się, że coś mogłoby się między nami wydarzyć.

Przeszłam więc do innych kolorów i wybrałam zielony. Miał oznaczać rozwój, sukces i szczęście oraz pomagać w otwieraniu umysłu, uświadamianiu sobie możliwości oraz w wyborze właściwej drogi. Dokładnie tego mi teraz było trzeba.

Skierowałam wnętrza dłoni do góry i zamknęłam oczy. Gdy poczułam się wygodnie, uspokoiłam oddech i spróbowałam oczyścić umysł.

Pozostawało pytanie, jak przywołać dany kolor. Uznałam, że dobrze będzie zacząć od jego wizualizacji, więc zaczęłam wyobrażać sobie, że wyciągam zieleń z powietrza, a ona aż jaśnieje energią. Poczułam w uszach delikatny szum, gdy zaczęła się gromadzić i na mnie napierać, niczym fale rozbijające się o moją skórę. Poczułam mrowienie w dłoniach, a potem przez całe moje ciało zaczęła płynąć energia, która dołączyła do krwi tętniącej w żyłach. Przemieściła się w górę ramion, przeniosła się do środka brzucha i spłynęła aż do palców stóp. Zieleń lśniła mi pod powiekami, a ja zbierałam ją i zbierałam, aż zrobiło jej się tak dużo, że już nie miała we mnie miejsca.

I wtedy wypłynęła z moich dłoni z taką siłą, że rozjaśniła chyba całą klasę.

ROZDZIAŁ 3

Zadzwonił dzwonek, a ja otworzyłam gwałtownie oczy i znalazłam się z powrotem w sali lekcyjnej. Rozejrzałam się wokół, zobaczyłam porysowaną terakotę podłogi, zapisaną kredą tablicę, biały tynk ścian i brak okien. Wszystko wyglądało jak wcześniej. Żadnego dowodu na to, że to coś, co przed chwilą poczułam, nie było jedynie wytworem mojej wyobraźni.

A przecież ta energia przepływająca przez moje ciało była taka prawdziwa. Zacisnęłam dłonie w pięści, a potem je rozluźniłam, ale czułam już tylko leciutkie drżenie, które po chwili całkiem ustąpiło.

Kate wstała, opuściła plecak na krzesło i uważnie mi się przyjrzała.

– Zgaduję po wyrazie twojej twarzy, że ci się udało – powiedziała.

– Nie wiem. – Wzruszyłam ramionami i podniosłam torbę. – W sumie to nie mam pojęcia, co się miało stać. –

Napotkałam jej wzrok i zdołałam posłać jej słaby uśmiech, bo to przecież nie do końca było kłamstwo.

Lecz energia, którą czułam wokół siebie, nie przypominała niczego, czego wcześniej doświadczyłam. A to oznaczało, że moja wyobraźnia wyrwała się spod kontroli. Bo nie było żadnego dowodu na to, że cokolwiek zrobiłam. To, czego „doświadczyłam", istniało tylko w mojej głowie. Prawda?

Kate zerknęła na zegarek.

– Jaką masz następną lekcję?

Wyciągnęłam plan.

– Rozszerzona biologia. – Skrzywiłam się. – Zapisali mnie na same rozszerzone przedmioty, a ja nie wiem dlaczego. W starej szkole chodziłam na zwykłe zajęcia.

– Ja też mam rozszerzoną biolę – odpowiedziała. – Chodź. Po drodze wyjaśnię ci, o co chodzi z tymi rozszerzeniami.

Ruszyłam z Kate korytarzem, ale ciągle na kogoś wpadałam, bo w głowie nadal kręciło mi się od tego, co wydarzyło się w klasie. Poczułam coś podczas tych medytacji. Może to była właśnie ta energia, o której mówił Darius. I może to ta sama energia spowodowała cudowne uleczenie mojego naderwanego więzadła i zniknięcie blizny…

Odsunęłam tę myśl. Musiało istnieć jakieś inne wyjaśnienie. Takie, które miałoby sens.

Kate przysunęła się bliżej ściany, żeby wygodniej szło mi się obok niej.

– Więc jeśli chodzi o te rozszerzone przedmioty… – zaczęła, ściszając głos. – Widziałaś, co było napisane na tablicy. Każdy kolor ma inne znaczenie. Gdy już nauczymy się panować nad energią, będziemy mogli wykorzystywać kolory, żeby robić... różne rzeczy.

– Jakie rzeczy? – zapytałam.

– Weźmy na przykład żółty, mój ulubiony – odparła. – Żółty poprawia koncentrację i pomaga zapamiętywać informacje. Jeśli przywołasz żółtą energię przed zakuwaniem do sprawdzianu, to powtórzenie wszystkiego zajmie ci o wiele mniej czasu, a przy tym zapamiętasz więcej. Sprawi, że będziesz mieć niemal fotograficzną pamięć. Genialne, co?

– To może się przydać – zgodziłam się. – Choć nadal nie jestem przekonana do całej tej gadki o kolorach i energii.

– Poczekaj, poczekaj. – Kate uśmiechnęła się, jakby wiedziała coś, o czym ja nie mam pojęcia, i zatrzymała się przed drzwiami do klasy. – Jesteśmy na miejscu. Usiądziemy razem? – Ruszyła do ławki z przodu, a ja poszłam za nią, choć miejsce na początku, w dodatku na samym środku, nigdy nie należało do moich ulubionych. – Pomogę ci opanować podstawy po szkole – zaproponowała. – Całkiem szybko poradziłaś sobie z przywoływaniem, więc nie powinno być trudno. Czasem pierwszoklasiści potrzebują całych miesięcy, żeby zebrać dość energii, by cokolwiek poczuć. A ja wyraźnie widziałam, że udało ci się to przy pierwszej próbie. To dość imponujące.

– Nie jestem przekonana, czy rzeczywiście coś zrobiłam, ale oczywiście chętnie z tobą poćwiczę – odparłam. Chociaż cała ta historia z energią brzmiała wariacko, miło ze strony Kate, że zaoferowała mi pomoc. Nie zamierzałam stracić okazji do zdobycia pierwszej przyjaciółki w nowym miejscu. – Zdecydowanie przyda mi się pomoc przy nadrabianiu zaległości.

– Świetnie. – Kate się rozpromieniła. – Jestem pewna, że szybko załapiesz.

Zbierało się coraz więcej uczniów, kilkoro z nich rozpoznałam z poprzedniej lekcji. I wtedy, właśnie gdy zaczęłam już myśleć, że głupotą byłoby liczyć na to, że on też będzie na tych zajęciach, do środka wszedł Blake z Danielle podążającą tuż za nim.

Napotkał mój wzrok, a mnie aż zaparło dech w piersiach, że znowu mnie zauważył. Ale przecież nie mógł się mną tak naprawdę zainteresować. To tylko dlatego, że jestem nowa. I dlatego że – to naprawdę żenujące – przyłapał mnie na gapieniu się na niego. Otworzyłam więc szybko podręcznik na rozdziale, który miała otwarty Kate, i skupiłam się na akapicie o genach dominujących i recesywnych, jakby to była najbardziej fascynująca rzecz na świecie.

– Mówiłam ci już, że on jest zajęty, prawda? – szepnęła Kate, gdy Blake i Danielle znaleźli się odpowiednio daleko.

Poczułam, że płoną mi policzki.

– To aż tak widać?

– Że go taksujesz? – zapytała Kate, a ja skinęłam głową, choć to krępujące, że zauważyła. – Owszem.

– Nie robię tego celowo – powiedziałam. – Wiem, że ma dziewczynę. Nie przyszłoby mi do głowy, żeby czegokolwiek próbować. Ale… czy ty nie widzisz, jak on wygląda? Trudno na niego nie patrzeć.

– Wiem, że nie robisz tego celowo – odpowiedziała. – To jeden z najprzystojniejszych chłopaków w szkole, rozumiem. Ale Danielle nie jest zadowolona, gdy dziewczyny flirtują z Blakiem. Albo go taksują. Albo choćby wyglądają na zainteresowane. Najlepiej dla ciebie będzie, jeśli będziesz się trzymać z dala od nich obojga. Zaufaj mi.

Już miałam zapytać dlaczego, ale zanim zdążyłam to zrobić, rozległ się dzwonek i rozpoczęła się lekcja.

ROZDZIAŁ 4

Inni drugoklasiści z klasy Dariusa chodzili na większość moich zajęć, a Kate siedziała ze mną na wszystkich lekcjach i nawet w trakcie lunchu. Miałam takie zaległości ze względu na rozszerzone przedmioty, że naprawdę potrzebowałam pomocy w nauce, jakkolwiekby miała ona wyglądać.

– Co masz teraz w planie? – zapytała Kate, gdy pakowałyśmy się po zaawansowanym hiszpańskim.

Wyciągnęłam rozpiskę z kieszeni.

– Ceramikę. – Jęknęłam. Byłam niezła w pracach artystycznych, ale jako zajęcia do wyboru wolałabym muzykę, bo to zawsze był mój ulubiony przedmiot. – A ty?

– Teatr – odpowiedziała, zakładając włosy za uszy. – Chciałabym wystąpić w szkolnym przedstawieniu na wiosnę, ale strasznie się denerwuję na scenie. Mam nadzieję, że te zajęcia pomogą mi opanować tremę.

– Na pewno dasz radę – odparłam. – A poza tym możesz przecież użyć magicznej energii, żeby przekonać nauczyciela, by dał ci rolę, o której marzysz, prawda? Albo popsuć innym kandydatom przesłuchania, żeby nie dostali głównych ról.

Kate szybko rozejrzała się po korytarzu, a potem nachyliła się ku mnie i ściszyła głos.

– Nie wykorzystujemy naszych mocy, żeby krzywdzić innych – powiedziała. – Wszystko ci później wyjaśnię, okej?

Pokiwałam głową, pogodziłam się z koniecznością poczekania na wyjaśnienia i ruszyłam za Kate przez skrzydło artystyczne. Zaczęłam przyglądać się otoczeniu. Rysunki uczniów zdobiły ściany, a z pobliskiej klasy dochodził dźwięk fletu, chyba poprzecznego. Kate zatrzymała się przed podwójnymi drzwiami, które prowadziły do szkolnej klasy teatralnej.

– Ja idę tutaj – powiedziała. – A sala do ceramiki jest na górze, powinnaś trafić.

Rozdzieliłyśmy się i tak, jak zakładała Kate, bez trudu znalazłam salę ceramiczną. Wzdłuż bocznych ścian stały piece do wypalania, na końcu znajdowały się koła garncarskie, na półkach z tyłu ułożono kawałki gliny, a olbrzymie okno zapewniało miłą odmianę w porównaniu z dusznymi salami, w których do tej pory przebywałam.

Rozejrzałam się, by sprawdzić, czy ktokolwiek miałby ochotę przyjąć do swojego grona nową dziewczynę, i zatrzymałam wzrok na Blake'u. Siedział przy stoliku na samym końcu, rozparty na krześle z wygodnie wyciągniętymi nogami. Krzesła obok niego były wolne. Skinął mi głową, jakby traktował mnie jak członka specjalnego klubu, a ja zorientowałam się, że w tej sali nie ma nikogo z naszej klasy. Czyżby zachęcał mnie, żebym usiadła razem z nim?

Wszyscy z naszej klasy wydawali się trzymać na łączonych zajęciach razem, więc uznałam, że to właśnie ma na myśli, i podeszłam do jego stolika, czując, jak tętno przyśpiesza mi z każdym krokiem. Pamiętałam, co Kate wspominała o Danielle – że jest chorobliwie zazdrosna o Blake'a – ale Danielle tutaj nie było. A Blake był jedyną osobą, która chciała, żebym się do niej przysiadła. Niegrzecznie byłoby odmówić.

Przesunął nogi, żeby zrobić mi miejsce, a ja zajęłam krzesło tuż obok. Miałam wrażenie, że w jego przepastnych oczach migotały różne odcienie rudawego brązu. Przyglądał mi się, jakby czekał, aż coś powiem. Przełknęłam ślinę, nie wiedząc, od czego zacząć, i postawiłam na pewniaka.

– Cześć. – Serce waliło mi tak mocno, że bałam się, że on je usłyszy. – Jesteś z mojej klasy, prawda?

– No – odparł gładko. – Mamy też razem biologię, historię i hiszpański. – Odliczał zajęcia na palcach. – A skoro jesteś w klasie Dariusa, to można uznać za pewne, że na następnej lekcji też będziesz mieć mitologię grecką. Jestem Blake.

– Nicole – przedstawiłam się, choć Darius zrobił to już rano przed wszystkimi. – Słyszałam, że uczniowie z naszej klasy muszą na drugim roku chodzić na zajęcia z mitologii greckiej. Na szczęście czytałam „Odyseję" na angielskim w zeszłym roku, więc nie będę całkiem zagubiona.

– Nie bez powodu musimy mieć mitologię. – Przysunął się bliżej mnie, jakby zamierzał zdradzić mi jakiś sekret, a ja nachyliłam się wyczekująco. – Wiesz, że my – to znaczy wszyscy w naszej klasie – jesteśmy potomkami greckich bogów?

Uniosłam brew.

– Zeusa i wszystkich innych mieszkańców tej greckiej góry pośród chmur?

– Tak jest. – Uśmiechnął się kącikiem ust. – Z tym że ta góra to Olimp, a ich nazywa się Olimpijczykami.

– Twierdzisz, że jesteśmy bogami?!

– Nie jesteśmy bogami. – Uśmiechnął się ponownie i potrząsnął głową. – Ale mamy w sobie rozrzedzoną krew bogów. Stąd nasze moce.

– No tak. – Nie miałam pojęcia, jak zareagować, więc spojrzałam na blat stolika. Czy on się ze mnie nabija? Testuje, jak bardzo naiwna jest nowa koleżanka z klasy?

– O co chodzi? – Przyglądał mi się uważnie i z taką powagą, że poczułam, że naprawdę się zaniepokoił.

– Szczerze? – zapytałam, a on pokiwał głową, patrząc mi w oczy. Wzięłam więc głęboki oddech i powiedziałam: – Wszystko, co dziś usłyszałam o naszej klasie, wydaje mi się jakimś kompletnym wariactwem. Ale mówicie o tym tak serio, że zaczynam myśleć, że naprawdę w to wierzycie.

– Trudno to ogarnąć naraz – powiedział.

– To mało powiedziane. – Odłamałam kawałek suchej gliny ze stołu. – Ale Kate zaproponowała, że pouczy mnie trochę po szkole. Była naprawdę miła, zajmowała się mną cały dzień, więc postanowiłam, że jej posłucham.

– Kate przestrzega zasad – powiedział Blake, krzyżując ramiona. – Przekaże ci tylko ułamek wiedzy o tym, co potrafimy. Ale zostań w naszej klasie, to może ja i moi przyjaciele pokażemy ci, że można się nieźle zabawić dzięki naszym zdolnościom.

Nauczycielka weszła do sali, zanim zdążyłam odpowiedzieć, i wszyscy ucichli. Choć bardzo chciałam zapytać Blake'a o to, co miał na myśli, nie mogłam tego zrobić. Nie wolno nam było rozmawiać o naszych umiejętnościach przy ludziach.

I w tym momencie coś sobie uświadomiłam. Pomyślałam o innych jako o „ludziach", tak jakbym nie była jedną z nich.

Przeraziło mnie, że sama zaczynam w to wierzyć.

ROZDZIAŁ 5

Po mitologii greckiej poszłyśmy z Kate do naszej klasy w bibliotece. Był tam Darius, który siedział przy biurku pochylony nad jakimiś papierami. Kate zapukała we framugę, a on drgnął i uniósł głowę, żeby na nas spojrzeć.

– Nicole. – Zebrał papiery i schował je do teczki. – Cieszę się, że wróciłaś. Chciałem jeszcze raz przeprosić za chaotyczny sposób, w jaki dziś rano ci to wszystko przedstawiłem. Nie miałem pojęcia, że o niczym nie wiesz.

– Rzeczywiście trochę to dezorientujące. – Spojrzałam na tablicę, na której napisy zmieniały się rano na moich oczach. – I szczerze mówiąc, nie jestem pewna, czy w to wierzę. To mi się wydaje mocno… – zawahałam się, nie chcąc powiedzieć czegoś, co mogłoby go urazić.

– Przegięte? – dokończył moją myśl, a ja pokiwałam głową. – Wcale się nie dziwię. Ale powiedz: co podpowiada ci instynkt?

– Nadal mi mówi, że czarownicy to istoty z bajek – powiedziałam. – Które nie istnieją.

– Daj sobie czas. – Machnął ręką i zaczął się pakować. – Nie powinienem był pytać cię o to tak wcześnie.

– Chwileczkę – powiedziałam, bo chciałam usłyszeć parę odpowiedzi. – Co zrobiłeś rano z tą tablicą? Gdy poprzestawiałeś litery?

– Ja ich nie przestawiałem. – Zachichotał. – Nasze moce dotyczą umysłu, nie fizyki. Zanim weszłaś do klasy, stworzyłem iluzję, żeby ukryć to, co naprawdę było napisane na tablicy. Gdy potwierdziłem twoją tożsamość, usunąłem iluzję, żebyś mogła zobaczyć prawdziwe zapiski.

– Stworzyłeś iluzję? – powtórzyłam, kręcąc głową. – Nie wiem, dlaczego spodziewałam się odpowiedzi, która będzie miała sens.

– To nabierze sensu, uwierz mi – odparł. – Tylko daj sobie czas. Przecież dziś rano świetnie ci szło z okiełznaniem energii podczas sesji praktycznej. Wybrałaś zieleń, prawda?

– Owszem – odpowiedziałam, zaciskając dłoń na pasku torby. – Skąd wiesz?

– Czułem, jak wypełnia salę – odparł. – Trudno było tego nie poczuć. Cóż, przynajmniej dla mnie było to niemożliwe. Pozostali uczniowie nie są na tyle zaawansowani, by to zauważyć. A to było imponujące, zwłaszcza jak na pierwszą próbę. Szkoda byłoby zmarnować taki talent.

Stałam tam, nie wiedząc, co odpowiedzieć. Nikomu nie mówiłam, jaki kolor rano wybrałam. Skąd Darius mógł to wiedzieć?

Albo strzelił i odgadł, albo mówił prawdę.

– Przerobię z Nicole podstawy – odezwała się Kate. – Pomogę jej trochę nadgonić materiał.

– Dziękuję, Kate – powiedział Darius. – Wiem, że odpowiednio ją pokierujesz. Zostawiam was same. Do zobaczenia jutro.

– Do widzenia. – Nie obiecałam, że będę następnego dnia w jego klasie, bo nadal rozważałam zmianę planu. – Dziękujemy, że możemy skorzystać z sali.

– Ona jest tak samo wasza, jak i moja – odpowiedział, podchodząc do drzwi. – Powodzenia i miłej zabawy!

– Na pewno! – odkrzyknęła Kate, a on zamknął za sobą drzwi i zostawił nas same. Gdy wyszedł, Kate klasnęła w dłonie z rozpromienionym wzrokiem. – Czego najpierw chcesz się nauczyć? – zapytała.

– To ty jesteś ekspertką – odparłam. – Może zaczniemy od tej koncepcji, żeby nauka zabierała mniej czasu? Mam straszne zaległości z hiszpańskiego.

– Świetny pomysł – zgodziła się. – Zróbmy ćwiczenia z koncentracji i zapamiętywania. To jedna z pierwszych umiejętności, jakie ćwiczą pierwszoklasiści, gdy uczą się, jak okiełznać energię. Darius powinien mieć tu coś, z czym można potrenować. Poczekaj sekundę, rozejrzę się. – Podeszła do rzędu szafek z boku sali i wyciągnęła jakieś pudełko. – Proszę bardzo.

– Czy to Trivial Pursuit? – Zachichotałam na widok gry, którą uwielbiałam z czasów, gdy całą rodziną graliśmy co tydzień w planszówki.

– Pomaga w zapamiętywaniu – odpowiedziała. – Podobnie jak fiszki czy karty obrazkowe. A poza tym można poznać dużo zabawnych faktów. – Postawiła pudełko i otworzyła je. – Więc ty jeszcze dziś rano naprawdę nie miałaś o niczym pojęcia?

– Nie... – odparłam. – Myślałam, że to oczywiste.

– No tak – powiedziała. – Tyle że to zaskakujące, że rodzice ci nic nie powiedzieli. Nawet bez treningu twoje moce i tak by się w końcu ujawniły. Raczej powinni cię na to przygotować.

– Oni sami o niczym nie wiedzą – odpowiedziałam. – Więc nie mieli mnie o czym uprzedzać.

– To niemożliwe. – Oczy Kate aż rozbłysły, że może podzielić się swoją wiedzą. – Wszyscy pochodzimy od greckich bogów, a nasze moce są przekazywane z pokolenia na pokolenie. Czarownik czy czarownica muszą mieć przynajmniej jednego rodzica, który nim był.

– Przypuszczam, że to mógł być mój biologiczny ojciec – stwierdziłam gorzko, kończąc przygotowywanie gry i układając ostatni stos kart na odpowiednim miejscu.

– Och. – Kate poprawiła się na krześle i zaczęła prostować stosy kart, nie patrząc na mnie. Przypuszczam, że pragnęła dopytać o szczegóły, ale nie chciała, żebym poczuła się niezręcznie.

– Mój biologiczny ojciec odszedł, zanim się urodziłam. – Ścisnęło mnie w gardle, więc przełknęłam ślinę, żeby pozbyć się guli. Właściwie o tym nie rozmawiałam, a co dopiero z kimś, kogo dopiero poznałam. Ale Kate wydawała się tak chętna, by mi pomóc, że chciałam być z nią szczera. – Mama nie miała z nim żadnego kontaktu od tamtej pory. A kilka miesięcy później wyszła za mojego ojczyma i to on jest moim ojcem pod każdym względem – poza tym biologicznym.

– Ojej. – Kate zaczęła skubać paznokcie. – Przykro mi.

– Wszystko w porządku – odpowiedziałam. – Właściwie o nim nie myślę. Jak już powiedziałam, moim tatą jest ojczym. Ale z tego, co mówiłaś... Wygląda na to, że mój biologiczny ojciec mógł być czarownikiem, ale nigdy o tym mojej mamie nie wspomniał. – Roześmiałam się, bo to zabrzmiało naprawdę komicznie. – O ile oczywiście to wszystko jest prawdą. Bo nadal nie jestem tego pewna.

– Cóż, wcześniej byłaś przekonana, że nie jest prawdą, a teraz już tylko nie jesteś pewna – stwierdziła Kate. – Zawsze to jakiś początek. Ale z rodziną można o tym rozmawiać. Najbliżsi członkowie rodziny nieposiadający zdolności to jedyni ludzie, którym wolno wiedzieć o tym, co potrafimy.

– Nie mogę im powiedzieć – odparłam. – Bo nawet jeśli to prawda, nie mam na to żadnych dowodów. Bez dowodów moja mama i tata pomyślą, że zwariowałam, a moja siostra do końca życia będzie się ze mnie nabijać. Albo będzie zazdrosna, że ja mam moce, a ona nie.

– Wiem, co masz na myśli. – Kate się roześmiała. – Mój brat jest w siódmej klasie i nie cierpi tego, że ja mogę używać swoich mocy, a on jeszcze nie. Już odlicza, ile dni zostało mu do pójścia do liceum.

– Nie wolno mu używać mocy, dopóki nie znajdzie się w liceum? – zapytałam.

– Nikomu nie wolno – odpowiedziała Kate. – Starsi nie chcą, żeby dzieci korzystały ze zdolności, których jeszcze nie rozumieją.

– Ale co je przed tym powstrzymuje?

– To samo, co powstrzymuje nas przed prowadzeniem samochodu, zanim ukończymy szesnaście lat – odparła. – Takie jest prawo. Jeśli przyłapie się czarownika lub czarownicę na używaniu mocy przed ukończeniem odpowiedniego wieku, Rada Starszych – czyli najpotężniejsi czarownicy na świecie, którzy pilnują przestrzegania prawa – blokuje ich moce i muszą poczekać rok, aż będą mogli znowu zacząć się uczyć. Jeśli przyłapie się ich drugi raz, muszą czekać dwa lata i tak dalej.

– To dlaczego Rada Starszych nie zablokuje mocy wszystkim, którzy nie są jeszcze w liceum? – zapytałam.

– To miałoby sens, co nie? – odparła Kate. – Ale nie robią tego, bo nasze zdolności nie są wystarczająco rozwinięte w tym wieku, żebyśmy mogli narobić szkód, a Starsi sprawdzają przy okazji, czy potrafimy przestrzegać zasad. Oczywiście niektórzy używają mocy wcześniej i nie zostają na tym przyłapani, ale ja uważam, że nie warto ryzykować.

– Ale inni są na to gotowi – powiedziałam, nachylając się do przodu. – Czy Danielle przypadkiem nie była jedną z nich?

– Szybko się uczysz. – Kate się uśmiechnęła. – Owszem. I oczywiście jej nie przyłapano.

– I dlatego jej nie lubisz?

– Nie tylko dlatego. – Kate rozejrzała się wokół, jakby obawiała się, że ktoś nas usłyszy. – Są wśród nas tacy, którzy nie lubią ludzi – zwłaszcza ci, którzy pochodzą z rodzin czystej krwi czarowników – a Danielle do nich należy. Uważa ludzi za gorszy gatunek. Nie obchodzi jej, czy robi im krzywdę, czy nie.

– Ale co dokładnie robi? – Oparłam przedramię na stoliku, bo byłam o wiele bardziej zainteresowana plotkami niż nauką.

– Nic, co zostałoby potwierdzone. – Kate przygryzła dolną wargę i wsunęła włosy za uszy. – Ale w zeszłym semestrze słyszałam plotkę, że przyłapała dziewczynę z trzeciej klasy na flirtowaniu z Blakiem na jakiejś imprezie, więc wykorzystała szarą energię, żeby dziewczyna straciła orientację, zanim pojechała do domu.

– Nie widziałam rano na tablicy szarego koloru – wtrąciłam. – Jakie jest jego działanie?

– Większość kolorów energii jest pozytywna, ale szara energia wywołuje zagubienie i dezorientację – odpowiedziała. – Nie było jej na tablicy, bo nie powinniśmy jej używać. Szara energia to druga – zaraz po czystej czerni – energia, która jest niezwykle trudna w używaniu, a poza tym zabroniona.

– Łał – powiedziałam. – Brzmi groźnie.

– Bo jest groźna – potwierdziła Kate. – I dlatego nie uczymy się, jak jej używać. Tylko najsilniejsi czarownicy mają dostęp do czarnej energii, a gdyby Starsi dowiedzieli się, że ktoś jej używa, to tej osobie grozi całkowite wyczyszczenie z mocy.

– To Starsi mogą odebrać moce? – zapytałam. – Na stałe?

– Tak – odpowiedziała Kate. – To najgorsze doświadczenie, jakie może spotkać kogoś z nas. Jest to kara za najgorsze zbrodnie. Danielle nie jest wystarczająco silna, by używać czarnej energii, ale nie byłabym zdziwiona, gdyby znała podstawy korzystania z szarej. Szara energia jest niemile widziana, ale nie jest nielegalna, więc wszyscy podejrzewają, że Danielle i jej przyjaciele uczą się jej w tajemnicy.

Pokiwałam głową, bo przypomniałam sobie, co powiedział mi Blake na ceramice – że gdybym spędzała czas z nim i jego przyjaciółmi, poznałabym lepsze sposoby wykorzystania swych zdolności. Czy to właśnie miał na myśli? Czy on, Danielle i ich przyjaciele po kryjomu ćwiczą władanie szarą energią?

– Ale ta dziewczyna, którą Danielle zdezorientowała, zanim pojechała do domu... – powiedziałam, wracając do poprzedniego wątku. – Nic jej się nie stało?

– Niestety – odpowiedziała Kate z ponurym wyrazem twarzy. – Straciła panowanie nad kierownicą i uderzyła w drzewo. Była w śpiączce przez dwa tygodnie i lekarze nie byli pewni, czy z tego wyjdzie. Na szczęście się wybudziła, ale doznała uszkodzenia mózgu i teraz uczy się w domu. Być może nigdy już nie będzie taka, jak przed wypadkiem. I nie ma żadnego sposobu, żeby udowodnić, że Danielle maczała w tym palce.

Oparłam się o krzesło i powoli wypuściłam powietrze.

– To straszne – powiedziałam. – Danielle nie wydała mi się szczególnie miła, ale to brzmi... jak czyste zło.

– Tak – zgodziła się Kate. – I dlatego nie powinnaś jej się narażać, szczególnie jeśli chodzi o Blake'a.

– Skoro jest aż tak zazdrosna, to może bardziej powinna się martwić swoją relacją z Blakiem niż dziewczynami, z którymi on rozmawia – zasugerowałam.

– To prawda – stwierdziła Kate. – Ale i tak uważam, że najlepiej trzymać się z daleka.

– Masz rację – odpowiedziałam, choć czułam, że się nie oprę i znowu usiądę obok niego na ceramice. – Ale jeśli Danielle znowu zrobi coś takiego… To czy nie moglibyśmy się za nią wziąć, gdybyśmy chciały? Zrobić coś, żeby ją powstrzymać?

– To mocne słowa, jak na kogoś, kto twierdzi, że w ogóle w to wszystko nie wierzy. – Kate roześmiała się, choć jej śmiech zabrzmiał jak cichy pisk. – Żeby się za kogoś „wziąć", trzeba najpierw wiedzieć, co robić. A ty dopiero zaczynasz. To co, wracamy do podstaw?

– Tak. – Pokiwałam głową i się wyprostowałam. – Jestem gotowa.

– Najpierw musisz się nauczyć, w jaki sposób kontrolujemy energię – powiedziała Kate. – Możemy chłonąć ją z Kosmosu, a potem z powrotem ją do niego wyrzucić, żeby dokonać zmiany. Ale nie możemy włożyć więcej energii, niż wyjmiemy, a wchłanianie energii wymaga jej zużycia. Będziesz wiedzieć, kiedy twoje ciało będzie musiało przestać, bo poczujesz się słaba i zmęczona – i będziesz musiała go posłuchać.

– Nie rozumiem. – Zmarszczyłam brwi. – Myślałam, że energia jest nieskończona.

– Bo jest. – Skinęła głową. – Tyle że nasze ciała są ograniczone. Jesteśmy jak baterie. Potrzebujemy czasu na ponowne doładowanie się.

– A co, jeśli zużyję więcej energii, niż mam?

– Spalisz baterię – odpowiedziała. – Umrzesz. Energia to nasza życiowa siła. Bez niej nie istniejemy. Ale mało kto dociera do tego punktu, bo gdy się do niego zbliżasz, czujesz się tak wyczerpana, że po prostu musisz przestać.

Pewnie zemdlałabyś, zanim byłabyś w stanie wykorzystać całą energię i się spalić.

– A więc mamy tylko pewną ilość energii i możemy jej użyć, żeby przewodzić energię z otoczenia – powtórzyłam, żeby mieć pewność, że rozumiem. Pokiwała głową, a ja kontynuowałam: – Powiedziałaś, że ludzie nie potrafią przewodzić energii. Ale skoro energia jest we wszystkim, to w nich też jakaś jest?

– No jest. – Kate wbiła wzrok w stolik i zaczęła skubać paznokcie.

– Więc skoro nie mogą jej użyć, to czy jest jakiś sposób, żebyśmy my mogli… ją sobie pożyczyć i mieć jej więcej? Dopóki nie zabierzemy za dużo, żeby ich nie zabić?

– Technicznie rzecz biorąc, tak – odpowiedziała, ściszając głos. – Ale odbieranie komuś energii jest nielegalne. Gdyby dowiedziała się o tym Rada Starszych, karą byłaby śmierć. Bo wiesz, gdy czarownik albo czarownica odbierze komuś energię – człowiekowi albo innemu czarownikowi – to wtedy ich ciało przestaje produkować własną energię. Stają się pijawkami, już na zawsze są uzależnieni od energii zabieranej innym. A gdy czarownik zaczyna zabierać energię innym, to tak go to pochłania, że niemal niemożliwe jest, by się powstrzymał i nie zabrał jej całej.

– Czyli w końcu zabija tę osobę, tak? – Odchyliłam się na krześle, szeroko otwierając oczy. – Jak wampir, tyle że wysysa energię zamiast krwi?

– Wampiry nie istnieją, ale stąd wzięły się te legendy o nich – odparła Kate z ponurą miną.

– Ilu ich jest? – zapytałam.

– Niewielu – odpowiedziała. – Żyją w ukryciu, a Starsi na nich polują… i się nimi zajmują. W każdym razie – dodała – są rzadkością, raczej legendą niż rzeczywistością. No ale my nadal mamy tak wiele do przerobienia. Możemy kontynuować?

– Tak – odpowiedziałam, czując przypływ determinacji. – Bierzmy się do tego.

ROZDZIAŁ 6

Po wspólnej nauce Kate zaproponowała, że podwiezie mnie do domu, i niedługo potem znalazłyśmy się na moim podjeździe. Ten dom nadal nie wydawał mi się mój. Szary drewniany szalunek, słomiany dach i niebieskie okiennice przywodziły na myśl babciny domek na wsi. Tęskniłam za jasnym przestronnym domem w Georgii. Za każdym razem, gdy patrzyłam na ten, przypominałam sobie, jak bardzo różni się od tego, który opuściłam.

– Dziękuję za oprowadzenie mnie po szkole i za dodatkową naukę – powiedziałam, wyskakując z auta. – I za podrzucenie pod dom.

– Nie ma sprawy – odpowiedziała. – Do zobaczenia jutro w klasie.

Wycofała samochód z podjazdu i pomachała mi, zanim skręciła za róg.

Pobiegłam chodnikiem prowadzącym do domu i po schodkach na ganek. Lodowate powietrze zmroziło mnie do szpiku kości, więc mocniej otuliłam się kurtką. Nigdy się nie przyzwyczaję do tej pogody. Nikt nie powinien mieszkać tam, gdzie jest zimno jak w arktycznej tundrze.

Gdy weszłam do środka, powitała mnie cisza. Becca była pewnie w swoim pokoju i pisała wiadomości do koleżanek, a tata wracał z pracy późnym wieczorem. Mama najprawdopodobniej malowała, więc weszłam tylnymi schodami do dodatkowego pokoju nad garażem, który zamieniła w swoje malarskie atelier. W korytarzu słychać było muzykę, co potwierdzało moje podejrzenie, że właśnie pracuje nad obrazem. Zazwyczaj nie lubiła, gdy się jej przeszkadzało, ale ponieważ to był mój pierwszy dzień w nowej szkole, na pewno będzie ciekawa, jak mi poszło.

Musiałam się też jakoś dowiedzieć, czy wiedziała, że mój biologiczny ojciec był czarownikiem – nie zdradzając przy tym, czego sama się dziś dowiedziałam.

Otworzyłam drzwi i poczułam intensywny zapach farb, przez który aż załzawiły mi oczy. Tak jak się spodziewałam, mama intensywnie pracowała, odwrócona do mnie plecami, z włosami ściągniętymi w niedbały kucyk. Parę rozprysków farby już padło na płachtę rozłożoną pod sztalugą.

– Cześć, mamo – powiedziałam, pukając we framugę.

Obróciła się na stołku, a kropla farby skapnęła na podłogę.

– Hej – przywitała mnie, wymachując pędzlem. Piegi na jej nosie sprawiały, że wyglądała na młodszą, niż była, a luźny zielony T-shirt z jakiegoś prehistorycznego koncertu The Clash wywoływał wrażenie, jakby nadal miała dwadzieścia parę lat. – Jak tam twój pierwszy dzień?

– W porządku. – Kłamstwo utknęło mi w gardle, ale przełknęłam je i postaram się rozluźnić. Powiem jej prawdę. Kiedyś. – Poznałam parę osób, które pokazały mi szkołę.

– To dobrze. – Uśmiechnęła się i odłożyła pędzel. – Są jacyś fajni chłopcy?

– Być może. Jeden. – Przewróciłam oczami. Wiedziałam, że o to zapyta. – Ale i tak ma dziewczynę, więc to bez znaczenia.

– Jesteście w liceum. – Roześmiała się i odsunęła z twarzy kosmyki włosów, rozsmarowując sobie jednocześnie błękitną farbę na czole. – Dopóki nie jest żonaty, jest do wzięcia.

– Wygląda na to, że to poważny związek – starałam się mówić lekkim tonem. – Poza tym to duża szkoła. I to nie jest jedyny chłopak.

– Ale jedyny, którzy przyciągnął twój wzrok?

– Chyba tak. – Wzruszyłam ramionami. Na myśl o Blake'u zaczerwieniłam się, bo przypomniało mi się jego intensywne spojrzenie, gdy patrzył na mnie podczas naszej krótkiej rozmowy na ceramice, i spuściłam wzrok na podłogę.

– To zawalcz o niego. – Jej głos złagodniał, a oczy zapatrzyły się gdzieś w dal. – Bo nie chcesz kiedyś przypomnieć sobie tego i żałować, że nie wiesz, jak to się mogło rozwinąć.

Usiadłam na drewnianym krześle obok niej i głęboko zaczerpnęłam powietrza.

– Mówisz o nim, prawda? – zapytałam. – O Aidanie?

Zwykle nie wypowiadałam na głos imienia biologicznego ojca, ale po rozmowie z Kate musiałam. Musiałam dowiedzieć się o nim czegoś więcej.

– Tak. – Pokiwała głową i zaczęła przyglądać się obrazowi, nad którym pracowała. Był namalowany dopiero w połowie, ale gdy już będzie gotowy, będzie idealnie pasować do żywych abstrakcyjnych obrazów w jej kolekcji.

– Jaki on był? – zapytałam, nie pierwszy raz.

– Czarujący – odpowiedziała ze smutkiem w oczach. – I bardzo przystojny – niczym starożytna rzeźba obudzona do życia. Jesteś do niego bardzo podobna. – W jej oczach pojawiły się łzy, a ja wiedziałam, że powinnam przestać drążyć ten temat.

Zamiast tego zacisnęłam dłoń mocniej na krawędzi krzesła i zapytałam:

– Jak się poznaliście?

Wzięła pędzel do ręki i założyła odruchowo pasmo włosów za ucho.

– Czemu teraz o to pytasz? – zapytała. – On należy przecież do przeszłości. Nigdy mnie o niego tyle nie wypytywałaś.

– Mamy na biologii genetykę… – Chwyciłam się pierwszej z brzegu wymówki. – I pomyślałam sobie, że… On w końcu jest moim biologicznym ojcem. Powinnam więcej o nim wiedzieć.

– Na przykład to, czy ma przyrośnięty płatek ucha albo czy umie zwinąć język w trąbkę? – zażartowała, choć dolna warga jej drżała. Oderwała ode mnie wzrok, żeby popatrzeć na obraz. Wiedziałam, że chciałaby, żebym zrezygnowała, żebym uznała, że aż tak mi nie zależy, ale nie poddałam się. Po tym, czego dowiedziałam się dzisiaj, nie mogłam.

– Właściwie nic o nim nie wiem, nie wiem nawet, jak się poznaliście – powiedziałam. – Czy nie powinnam znać tej historii?

– Masz rację. – Zamrugała kilka razy, a potem głęboko zaczerpnęła powietrza, kładąc dłonie na kolanach. – To byłaby wspaniała historia, gdyby tylko dobrze się skończyła – stwierdziła zaskakująco opanowanym głosem. – Bo widzisz, na ostatnim roku college'u przygotowaliśmy wiosenne przedstawienie, „Upiora w operze", w którym grałam główną rolę – Christine. A on, Aidan, przyszedł na ostatni spektakl. Był pod takim wrażeniem mojego występu, że czekał na mnie przed tylnym wyjściem ponad godzinę, żeby ze mną porozmawiać. – Uśmiechnęła się, zapatrzony w dal wzrok rozpromienił się, jakby na nowo przeżywała tamtą chwilę. – Rozmawialiśmy aż do wschodu słońca. To była idealna noc. Przez kolejne dwa miesiące byliśmy nierozłączni.

– Czy on był… jakiś inny? – zapytałam. – Wyjątkowy?

– Żaden mężczyzna nigdy nie zrobił na mnie takiego wrażenia – odpowiedziała. – Był bardzo utalentowany. Jakby potrafił wziąć do ręki dowolny instrument i perfekcyjnie na nim zagrać. Nie mogłam uwierzyć, że zwrócił na mnie uwagę. Czułam się przy nim strasznie przeciętna, ale te kilka tygodni, gdy byliśmy razem, było jak sen. A potem okazało się, że jestem w ciąży.

Wiedziałam, że nie byłam zaplanowanym dzieckiem, ale i tak otuliłam się ramionami, czując w sercu ciężar winy, że zrujnowałam szczęście mojej matki z Aidanem.

– To była niespodzianka, ale cieszyłam się na myśl, że stworzymy we trójkę rodzinę. – Wzięła do ręki czysty pędzel i przesunęła palcem po włosiu. – Powiedziałam Aidanowi o tobie, a on odparł, że jest szczęśliwy. Jednak następnego dnia… po prostu zniknął. Nienawidziłam go za to, że nas porzucił. Ale rodzicie mi pomogli i po skończeniu szkoły wróciłam do domu i do Jerry'ego – jak wiesz, chodziliśmy ze sobą w liceum – i dzięki niemu znów odnalazłam szczęście. Obiecał, że będzie cię kochał, jakbyś była jego własnym dzieckiem – i każdego dnia dotrzymuje słowa. Więc tak, czasami zastanawiam się, jak Aidan mógł nas tak zostawić, ale gdyby nie on, nie miałabym ciebie. I za to jestem mu wdzięczna.

– Aidan po prostu… odszedł? – Głos mi się łamał, więc przełknęłam ślinę. – Tak nagle? Miałaś od niego potem jakiekolwiek wieści?

Znałam odpowiedź, ale chciałam, żeby powiedziała to na głos.

– Nie. – Potrząsnęła głową i odwróciła się do obrazu. – Jakby się zapadł pod ziemię.

Pokiwałam głową, wiedząc, że nie powinnam była liczyć na nic innego. Gdyby Aidan chciał być obecny w naszym życiu, jakoś by do nas dotarł. Ale nie zrobił tego. I pewnie nigdy nie zrobi. Ta gorzka prawda bolała za każdym razem.

– W każdym razie tata powinien być zaraz w domu – powiedziała mama. – Może wypróbujemy na kolację tę restaurację przy zatoce? Podobno jest tam pięknie – okna od podłogi do sufitu z widokiem na wodę.

Na tym nasza rozmowa się zakończyła, a ja poszłam do swojego pokoju, żeby się przebrać.

Nie uzyskałam informacji, na które liczyłam, ale instynkt podpowiadał mi, że Aidan musiał być czarownikiem. Może właśnie dlatego odszedł. A ja byłam teraz bardziej niż kiedykolwiek zdeterminowana, by uzyskać odpowiedzi na moje pytania.

Jeśli wymagało to pozostania w klasie Dariusa, niech tak będzie.

ROZDZIAŁ 7

Następnego ranka Darius ponownie wkroczył do klasy w brązowym tweedowym garniturze.

– Dzień dobry – powiedział, uśmiechając się na mój widok. – Mamy dzisiaj sporo do omówienia, więc od razu przejdźmy do rzeczy. Kto opowie nam, jakie wydarzenie nas jutro czeka?

– Jutro jest noc Komety Olimpijskiej – odparł szybko Blake, nawet nie podnosząc ręki. – Pojawi się po raz pierwszy od trzech tysięcy lat.

– Zgadza się – odpowiedział Darius. – A kto wyjaśni znaczenie Komety Olimpijskiej?

– Ona jest bardzo potężna. – Danielle też nie raczyła unieść dłoni, a jedynie zarzuciła włosy na ramię. – Olimpijczycy wykorzystali jej moc, by uwięzić Tytanów i wypędzić ich z Ziemi.

– Dziękuję, Danielle. – Darius skinął głową. – Ale cofnijmy się w przeszłość. Zacznijmy od tego, dlaczego bogowie olimpijscy chcieli uwięzić Tytanów.

Kate błyskawicznie podniosła rękę.

– Kate? – Darius zadarł podbródek i uśmiechnął się, jakby wiedział, że na pewno poda właściwą odpowiedź.

– Bogowie olimpijscy są dziećmi Tytanów – powiedziała Kate, jakby recytowała odpowiedź z książki. – Walka między Olimpijczykami a Tytanami rozpoczęła się z powodu przepowiedni, która zapowiadała, że Kronos – przywódca Tytanów – zostanie obalony przez swoje dzieci. Żeby nie dopuścić do spełnienia się tego proroctwa, Kronos pożerał wszystkie swoje dzieci tuż po ich narodzinach. Jego żona w końcu miała tego dość i uratowała najmłodsze dziecko – Zeusa – dając Kronosowi w zamian kamień do pożarcia. Wychowała syna w tajnej grocie. Gdy dorósł, uwolnił swoich braci i siostry, którzy nadal żyli w trzewiach Kronosa, a potem zbuntowali się przeciwko ojcu i pokonali go oraz jego zwolenników w tak zwanej bitwie Tytanów. I wtedy Zeus uwięził Tytanów w Tartarze – najgłębszej czeluści podziemnego świata Hadesu – mając nadzieję, że pozostaną tam na zawsze.

– Świetnie, Kate – pochwalił ją Darius, a ona, wyraźnie zadowolona, jeszcze mocniej się wyprostowała. – Jednak Tytani nie poddali się tak łatwo. Co zrobili w odwecie?

– Olimpijczycy wycofali się do swego domu na górze Olimp, a Tytani wykorzystali czas spędzony w Tartarze, by zaplanować Drugą Rebelię. – Blake odpowiedział, zanim ktokolwiek zdążył podnieść rękę. – Jeden ze sług Kronosa znalazł portal, przez który można było uciec z Tartaru, i Tytani przygotowali się do bitwy o odzyskanie władzy. Zaskoczyli tym Olimpijczyków i prawie udało im się wygrać. Lecz wtedy na niebie pojawiła się potężna kometa, a Olimpijczycy wykorzystali jej moc, żeby zebrać wystarczająco dużo energii, by po raz kolejny pokonać Tytanów. Dlatego nazywa się ją Kometą Olimpijską. Tym razem Olimpijczycy zamknęli Tytanów w Kerberosie – krainie cieni, z której nie da się uciec. Przez całe wieki wypędzali później do Kerberosu wszystkich zwolenników Tytanów – demony, potwory i inne złe istoty – a potem zapieczętowali portal i wrócili na górę Olimp.

– Dobrze – powiedział Darius.

Nawet ktoś, kto zaledwie wczoraj uważał to wszystko za mity, musiał przyznać, że Blake perfekcyjnie znał tę historię. Ale jedna istotna rzecz zupełnie mi się w niej nie zgadzała.

– Jeśli to wszystko prawda, to dlaczego nikt już nie wierzy w olimpijskich bogów? – Nie podniosłam ręki, bo odzywanie się bez pozwolenia najwyraźniej było tutaj dopuszczalne. – Skoro olimpijscy bogowie naprawdę istnieją, to dlaczego się nie pokażą i wszystkiego nie wyjaśnią?

Z tyłu sali rozległy się szepty, ale Darius uniósł dłonie, żeby je uciszyć.

– Starożytni Grecy czcili bogów – zaczął tłumaczyć, spacerując przed klasą. – A potem Rzymianie przejęli ich religię i uczynili ją swoją poprzez zmianę imion bogów i nadanie im cech, które lepiej pasowały do ich społeczeństwa. Lecz esencja wiary pozostała ta sama. Później jednak ich wierzenia się zmieniły. Czy ktoś wie, dlaczego tak się stało?

Z końca sali odezwała się jasnowłosa dziewczyna:

– Cesarz Konstantyn około trzysetnego roku naszej ery wprowadził chrześcijaństwo jako oficjalną religię

Rzymu – odpowiedziała łagodnym głosem. – Rzymianie przeszli na chrześcijaństwo, a monoteizm zdominował cały Zachód. Jednak ludzie nadal praktykowali starożytne wierzenia w tajemnicy, a dodekateizm – odrodzenie antycznych greckich praktyk religijnych – ujawnił się na początku dwudziestego wieku. Może nie jesteśmy zbyt liczni, ale istniejemy.

– Dziękuję, Jessico – powiedział z uśmiechem Darius. – A odpowiadając na twoje drugie pytanie, Nicole, bogowie czasami odwiedzają Ziemię, choć zwykle robią to incognito. Tak naprawdę to sam Ares, bóg wojny, stał za zamachem na austriackiego arcyksięcia Franciszka Ferdynanda. Jak niektórzy z was wiedzą z lekcji historii, od tego zabójstwa rozpoczęła się pierwsza wojna światowa. Ares uwielbia bitwy i rzezie, więc wywołanie takiego zamieszania było dla niego świetną rozrywką.

Pokiwałam głową, choć nie miałam zajęć z historii Europy i niewiele wiedziałam o pierwszej wojnie światowej.

– Czyli bogowie czasem odwiedzają Ziemię incognito – powtórzyłam, próbując jakoś to wszystko ogarnąć. – A co z wszystkimi innymi… istotami? Tymi, które nie poparły Tytanów podczas Drugiej Rebelii i nie zostały uwięzione w Kerberosie? Co się stało z nimi?

– Te nieszkodliwe żyją pośród nas, choć stwarzają iluzje, by ukryć swój prawdziwy kształt – odparł Darius. – Nie chcą, żeby ludzie zabili je za pomocą swojej technologii albo wykorzystywali w eksperymentach. Są też pewne niebezpieczne stworzenia, które nie znalazły się w Kerberosie, ponieważ nie popierały Tytanów podczas Drugiej Rebelii. One też wiedzą, że ludzka technologia to dla nich zagrożenie, więc żyją w ukryciu. Starsi zajmują się wszelkimi problemami, jakie stwarzają.

Pokiwałam tylko głową, bo miałam przeczucie, że to „zajmowanie się" oznacza po prostu zabijanie tych stworzeń.

– Ale jest też wiele współczesnych odniesień do greckich bogów, których się nie zauważa – kontynuował Darius. – Doskonałym przykładem są choćby buty Chrisa.

Zerknęłam na jego sportowe buty, które wyglądały, jakby pochodziły jeszcze z lat osiemdziesiątych – białe z niebieskim symbolem Nike na boku. Miałam podobną parę, tylko z różowym logo.

– Sportowe buty pochodzą od greckich bogów? – zapytałam. – Zawsze mi się wydawało, że oni nosili skórzane sandały.

– Nie chodzi o obuwie. – Darius zachichotał. – Mam na myśli markę Nike.

Zmarszczyłam brwi, bo oczywiście znałam firmę Nike. Może moje miasteczko w Georgii jest małe w porównaniu z Kinsley, ale nie przyleciałam z innej planety. – A co mają wspólnego buty Nike z bogami? – zapytałam.

– Nike to grecka bogini zwycięstwa, szybkości i siły. – Odliczał każde z tych pojęć na palcach. – Czy symbol Nike nie przypomina ci czegoś?

– A to nie jest taki zwykły ptaszek?

– Przyjrzyj się dokładniej – powiedział. – Co widzisz?

Przymrużyłam oczy i przechyliłam głowę, żeby spojrzeć na symbol pod innym kątem.

– Nic – odpowiedziałam. – Tylko ptaszka.

– Podobnie jak większość ludzi. – Zdjął okulary i wyczyścił szkiełka brzegiem swetra. – Lecz bogini Nike znana jest także jako Skrzydlata Bogini albo Wiktoria. Ten symbol ma kształt skrzydła.

– Hm... – Przyglądałam się uważnie butom Chrisa. – Kiedy już pan to powiedział, to faktycznie – jakbym to widziała.

Darius uśmiechnął się i zwrócił z powrotem do klasy.

– Jak wspomniałem przed przerwą, będziemy dziś wieczorem razem obserwować kometę. – Wziął kawałek kredy i zaczął pisać na tablicy. – Oto mój adres i spodziewam się was wszystkich przed dwudziestą pierwszą. Potraktujcie to jak obowiązkową wycieczkę terenową. Kto się nie pojawi i nie będzie miał pisemnego usprawiedliwienia od rodziców, tego czekają za karę dodatkowe zajęcia przez miesiąc.

Zadzwonił dzwonek, więc szybko spisałam adres.

Co by nie było, siedzenie w kozie to była ostatnia rzecz, jakiej potrzebowałam w pierwszym tygodniu w nowej szkole.

ROZDZIAŁ 8

Darius mieszkał przy Odessa Road, głównej ulicy w miasteczku. Przyjechałyśmy z Kate pod jego dom mniej więcej za pięć dziewiąta. Wiatr mocno wiał, gdy szłyśmy chodnikiem, więc otuliłam się ramionami, starając się ignorować paraliżujący ziąb.

Zbudowany z bali dom Dariusa wyróżniał się na tle typowych budynków Nowej Anglii. Drzewa otaczały chatę ze wszystkich stron, tak że ktoś niezorientowany mógłby pomyśleć, że to jedyny dom stojący w promieniu wielu mil.

Usłyszałyśmy głosy dochodzące z drugiej strony budynku i przeszłyśmy chodnikiem dookoła na tylne podwórze. Było tam akurat tyle miejsca, by pomieścić całą naszą klasę. Na niebie nie było żadnych chmur, które przesłaniałyby gwiazdy, więc zapowiadał się idealny wieczór do obserwowania komety.

Jedynym mankamentem była niska temperatura. Choć Kate powiedziała mi, że jest cieplej niż zazwyczaj w styczniowe noce w Massachusetts, to i tak miałam wrażenie, że krew ścina mi się w żyłach, gdy tylko postałam przez chwilę w jednym miejscu. Miałam nadzieję, że legginsy założone pod dżinsy, botki z czarnej owczej skóry sięgające kolan i puchata kurtka wystarczą do ochrony przed przenikliwym ziąbem.

Wszyscy zgromadzili się na tarasie, wokół dużego metalowego termosu na gorące napoje. Podeszłam, żeby się poczęstować. Z kranika pociekła gorąca czekolada. Podmuchałam, żeby ją ochłodzić, i cieszyłam się ciepłem pary otulającej moje policzki.

– Pewnie nie możesz się doczekać komety? – zapytał ktoś nad moim ramieniem. Podskoczyłam, rozpryskując kilka kropel gorącej czekolady na taras, i odwróciłam się, by ujrzeć Chrisa. Nie zwróciłam wcześniej uwagi na jego oczy, ale teraz, w blasku księżyca, wydały mi się niemal żółte.

– Powinno być ciekawie – odpowiedziałam, upijając łyk czekolady. Poparzyłam sobie język i czułam, jak pali mi gardło, gdy ją przełykam.

– Gorące? – zapytał, a w oczach zapaliły mu się ogniki rozbawienia.

– Owszem. – Opuściłam kubek i podmuchałam na napój. – Nawet bardzo.

– Mamy podzielić się na grupy po pięć osób do obserwowania komety – powiedział Chris i odgarnął włosy z czoła. – Pomyślałem, że moglibyśmy być w jednej. Gdybyś miała ochotę. – Jego oczy wypełniła nadzieja, a ja wyczułam, że czekał z tym pytaniem przez cały wieczór.

– Brzmi super. – Uśmiechnęłam się, żeby pokazać, że mówię szczerze, a nie tylko zgadzam się z grzeczności.

Kate podeszła do nas, a w jej oczach mignęła jakby uraza, gdy spojrzała na Chrisa. Ponownie podmuchałam czekoladę i odsunęłam się nieco od niego. Jeśli Kate coś do niego czuła, nie chciałam, żeby cokolwiek sobie pomyślała. Bo owszem, Chris jest miły, ale nigdy nie patrzyłam na niego inaczej niż na kolegę.

– Tworzymy jedną grupę? – Patrzyła na zmianę to na mnie, to na Chrisa, skubiąc końcówki włosów.

– Tak – powiedziałam. – Oczywiście.

I wtedy dołączył do nas ktoś jeszcze – Blake. Wszedł pomiędzy mnie a Chrisa, żeby nalać sobie czekolady, i spojrzał mi w oczy z taką intensywnością, że zaparło mi dech w piersiach. Wypiłam kolejny łyk czekolady, ucieszyłam się, że już nie parzy mnie w język, i czekałam, aż Blake coś powie.

– Zmieści się jeszcze u was nasza dwójka? – zapytał.

– Jesteśmy tylko we troje – odpowiedziałam drżącym głosem. Miałam nadzieję, że pomyśli, że to z zimna, a nie z powodu wrażenia, jakie na mnie robi. – Więc tak, potrzebujemy jeszcze dwóch osób.

Druga osoba, którą miał na myśli, to z pewnością Danielle. Stała na skraju tarasu ze skrzyżowanymi rękoma i grymasem przyklejonym do ciemnoczerwonych ust. Wyglądała jak lwica, która szykuje się do ataku na ofiarę. Spuściłam wzrok, bo nie miałam ochoty patrzeć na nią ani sekundy dłużej. Miałam nieodparte wrażenie, że mnie nienawidzi, chociaż tak naprawdę nigdy jeszcze ze sobą nie rozmawiałyśmy.

Biorąc pod uwagę to, co Kate mi o niej opowiedziała, powinnam czuć lęk. Ale nie bałam się. Bo zdaniem Dariusa ja też miałam moce. Byłam jedną z nich. Danielle mogła pogrywać sobie z ludźmi, ale nie skrzywdziłaby nikogo ze swoich.

Przynajmniej taką miałam nadzieję.

Darius wyszedł na środek podwórza i odchrząknął. Rozmowy umilkły.

– Pora zaczynać – oznajmił, a jego głos rozszedł się we wszystkie strony. – Odstawcie, proszę, napoje, znajdźcie wolne miejsce na podwórzu i skupcie się w kręgach po pięć osób. Zdejmijcie rękawiczki, jeśli je macie, żeby nie przeszkadzały w przepływie energii pomiędzy wami a innymi członkami grupy.

Chris postawił swój opróżniony do połowy kubek na stoliku.

– Chodźcie – powiedział, zeskakując z tarasu.

Blake ruszył za nim z Danielle, a ja poszłam w ich ślady do miejsca, które wybrał Chris. Kate znalazła się na samym końcu. Gdy już się zebraliśmy, spojrzałam w górę i gwałtownie wciągnęłam powietrze.

Kometa już przecinała niebo i była piękniejsza, niż mogłam sobie wyobrazić. Lśniła złotem, z odrobiną błękitu na brzegach, i ciągnęła za sobą rozszerzający się biały ogon. Przesuwała się po niebie w spokojnym tempie. W przeciwieństwie do meteorów, które rozbłyskują zaledwie na ułamek sekundy, miała widnieć na firmamencie przez około godzinę.

Była tak piękna, że aż trudno było uwierzyć, że jest prawdziwym zjawiskiem, a nie efektem filmowym.

Wzięliśmy się w piątkę za ręce. Blake stał po jednej mojej stronie, a Chris po drugiej. Spodziewałam się, że dotyk Blake'a zrobi na mnie większe wrażenie niż dotyk Chrisa, ale tak nie było. Obaj emanowali ciepłem i poczuciem bezpieczeństwa, jakich nigdy dotąd nie odczuwałam.

Darius nie musiał nam tłumaczyć, co mamy robić. Wiedziałam, że powinnam zamknąć oczy i skoncentrować się na otaczającej nas energii. Pulsowała ze wszystkich stron i w przeciwieństwie do tamtego dnia w klasie, gdy musiałam skupić się na jej przywołaniu i wchłanianiu przez dłonie, teraz od razu znalazła się wewnątrz mnie – w postaci białych kul, które łączyły się w jedną całość. Światło wypłynęło z moich dłoni i przebiegło przez resztę kręgu. Przeszyły mnie fale barw – zieleni, błękitu, czerwieni i żółci – wirując wokół niczym prądy powietrza.

Kometa przemknęła przez mój umysł, a potem energia eksplodowała, przekształcając się w jaskrawobiałe światło. W każdej komórce ciała poczułam elektryczne wyładowanie. Strumienie barw rozwinęły się, lśniąc jasnością, której wcześniej nie miały. Każdy kolor wypływał z moich dłoni, a potem do mnie wracał.

Wyrwałam ręce z dłoni Chrisa i Blake'a i zacisnęłam je w pięści tak mocno, że wbiłam sobie paznokcie w skórę. Rozluźniłam mięśnie, otworzyłam dłonie i uniosłam powieki, żeby sprawdzić, czy inni też poczuli to samo, co ja.

Ich zszokowane miny mówiły wszystko. W Danielle nie było już gniewu, wyraz jej twarzy zmiękł, w tym momencie wydawała się wręcz krucha. Chris wpatrywał się w kometę na niebie z rozchylonymi ustami. Kate wydawała się oszołomiona, jakby dopiero co obudziła się z drzemki, i patrzyła na nas po kolei szeroko otwartymi oczami. Blake chyba najszybciej odzyskał panowanie nad sobą, o ile je w ogóle stracił, i uważnie mi się przyglądał, jakby sądził, że będę w stanie wyjaśnić, co się właśnie stało.

Lecz ja byłam równie zdezorientowana, jak oni wszyscy. W końcu dowiedziałam się o całej tej magii dopiero kilka dni temu. Byłam najmniej wykwalifikowana, by udzielać jakichkolwiek wyjaśnień. Zwłaszcza że oczy ich wszystkich wydawały się jaśniejsze, jakby wyrazistsze. Tęczówki Danielle zrobiły się bardziej niebieskie, Kate bardziej zielone, Chrisa bardziej żółte, a Blake'a nabrały intensywniejszego odcienia palonego rudawego brązu. Ja miałam nieciekawe bladoszare oczy. Czy one też nabrały intensywności?

– Co to, na boga, było? – Chris w końcu przerwał milczenie.

– Wy też to poczuliście? – zapytała słabym głosem Kate, rozprostowując dłonie i rozglądając się wokół.

Danielle pokiwała głową.

– Jeśli pytasz o to wrażenie, jakby się było w wannie pełnej wody i ktoś wrzucił do niej włączoną suszarkę, to owszem, poczułam to. – Przerzuciła włosy za ramię i skrzyżowała ręce na piersi, choć nie wyglądała już tak groźnie jak przedtem.

– A co się miało stać? – zapytałam.

– Nikt z nas tego nie wie. – Kate spojrzała w niebo rozmarzonym wzrokiem. – Nigdy nie robiliśmy medytacji pod wpływem Komety Olimpijskiej.

– To raczej oczywiste. – Nie potrafiłam powstrzymać chichotu. – Ta kometa przelatuje raz na trzy tysiące lat.

Trudno zakładać, że już to robiliście, chyba że czarownicy są nieśmiertelni, tylko nikt mnie jeszcze o tym nie poinformował.

– Nie jesteśmy nieśmiertelni. – Blake się roześmiał. – Ale nie sądzę, by pozostałe grupy poczuły to samo, co my. Jeśli tak, to niczego po nich nie widać.

Rozejrzałam się po podwórzu, by sprawdzić, o czym mówi. Najbliższa grupka obok nas składała się z pierwszoklasistów. Wszyscy mieli zmartwione miny i brwi zmarszczone w grymasie rozczarowania. Z pewnością nie poczuli energetycznego trzęsienia ziemi. Inni uczniowie rozmawiali albo się śmiali. Niektórzy patrzyli na przesuwającą się po niebie kometę z rozchylonymi w podziwie ustami. Lecz nikt nie wyglądał na tak wstrząśniętego i zdezorientowanego, jak członkowie naszej grupy.

Nagle powietrze rozdarł dźwięk grzmotu, po czym niebo przeszyła błyskawica. Ciemne chmury przesłoniły gwiazdy, które jeszcze przed chwilą tak jasno lśniły. Były na tyle gęste, że kometę było widać już tylko jako niewyraźną kulę światła. Temperatura spadła chyba o dziesięć stopni. Zanim się zorientowałam, co się dzieje, z nieba zaczął padać deszcz ze śniegiem, drobinki zmrożonej wilgoci opadały tak szybko, że niemal natychmiast pokryły moją skórę i ubranie warstewką lodu.

Zdezorientowana popatrzyłam w górę, osłaniając oczy przed lodowatą mżawką. Przecież przed wyjściem sprawdziłam prognozę pogody. Na pewno tego nie zapowiadali.

– Wszyscy do środka! – krzyknął Darius, a jego słowa zagłuszył huk grzmotu.

Ślizgałam się po błocie, gdy biegłam przez podwórze, starając się nie upaść na warstwie lodu, która pokryła ziemię. Wreszcie znalazłam się wewnątrz domu. Zdjęłam botki, dorzuciłam je na stos butów obok drzwi i przyłożyłam dłonie do policzków, żeby je ogrzać.

Wszyscy starali się jak najszybciej znaleźć w salonie, zajmowali kanapy i fotele otaczające stolik do kawy, więc klapnęłam na dywanik obok Chrisa i Kate. Blake i Danielle stali z boku przy schodach. Byli tak zatopieni w rozmowie, że ich głowy niemal się stykały. Blake był odwrócony do mnie plecami, ale mogłam dostrzec irytację na twarzy Danielle. Zastanawiałam się, o co się kłócą – i czy często to robią.

Gdy wszyscy znaleźli się już w środku, Darius zamknął drzwi prowadzące na taras i rozejrzał się po salonie.

– Wolałbym zostać na zewnątrz i obserwować kometę przez całą godzinę, ale to raczej nie będzie możliwe – stwierdził, składając przed sobą dłonie. – A to znaczy, że przejdziemy do omawiania tego, co się wydarzyło podczas waszych medytacji. Czy ktoś z was zauważył zmianę w energii pod wpływem komety?

Mniej więcej połowa obecnych pokiwała głowami, a odpowiedział chłopak z czwartej klasy z rozczochranymi jasnobrązowymi włosami, który miał na imię Patrick.

– Czułem, że energii jest o wiele więcej – stwierdził. I wzruszając ramionami, dodał: – Nie potrafię tego wyjaśnić, ale czułem różnicę. Jakby dostęp do niej był łatwiejszy.

– Dobrze. – Darius skinął głową i znowu się rozejrzał. – Ktoś jeszcze?

– Wreszcie poczułam jakąś energię – powiedziała z kanapy jedna z pierwszoklasistek. – Niewiele, ale zdecydowanie więcej niż zazwyczaj.

– Wspaniale. – Darius uśmiechnął się do niej, a ona lekko się wyprostowała. – Mam nadzieję, że zapamiętasz to, czego się dzisiaj nauczyłaś, i wykorzystasz to w przyszłości – powiedział. – Czy ktoś jeszcze chciałby opowiedzieć o swoim doświadczeniu?

Spojrzałam na Kate. Zakładałam, że z wielką ochotą podzieli się swoim przeżyciem z klasą, ale wpatrywała się w dywan, skubiąc frędzelki na jego krawędzi. Danielle i Blake opierali się o ścianę i też nie wyglądali, jakby mieli zamiar się odezwać.

W końcu głos zabrał Chris.

– Nas przeszedł energetyczny wstrząs – powiedział, składając razem palce, a potem gwałtownie je od siebie odrywając, żeby zobrazować wybuch. – Na początku było normalnie, a potem nagle wszystkie te kolory jakby nas połączyły i bum! – poczuliśmy elektryczny wstrząs. Fajne to było.

Darius zmarszczył brwi.

– A co czuła reszta grupy? – zapytał, patrząc na Kate i na mnie, a potem na Blake'a i Danielle. – Było tak, jak mówi Chris? Wstrząs energetyczny?

– Tak – przyznała Danielle. – Dobrze to opisał.

Darius przeniósł wzrok na mnie, a ja pokiwałam twierdząco głową, podobnie jak Kate i Blake.

– Interesujące. – Zadumał się, przykładając palce do podbródka i wyglądając przez okno.

– Czy to… normalne? – Odważyłam się zapytać.

– Kometa Olimpijska przelatuje nad Ziemią raz na trzy tysiące lat – odpowiedział. – Trudno zatem stwierdzić, co jest w jej przypadku normalne.

Przyciągnęłam do siebie nogi i objęłam je rękoma. Czy Darius nie powinien się na tym znać? Przecież to Starsi rządzą, a skoro Darius – który był jednym ze Starszych – nie wiedział, czego się spodziewać, to może nigdy nie zrozumiemy, co się stało dziś wieczorem w naszym kręgu?

Myślałam, że przyjście tutaj przyniesie mi dziś jakieś odpowiedzi.

Tymczasem miałam jeszcze więcej pytań.

ROZDZIAŁ 9

Rozmawialiśmy jeszcze przez godzinę, a potem Darius zakończył dyskusję i zwolnił nas do domu. Danielle nie czekała ani chwili, tylko podeszła do Kate, Chrisa i mnie, ciskając wzrokiem gromy.

– Musiałeś się przed wszystkimi wygadać? – zwróciła się do Chrisa, krzyżując ręce na piersi.

Chris zrobił krok w jej kierunku, unosząc podbródek.

– A co to za problem? – zapytał. – Darius poprosił, żebyśmy opowiedzieli, czego doświadczyliśmy, więc to zrobiłem. Ciebie nie ciekawi, co się nam właściwie przytrafiło?

– Oczywiście, że mnie ciekawi. – Przewróciła oczami. – Ale nawet nie wiemy, czy cokolwiek zrobiliśmy, czy nie. A ostatnia rzecz, jakiej nam trzeba, to żeby wszyscy zaczęli zadawać pytania.

Blake podszedł do nas, zanim ktokolwiek zdążył odpowiedzieć.

– I jak tam? – Powiódł po nas wzrokiem, zatrzymując spojrzenie na mnie. – Wpadniecie na jutrzejszą imprezę?

– Jaką imprezę? – zapytałam, zaskoczona nagłą zmianą tematu.

Spojrzał na Danielle i zmarszczył brwi.

– Nie zaprosiłaś ich?

– Nie zdążyła. – Wątpiłam, by Danielle zamierzała gdziekolwiek mnie zaprosić, ale impreza to był dokładnie taki rodzaj odpoczynku od całej tej afery z czarami, jakiego potrzebowałam. Miło byłoby porobić dla odmiany coś normalnego. – Ale ja chętnie zajrzę.

– Ja też. – Chris podciągnął rękawy aż po łokcie i rzucił Kate szelmowski uśmiech. – A ty, Kate?

– Może. – Przestąpiła z nogi na nogę i objęła dłonią łokieć. – Zastanowię się.

– Doskonale. – Danielle nie kryła sarkazmu w głosie. – Impreza zaczyna się o ósmej. U mnie w domu.

– Brzmi świetnie. – Wyprostowałam się i uśmiechnęłam, zdeterminowana, by nie rezygnować. – Dzięki za zaproszenie.

– W takim razie do zobaczenia jutro wieczorem. – Blake odwrócił się do Danielle, która stała nieruchomo niczym posąg, i przyłożył dłoń do jej pleców. – Idziemy?

– Tak – odpowiedziała ze wzrokiem zimnym jak lód. – Do zobaczenia. – Obróciła się na pięcie, zarzuciła włosy przez ramię i ruszyła za Blakiem, który wyszedł przez frontowe drzwi.

– Ta dziewczyna ma poważne problemy – stwierdziła Kate, gdy zniknęli.

– Łagodnie mówiąc. – Roześmiałam się.

Zawtórowała mi, ale potem popatrzyła na mnie z powagą.

– Chyba nie zamierzasz tam pójść?

– Dlaczego nie? – zapytałam, choć potrafiłabym wymienić kilka powodów – przede wszystkim to, że impreza miała się odbyć w domu Danielle, a ona najwyraźniej nas tam sobie nie życzyła. Ale po tym czymś, co wydarzyło się między naszą piątką pod kometą, już się tak Danielle nie bałam. – Blake nas zaprosił. Impreza pewnie będzie fajna, a mnie łatwiej będzie poznać ludzi tam niż w szkole.

– No nie wiem... – Zacisnęła usta i znowu złapała się za łokieć.

– Ale Kate... – wtrącił się Chris. – Daj tej imprezie szansę. Całe życie tutaj mieszkasz, a prawie nikt cię nie zna. Pora, żebyś wyszła ze swojej skorupy.

– Nikt cię tam nie będzie trzymać siłą – dodałam. – Jeśli ci się nie spodoba, po prostu wyjdziesz. I czy nie lepiej pójść i zobaczyć, jak tam jest, zamiast siedzieć samej w domu?

– Okej. – Poddała się, kręcąc głową w poczuciu porażki. – Pójdę tam na chwilę. Ale tylko dlatego, że nalegaliście.

ROZDZIAŁ 10

Kate z niechęcią zgodziła się, żebym pomogła jej przygotować się na imprezę u Danielle. Gdy skończyłyśmy, wyglądała cudownie. Jasnozielony top, który był na mnie za ciasny, na nią pasował idealnie, a błyszczący złoty cień, który nałożyłam jej na powieki, jeszcze mocniej podkreślił intensywną zieleń jej oczu. Włosy lśniły po zastosowaniu prostownicy i spryskaniu nabłyszczaczem.

Gdy z nią skończyłam, rzuciłam okiem na siebie. Obcisła biała sukienka podkreślała jasny odcień moich blond włosów, które wymodelowałam w luźne fale niczym prosto z plaży. Miałam nadzieję, że nie będziemy zbyt długo przebywać na zewnątrz, bo przemroziłabym sobie nogi i ramiona.

Podobnie jak u pozostałej czwórki z naszej grupy obserwującej kometę, kolor moich oczu również stał się intensywniejszy. Miały ostrzejsze, srebrzystsze spojrzenie. To było dość uderzające i podobało mi się, choć za każdym razem zamierałam, gdy napotykałam w lustrze własny wzrok.

Kate nigdy dotąd nie była u Danielle, więc jechała powoli, zerkając na adresy podane na skrzynkach pocztowych. Poszukiwania nie trwały długo – głównie ze względu na samochody gęsto zaparkowane na podjeździe i wzdłuż ulicy.

Szczęki nam opadły, gdy zobaczyłyśmy dom Danielle. Wyglądał zupełnie, jakby stał na ateńskim Akropolu, a nie w małym miasteczku w Massachusetts. Sięgające piętra kolumny otaczały podwójne frontowe drzwi, a trójkątny dach z rzeźbieniami na przedzie sprawiał, że wyglądał jak połączenie Partenonu z Białym Domem. Drzwi były otwarte, więc ośmieliłyśmy się wejść, choć zaraz potem zatrzymałyśmy się jak wryte, gdy się rozejrzałyśmy.

Olbrzymi hol sprawił, że poczułam się, jakby żywcem przeniesiono mnie do wnętrza greckiej świątyni. Z boku wiły się schody wyłożone jasnoniebieską wykładziną, a z sufitu zwisał gigantyczny kryształowy żyrandol. Z głośników umieszczonych w całym domu grało radio z listą przebojów, całkiem głośno, ale nie na tyle, by nie dało się rozmawiać. Wszędzie widać było grupki ludzi – z których część rozpoznawałam ze szkoły – dotrzymujące sobie towarzystwa i prowadzące ożywione konwersacje.

Kilka osób przywitało się z Kate, ale większość nawet nas nie zauważyła. Przeszłyśmy do salonu, mając nadzieję, że napotkamy jeszcze kogoś z klasy. Spora grupka rozsiadła się na kanapach wokół stolika do kawy, a ja uśmiechnęłam się, widząc pośród nich Chrisa.

Pomachał do nas i przesunął się, żeby zrobić nam miejsce. Przysiadłam na oparciu kanapy, a Kate usiadła obok Chrisa.

– Już myślałem, że się nie zjawicie – powiedział, odsuwając włosy z oczu. – Stephanie i Patricka znacie z klasy. – Wskazał na dwie osoby, które rozpoznałam. Uśmiechnęłam się i przywitałam, a wtedy Chris zwrócił się ku parze na sofie naprzeciwko. – A to są Anne i Matt. Chodzą z nami na hiszpański.

Skinęłam głową, bo wiedziałam, że tak naprawdę chciał powiedzieć, że nie są czarownikami. Kate wyjaśniła mi wcześniej, że choć Danielle nie lubiła ludzi, zapraszała ich na swoje przyjęcia – przynajmniej tych popularnych – żeby mieć dużo gości.

Odpowiedziałam na standardowe pytania kierowane do nowych osób – gdzie dorastałam, dlaczego się przeprowadziliśmy, w której byłam klasie itd. Gdy skończyłam, słuchałam cudzych rozmów, wtrącając od czasu do czasu swoje trzy grosze. Czułam się tak zwyczajnie. Bardzo miło było oderwać się od całej tej gadaniny o czarach.

Ale nie widziałam nigdzie Blake'a. Domyślałam się, że musi gdzieś tu być, i miałam ochotę pospacerować, żeby się na niego natknąć – tak „przypadkiem", oczywiście. Nie chciałam, żeby było widać, że go wypatruję.

Nienawidziłam się za to, że choć wiem, że ma dziewczynę, nie potrafię wybić go sobie z głowy. Nie chciałam żywić żadnych uczuć do kogoś, kto był ewidentnie poza moim zasięgiem. Ale Blake zaprosił mnie na tę imprezę, więc przywitanie się i danie mu znać, że przyszłam, nie było chyba niczym złym. Tak po prostu nakazywała grzeczność.

Ta wymówka sprawiła, że poczułam się trochę mniej okropnie z powodu swoich uczuć wobec niego, nad którymi nie byłam w stanie zapanować.

– Idę po coś do picia – oznajmiłam, gdy rozmowa przycichła. – Chcecie coś?

Chris i pozostali mieli już napoje, a Kate tylko pokręciła głową.

Ruszyłam w stronę kuchni, mijając rozgadane grupki. Kuchnia Danielle była olbrzymia – byłaby jasna i przewiewna, gdyby nie wypełniał jej tłum gości. Wyglądało na to, że wszyscy częstują się sami, więc podeszłam do lodówki, żeby sprawdzić, jaki mam wybór. Z gazowanych napojów zostały już tylko staroświeckie szklane butelki z kapslami, które trudno otworzyć, ale złapałam jedną, mając nadzieję, że znajdę gdzieś otwieracz.

– Zastanawiałem się, czy przyjdziesz. – Aksamitny głos, który rozległ się za moimi plecami, bez wątpienia należał do Blake'a. Sam fakt, że go słyszę, sprawił, że serce zaczęło mi bić szybciej, ale odwróciłam się do niego, starając się sprawiać wrażenie zrelaksowanej, żeby nie domyślił się, jak bardzo denerwuję się w jego obecności.

Patrzył mi długo w oczy, a jego spojrzenie było tak intensywne, że prawie zapomniałam o tym, że muszę oddychać. Zanim zorientowałam się, co robi, chwycił mój napój, otworzył go o kant blatu i podał mi z powrotem.

– Dzięki. – Dłoń mi drżała, gdy odbierałam od niego butelkę, więc szybko upiłam łyk, żeby się uspokoić. –

Oczywiście, że przyszłam. Ostatnie dni były tak zwariowane, że zrobienie czegoś normalnego to miła odmiana.

Oparł się o blat, podpierając się na łokciach. Jacyś ludzie zaczęli wiwatować po drugiej stronie kuchni, ale on był skupiony wyłącznie na mnie.

– Wczoraj z kometą to dopiero było wariactwo – powiedział, trzymając ramię zaledwie parę centymetrów ode mnie. Tętno mi przyśpieszyło i znowu musiałam przypominać sobie o oddechu. – A poza tym nie co dzień ktoś nowy przenosi się do naszej klasy. Zwłaszcza osoba bez przeszkolenia, która nie ma pojęcia o naszej historii. Myślę, że niektórzy zazdroszczą ci tego, że tak szybko wszystko łapiesz.

– Bez Kate byłabym kompletnie zagubiona – odpowiedziałam. – Pomaga mi w nauce, żebym dała radę z rozszerzonymi przedmiotami. A nadrabiam o wiele szybciej, niż się spodziewałam. Kate twierdzi, że to dlatego, że żółta energia pomaga mi się skoncentrować.

– To, co potrafimy, z pewnością można wykorzystać – odparł.

– Tak. – Zadrżałam, przypominając sobie historię, którą opowiedziała mi Kate – o tym, jak Danielle wykorzystała swoje moce, żeby skrzywdzić tamtą dziewczynę. Nie wiedziałam, czy Blake też robi takie rzeczy, ale wolałam jasno podkreślić, że ja zamierzam wykorzystywać moje zdolności dla dobra. – I kto wie – dodałam. – Może zdołam użyć nowych umiejętności, żeby zacząć lepiej grać w tenisa.

– No jasne, tenisistka. – Uśmiechnął się, a mnie zastanowiło, co go tak bawi. – Od jak dawna trenujesz?

– Jakieś dziesięć lat – rzuciłam od niechcenia, choć wiedziałam, że to bardzo długo. – Grałam w reprezentacji. Od paru tygodni mam przerwę, bo nadwerężyłam kolano, ale poprawiło mi się, gdy się tu przenieśliśmy, więc jestem gotowa, żeby znowu zacząć treningi. Chyba spróbuję się dostać do reprezentacji Kinsley na wiosnę.

– Dostaniesz się – stwierdził pewnym głosem. – Danielle gra zaledwie od pięciu lat, a jest numerem jeden w reprezentacji. Oczywiście, podobnie jak wszyscy z naszej klasy, ma pewną... przewagę. Ale ty chyba dostałabyś się do drużyny nawet bez niej.

– Być może. – Uśmiechnęłam się na myśl o grze. Niemniej, mimo że dostanie się do drużyny powinno być łatwe, biorąc pod uwagę moje doświadczenie, to jednak odebranie Danielle czołowej pozycji może być problematyczne. Blake właściwie potwierdził, że dziewczyna wykorzystuje swoje moce, żeby wygrywać. A ja, mimo talentu do gry, nie mogłam się z nią równać, jeśli chodzi o korzystanie z naszych zdolności. Przynajmniej na razie.

Blake spojrzał na coś za mną i jego oczy jakby zasnuł cień.

Odwróciłam się i zobaczyłam zmierzającą ku nam Danielle. Wyglądała niczym Afrodyta wychodząca z morskich fal w lśniącej szafirowej sukience, która mocno podkreślała jej kształty. Kolor jej oczu idealnie pasował do sukienki i był jeszcze intensywniejszy niż w wieczór, gdy obserwowaliśmy kometę. Na obcasach była ode mnie sporo wyższa, a ja niemal skuliłam się pod jej wzrokiem.

– O czym tak sobie gawędzicie? – Jej lodowaty ton sprawił, że ciarki przeszły mi po plecach. Przysunęła się bliżej Blake'a i położyła dłoń na jego ramieniu, a jej wzrok stwardniał, jakby posyłała mi milczącą wiadomość, że on należy do niej i nie życzy sobie, żebym się kręciła w jego pobliżu.

– Nicole opowiadała mi właśnie, że w starej szkole grała w tenisa – odpowiedział. – Chciałaby spróbować sił w naszej reprezentacji.

– Naprawdę? – Danielle uniosła brew. – Czy Blake raczył wspomnieć, że jestem numerem jeden w drużynie?

– Owszem. – Pokiwałam głową, nie wspominając, że ja w swojej drużynie też byłam numerem jeden, zanim doznałam kontuzji. Miałam przeczucie, że nie przyjęłaby najlepiej tej wiadomości.

– Miałem jej powiedzieć o zimowych treningach w klubie tenisowym – kontynuował Blake, zwracając się do mnie. – Większość dziewczyn ze szkolnej drużyny dołącza do nich, żeby przygotować się do sezonu wiosną.

Danielle skrzywiła się, ale pomimo jej wyraźnego zirytowania tym, że Blake udzielał mi tylu informacji, aż podskoczyłam ucieszona perspektywą, że mogłabym znowu grać.

– A kiedy się zaczynają? – zapytałam.

– We wtorek – odparła chłodno Danielle. – Możesz przyjść i zapytać trenerkę, czy weźmie cię na próbę, ale nie oczekuj zbyt wiele. Jest surowa, a testy były w grudniu. Już przydzieliła miejsca.

– Nie zaszkodzi spróbować – powiedziałam. – Nawet jeśli w drużynie nie będzie teraz dla mnie miejsca, to i tak chętnie pogram co tydzień w klubie, choćby dla przyjemności.

– Hm… – Danielle przyglądała się swoim paznokciom. Miałam wrażenie, że gdybym szukała chętnych do rozegrania meczu, z pewnością nie podniosłaby ręki.

Blake stał obok niej w milczeniu, a w jego oczach malowała się jakaś surowość. Miałam ochotę jeszcze z nim porozmawiać, ale Danielle nie zamierzała ustąpić z grzędy, więc przeprosiłam ich i skierowałam się z powrotem do salonu.

Kate i Chris wciąż tam byli, teraz otoczeni większą grupą gości. Usiadłam znowu na oparciu kanapy i dołączyłam do rozmowy. Gadałam i śmiałam się z nimi, jakbyśmy znali się o wiele dłużej niż kilka dni.

Po raz pierwszy od przeprowadzki do Kinsley poczułam się w miarę normalnie – jakbym w końcu znalazła tu sobie miejsce.

Nie mogłam się jednak oprzeć wrażeniu, że to nie potrwa zbyt długo.

ROZDZIAŁ 11

W momencie gdy weszłam do klubu tenisowego i usłyszałam znajomy dźwięk piłek odbijających się od kortu, poczułam się jak w domu. Obróciłam rakietę w dłoni i nie chcąc marnować już ani chwili, podeszłam do recepcji. Wysoki jasnowłosy mężczyzna składał koszulki na blacie. Choć miał już swoje lata, był w świetnej formie, a ja założyłam, że pewnie prowadzi jakieś zajęcia w klubie.

– Czy zastałam trenerkę drużyny dziewczęcej? – zapytałam, mając nadzieję, że zawczasu dowiem się, jak ona ma na imię.

– Marto! – zawołał w kierunku otwartych drzwi na tyłach. – Ktoś do ciebie.

Korpulentna kobieta z sięgającymi do ramion siwymi włosami wyszła z pomieszczenia.

– Tak? – zapytała, zaciskając usta, jakby właśnie zjadła kwaśnego cukierka.

Ręce mi drżały, więc ścisnęłam mocniej rakietę. Myślałam, że Danielle tylko chce mnie wystraszyć, ostrzegając, że trenerka jest surowa, ale teraz rozumiałam, co miała na myśli.

– Dzień dobry – powiedziałam z uśmiechem przyklejonym do twarzy, udając pewność siebie, choć żołądek podszedł mi do gardła. – Nazywam się Nicole Cassidy i właśnie się tu przeprowadziłam, a słyszałam, że prowadzi pani drużynę juniorek. Jestem w drugiej klasie w Kinsley High, ale przeniosłam się tutaj już po testach, więc może mogłabym podejść do nich teraz?

Przyłożyła długopis do podbródka i otaksowała moją rakietę. Była dobrej jakości, dostałam ją w prezencie urodzinowym od taty.

– Od jak dawna grasz? – zapytała.

– Od dziesięciu lat – odpowiedziałam, prostując się. – Grałam w drużynie uniwersyteckiej jako jedna z reprezentantek mojego liceum w Georgii. W tym roku oraz w zeszłym.

Odłożyła długopis i uważnie mi się przyjrzała.

– Grałaś w reprezentacji uniwersyteckiej jako pierwszoklasistka?

– Tak. – Poczułam, że się rumienię. Miałam nadzieję, że nie pomyśli, że zmyślam. Zawsze byłam świetna w tenisa, ale nie lubiłam się tym przechwalać. Gdy zobaczy, jak gram, sama się przekona.

– Możesz spróbować dzisiaj – postanowiła i wzięła do rąk teczkę z klipsem. – Nie obiecuję, że znajdzie się dla ciebie miejsce, bo mamy bardzo dobrą drużynę, ale zobaczę, co potrafisz, i od tego zaczniemy.

Choć starałam się zachować spokój, uśmiechnęłam się od ucha do ucha.

– Dziękuję! – zawołałam, powstrzymując się od wyściskania jej. Nie wyglądała na milusińską.

Zapisała coś na przypiętym klipsem papierze.

– Bądź na korcie punktualnie o szesnastej – poinstruowała mnie.

– Oczywiście.

Pokiwała głową, a ja uznałam, że rozmowa jest zakończona, i przeszłam na balkon, z którego widać było korty. Na tym najbliższym grupka młodszych dzieci celowała piłkami w pachołki po drugiej stronie. Uśmiechnęłam się, gdy je obserwowałam, bo to było moje ulubione ćwiczenie w ich wieku. Natychmiast załapałam – dokładność zawsze była moją mocną stroną. Wystarczyło patrzeć tam, gdzie chciało się posłać piłkę, wycelować i uderzyć. Proste.

– W więc mimo wszystko postanowiłaś się zjawić. – Usłyszałam za plecami głos Danielle.

– Tak. – Odwróciłam się i wytrzymałam jej spojrzenie, bawiąc się rakietą. Gdy miała włosy ściągnięte do tyłu w kucyk, jej oczy wydawały się jeszcze bardziej kocie niż zwykle. – Rozmawiałam z trenerką, pozwoli mi się sprawdzić.

Twarz Danielle stężała.

– Jak miło z jej strony – rzuciła przesłodzonym tonem. – Powodzenia. – Odwróciła się na pięcie i kręcąc spódniczką dla dodania efektu, podbiegła do grupki dziewczyn, które właśnie się pojawiły.

Kilka minut później wszyscy zebrali się na korcie. Trenerka Peterson poinformowała drużynę, że będzie mnie sprawdzać i że zamierza obserwować mnie podczas normalnego treningu. Zanim ktokolwiek to skomentował, zarządziła na początek bieg na pięć okrążeń.

W ślad za innymi odłożyłam rakietę i zaczęłam biec. To było wspaniałe uczucie – móc słyszeć znowu uderzenia butów o nawierzchnię, czuć świst powietrza we włosach, które łopotały wokół głowy, i przypływ adrenaliny do serca, które pracowało tym intensywniej, im większej prędkości nabierałam. Kolano po urazie nawet nie zakłuło. Czułam się cudownie – jakbym szybowała.

Pierwsza skończyłam, zdołałam nawet zdublować kilka dziewcząt po drodze. Danielle była druga. Podniosła rakietę i zaczęła się rozciągać, nawet na mnie nie spojrzawszy.

Gdy wszyscy skończyli pięć okrążeń, trenerka podzieliła nas na czteroosobowe grupy na czas rozgrzewki. Odetchnęłam z ulgą, że nie przydzieliła mnie do tej samej grupy, co Danielle.

Dziewczyny w mojej grupie grały przyzwoicie, ale z łatwością odkryłam ich słabości. Nie będzie trudno przygotować strategię, jak pokonać je w meczu. Tylko się rozgrzewałyśmy, więc nie uderzałam tak mocno, jak zwykle, ale one i tak nie miały szans. Zapewne zajmowały niskie miejsca w drużynie.

Po dwudziestu minutach trenerka Peterson zagwizdała w gwizdek.

– Już czas! – zawołała, a jej głos rozległ się na wszystkich sześciu kortach. – Przerwa, żeby się napić, a potem rozegramy mecze.

Odłożyłam rakietę w holu i pobiegłam do fontanny z wodą, ale trenerka zawołała mnie, zanim ustawiłam się w kolejce. Potruchtałam do niej, serce waliło mi przy każdym kroku. Powinnam się uspokoić. Pokazałam przecież, że porządnie odbijam piłki. Nie miała powodu, żeby nie chcieć mnie w drużynie.

– Imponująca rozgrzewka – powiedziała z lekkim uśmiechem. – Chciałabym sprawdzić, jak poradzisz sobie z dziewczynami, które grają w reprezentacji single. Wtedy będę wiedziała, gdzie cię umieścić.

– Wspaniale. – Rozpromieniłam się, słysząc, że zastanawia się *gdzie*, a nie *czy* umieścić mnie w drużynie. – Napij się wody, a ja poinformuję dziewczyny o zmianach.

Skinęłam głową i pobiegłam z powrotem do fontanny. Jedna z dziewczyn, z którymi robiłam rozgrzewkę, przybiła mi piątkę, a pozostałe przedstawiły się, witając mnie w drużynie.

– Gratulacje – powiedziała jak zwykle lodowatym tonem Danielle, która do nas podeszła. – Trenerka właśnie mi powiedziała, że zagrasz ze mną i jeszcze z paroma dziewczynami z reprezentacji. To powinno być… hm… Co najmniej interesujące.

– Dzięki. – Uśmiechnęłam się, zbyt szczęśliwa, by przejmować się jej negatywnym nastawieniem. Na szczęście akurat była moja kolej przy fontannie, więc nachyliłam głowę, żeby się napić, i nacisnęłam guzik przy kranie.

Woda trysnęła z całej siły, rozpryskując się dookoła i zalewając mi twarz i włosy. Krzyknęłam i cofnęłam się, ocierając policzki z wody i mrugając oczami.

Danielle zachichotała, a ja wbiłam w nią wzrok, wyciskając wodę z włosów. Miała tak zadowoloną z siebie minę, jakby to była jej sprawka.

To niemożliwe. Przecież Darius powiedział pierwszego dnia, że nasze zdolności dotyczą umysłu, a nie świata fizycznego. Danielle nie mogła odpowiadać za to, co się właśnie stało. To musiała być jakaś usterka w rurach.

Gdy spróbowałam jeszcze raz, woda leciała już normalnie, więc po kilku łykach chwyciłam rakietę i wróciłam tam, gdzie reszta dziewczyn zebrała się wokół trenerki. Danielle znowu się roześmiała, ale ja tylko uniosłam głowę i nawet na nią nie spojrzałam. Otrzymanie miejsca w drużynie to piękny moment. Nie pozwolę jej go sobie zepsuć.

– Będziesz grać na korcie numer jeden – powiedziała do mnie trenerka. – Bierz rakietę i zaczynaj. Popatrzę, jak grasz, i zdecyduję, gdzie cię ustawić.

Pozostałe trzy dziewczyny były już na korcie. Danielle dobrała się z czwartoklasistką o imieniu Kara. Wymieniły się złośliwymi uśmieszkami na mój widok, jakby były przekonane, że mnie pokonają. Wzięłam głęboki oddech i przesunęłam palcami po strunach. Musiałam skupić się na grze. Danielle może mieć przewagę dzięki swoim mocom, ale to ja grałam pięć lat dłużej niż ona. Powinnam sobie poradzić.

Wysoka jasnowłosa blondynka po drugiej stronie kortu, która miała być moją partnerką, uśmiechnęła się i pomachała do mnie.

– Jestem Jessica – przedstawiła się.

– Cześć. – Odwzajemniłam uśmiech. – Nicole.

– Wiem – odrzekła. – Jesteśmy w jednej klasie.

Gdy tylko to powiedziała, rozpoznałam ją – to była ta cicha dziewczyna, która odpowiedziała na jedno z pytań Dariusa w mój pierwszy dzień w szkole.

Uznałam, że to nie przypadek, że trzy dziewczyny wystawione z najwyższymi numerami w drużynie chodzą do klasy Dariusa.

– Możesz serwować jako pierwsza – oznajmiła Danielle, rzucając w moim kierunku kilka piłek.

– Jasne. – Złapałam je i cofnęłam się za linię. Podejrzewałam jakiś podstęp ze strony Danielle. Przecież serwująca para zawsze ma przewagę.

Zdecydowanie wątpiłam, by zaproponowała mi to z uprzejmości, ale mogłam tylko odprężyć się i zagrać najlepiej, jak umiałam. Wyrzuciłam więc piłkę w powietrze, wzięłam zamach całym ciałem i zaserwowałam.

Piłka odbiła się od krawędzi rakiety i wpadła w siatkę.

– Błąd serwisowy. – Danielle skrzyżowała ramiona i uśmiechnęła się złośliwie. – Ale niezła próba.

Nie odpowiedziałam na ten fałszywy komplement, tylko odbiłam kolejną piłkę od ziemi, przygotowując się do następnego serwu. To była tylko rozgrzewka. Tym razem zaserwuję tak mocno, że Danielle nie zdąży mrugnąć okiem, a piłka już ją minie.

Znów podrzuciłam piłkę, lecz trafiłam ją rakietą zbyt późno. Poleciała łukiem w powietrze i wylądowała za linią końcową.

– Drugi błąd. – Danielle zarzuciła włosy za ramię i uśmiechnęła się triumfująco. – Zero–piętnaście.

Skarciłam ją wzrokiem za ogłoszenie wyniku. Powinien to robić serwujący. Czyli ja.

Obróciłam w ręku rakietę, żeby uspokoić nerwy. Na pewno mogę zrobić coś, żeby się odprężyć. I wtedy przypomniałam sobie kolory, które Darius wypisał na tablicy.

Kate kazała mi się ich wszystkich nauczyć podczas naszej pierwszej wspólnej nauki. Może teraz któryś mi się przyda?

Postawiłam na niebieski, najbardziej uspokajającą barwę. Gdybym zdołała okiełznać niebieską energię, może rozluźniłabym się i zagrała tak, jak naprawdę potrafię.

Może to nie zadziała. Ale nie zaszkodzi spróbować.

Przesunęłam ciężar ciała z nogi na nogę i zamknęłam oczy, mając nadzieję, że wyglądam, jakbym po prostu starała się skoncentrować. Tak naprawdę wizualizowałam sobie niebieski kolor. Przyciągałam go umysłem, aż mnie otoczył, a potem wyobraziłam sobie, że wchodzi we mnie przez dłonie, wypełnia moje ciało i łagodzi nerwy.

Dłoń miałam zaciśniętą na rączce rakiety i wyczułam, że jest w niej coś niewyraźnego, coś dziwnego – może dlatego, że tak długo jej nie używałam. Posłałam więc nieco niebieskiej energii także do rakiety.

A potem znowu wyrzuciłam piłkę w powietrze i uderzyłam.

Przecięła powietrze i wylądowała dokładnie tam, gdzie celowałam. To był przyzwoity serw, jednak brak dostatecznej siły sprawił, że Kara odbiła piłkę na środek kortu, gdzie ani ja, ani Jessica nie zdołałyśmy jej odebrać.

To było zagranie dalekie od ideału. Ale przynajmniej był to jakiś postęp.

Gra toczyła się dalej w ten sposób, że albo nie trafiałam, albo uderzałam celnie, lecz zbyt wolną piłką, którą Danielle lub Kara mogły z całej siły posłać z powrotem za siatkę. Trenerka obserwowała mnie z bocznych linii ze zmarszczonymi brwiami. Nie dziwiłam się jej. Sama byłam rozczarowana swoją grą.

Wyobrażenie sobie niebieskiej energii trochę pomogło, więc przypomniałam sobie, co oznaczały inne kolory. Czerwony nie tylko zwiększał atrakcyjność i pożądanie, ale także pewność siebie. Przyzwałam więc do swego ciała czerwoną energię i w ułamku sekundy poczułam się rześko. Potem pomyślałam o żółtym i o tym, jak poprawia koncentrację. Fala żółci wlała się przez moje dłonie i wyostrzyła skupienie na grze. W końcu ponownie pomyślałam o niebieskim, starając się uspokoić i nie pozwolić, by frustracja kiepską grą jeszcze mocniej mi zaszkodziła.

Trzy kolory przepływały przez moje ciało, a ja zacisnęłam dłoń na rakiecie i posłałam je też do niej. Energia szumiała wewnątrz mnie, trzeszcząc swą mocą. Odbiłam piłkę kilka razy od ziemi i poczułam, że moje zmysły się wyostrzają.

Byłam gotowa.

Nagle zaczęłam grać lepiej niż kiedykolwiek. Panowałam nad każdym uderzeniem – każda piłka była mocna i dokładna. Bardzo szybko zaczęłyśmy z Jessicą prowadzić.

W końcu trenerka zagwizdała w gwizdek, by zasygnalizować koniec treningu. Czekała na mnie przy wyjściu z kortów, a ja podeszłam do niej z mocno bijącym sercem.

– Przypiszę ten niefortunny początek nerwom – powiedziała, zanim zdążyłam się odezwać. – Jeszcze nie zdecydowałam, z którym numerem cię wystawię, ale poobserwuję cię w czwartek i zobaczymy. Jeśli będziesz grać tak, jak przez większość meczu, to możesz być spokojna o wysokie miejsce.

– Dziękuję – odpowiedziałam i dopiero w tym momencie odetchnęłam z ulgą. – Nie mogę się doczekać, aż znajdę się w drużynie.

– Nie ma za co. – Wreszcie się uśmiechnęła. – Zasłużyłaś.

Zgadzałam się z nią co do mojej gry przez większość czasu. Ale naprawdę spaprałam sprawę na samym początku. I nie mogłam przestać myśleć o tym, co Kate powiedziała mi o Danielle – że wykorzystywała swoje moce, żeby szkodzić innym. Zwłaszcza dziewczynom, które rozmawiały z Blakiem.

Czy Danielle użyła mocy, żeby mi zaszkodzić?

A jeśli tak, to co mogę zrobić, żeby się przed nią chronić?

ROZDZIAŁ 12

Powinnaś uważać, gdzie odkładasz rakietę podczas treningu – powiedział Blake następnego dnia na ceramice. Pracowaliśmy nad metodą wałeczkową nad naszymi naczyniami z poprzedniej lekcji i mieliśmy cały stolik dla siebie. Zastanawiałam się, czy Blake nie używa jakiejś energii, żeby sprawić, by wszyscy trzymali się od niego z daleka.

Wszyscy oprócz mnie, oczywiście.

– Co masz na myśli? – zapytałam.

– Tylko to, że niektórzy ludzie – zwłaszcza z naszej klasy – mogliby wykorzystać fakt, że zostawiłaś rakietę na korcie.

Aż drgnęłam i szeroko otworzyłam oczy na taką sugestię.

– Twierdzisz, że Danielle zepsuła mi rakietę?

– Nikogo nie wskazuję – odparł. – Mówię tylko, żebyś była ostrożniejsza.

Chciałam dowiedzieć się czegoś więcej, ale to był drażliwy temat, skoro ona była jego dziewczyną.

– Dzięki – powiedziałam więc tylko. – Następnym razem nie spuszczę rakiety z oczu.

– Słusznie – powiedział. – Ale… Nie chcesz nauczyć się, jak się na niej odegrać?

Wytrzymałam jego spojrzenie, zastanawiając się, czy mówi poważnie. Powinien stać po stronie Danielle, a nie mojej. Czy to jakiś podstęp? Nie wydawało mi się, aby tak było, ale nawet jeśli, to konflikt z Danielle był ostatnią rzeczą, jakiej mi było potrzeba. Może i zaczynam sobie radzić z panowaniem nad energią, ale Danielle jest ode mnie o wiele potężniejsza. Powinnam uważać.

– Nie chcę się na niej odegrać – odpowiedziałam ostrożnie. – Ale jeśli jest jakiś sposób, żebym mogła bronić się przed tym, co robi, to chętnie go poznam.

Pochylił się, aż jego twarz znalazła się zaledwie parę centymetrów od mojej, i poczułam na ramionach gęsią skórkę.

– Jest taki sposób – powiedział, ściszając głos. – Wystarczy użyć białej energii. To najsilniejszy kolor, ale też najtrudniejszy do okiełznania. Jeśli ci się uda i jeśli odpowiednio go skierujesz, będziesz w stanie zdejmować czary z obiektów. Kłopot w tym, że trzeba wiedzieć, przy których przedmiotach manipulowano. I bardzo trudno jest usunąć energię, jeśli nałożył ją ktoś potężniejszy od ciebie. Ale ty masz wrodzony talent. Nawet Darius jest pod wrażeniem.

Oderwałam kawałek gliny, żeby zacząć zwijać go w wałek.

– Biała energia – powtórzyłam. – A może przywołać kilka kolorów naraz? Udało mi się to z trzema i trochę pomogło.

– Połączenie wszystkich kolorów daje białą energię, więc przypuszczam, że i trzy mogły pomóc – odparł. – A skoro tak było, to znaczy, że masz tyle samo mocy, co Danielle, a może nawet więcej.

– Więc przyznajesz, że to Danielle! – Uśmiechnęłam się triumfalnie.

Zacisnął szczękę i spuścił oczy, unikając mojego wzroku.

– Nikomu nie powiem – powiedziałam. – Obiecuję.

Przyjrzał mi się, jakby próbował stwierdzić, czy można mi zaufać, czy nie.

– Dobrze – powiedział w końcu. – Bo gdyby Danielle się dowiedziała, że staram ci się pomóc, mogłaby się na tobie odegrać. I choć wątpię, by zrobiła coś strasznego – w końcu jesteś jedną z nas – to nie chciałbym, żeby coś ci się stało.

Poczułam, że robi mi się gorąco, i przestraszyłam się, że się rumienię. Dlaczego Blake miałby pomagać mi za plecami swojej dziewczyny? Chciałam myśleć, że podobam mu się tak samo, jak on mnie, ale wolałam się nie rozczarować. Bo on i Danielle nadal byli parą. Zatem my dwoje mogliśmy być jedynie przyjaciółmi.

Spuściłam wzrok na stolik i skupiłam się na wałkowaniu dłonią kolejnego kawałka gliny. Obawiałam się, że buzujące we mnie emocje są tak silne, że wyraz twarzy natychmiast mnie zdradzi.

– Myślałeś jeszcze o tamtym wieczorze z kometą? – zapytałam, żeby przerwać milczenie.

– Nieustannie – odpowiedział, a jego dłonie zaczęły szybciej pracować. – Nie wiem dlaczego ani w jaki sposób, ale moje umiejętności zmieniły się od tamtej pory.

– Co masz na myśli? – zapytałam.

– Tutaj nie mogę ci tego pokazać. – Rozejrzał się po sali, jakby obawiał się, że ktoś podsłuchuje. – Bo wystraszylibyśmy wszystkich i narazili się Starszym.

– Okej – powiedziałam. – A możesz mi chociaż o tym opowiedzieć?

– Nie – odparł. – To coś, co trzeba zobaczyć. Chodź ze mną po lekcjach, to ci pokażę.

Oczy mu pociemniały, a mnie zabrakło tchu, gdy uświadomiłam sobie, że to, co chce mi pokazać, to coś poważnego, i że z jakiegoś powodu zaproponował to właśnie mnie. Ufał mi.

I choć wiedziałam, że nie powinnam, ja też mu ufałam.

ROZDZIAŁ 13

Reszta lekcji ceramiki ciągnęła się w nieskończoność.

– Jesteś gotowa na to, co zamierzam ci pokazać? – zapytał Blake, gdy dzwonek wreszcie zadzwonił.

– Po takiej zapowiedzi lepiej, żeby to było coś warte – odpowiedziałam półżartem.

Spakowaliśmy swoje rzeczy i wyszliśmy z klasy.

– Chodź – powiedział, idąc korytarzem w przeciwną stronę, na tył budynku. To był ślepy zaułek, ale założyłam, że wie, co robi, więc i tak za nim ruszyłam. Zatrzymał się przy drzwiach wiodących na tylną klatkę schodową, otworzył je i skinął głową, żebym przeszła jako pierwsza.

Musnęłam ramieniem jego ramię, gdy go mijałam, i poczułam w sobie ciepło bijące z jego skóry. Zaparło mi dech w piersiach i cofnęłam się, żeby zrobić mu miejsce. Na niewykończonej klatce schodowej panował półmrok, a on domknął drzwi, odcinając nas od reszty świata.

Rozmowy ostatnich uczniów przechodzących korytarzem ucichły i zostaliśmy sami. We dwoje. Serce waliło mi tak mocno, że pewnie je słyszał, i choć pragnęłam zostać sam na sam z Blakiem od chwili, gdy go pierwszy raz zobaczyłam, musiałam zapanować nad tym, co do niego czułam. Nic nie mogło się między nami wydarzyć. A przynajmniej nie teraz, gdy miał dziewczynę.

– To... co chciałeś mi pokazać? – zapytałam, naciągając rękawy na dłonie i obejmując się ramionami.

– To. – Wyjął coś z kieszeni i wyciągnął rękę. To był gliniany wisiorek przedstawiający słońce, mniej więcej wielkości jego dłoni. Ciemnoszara barwa gliny wskazywała na to, że jeszcze nie została wypalona.

– Piękny. – Zatrzymałam palce tuż nad ozdobą, bo bałam się jej dotknąć. – Sam to zrobiłeś?

– Tak. – Pokiwał głową.

– Ale dlaczego zabrałeś go, zanim trafił do pieca? – zapytałam. – Jeśli go nie wypalisz, pokruszy się.

– Pokażę ci coś – powiedział łagodnie, tak intensywnie wpatrując mi się w oczy, że aż musiałam oprzeć się o ścianę. – Obiecaj, że się nie wystraszysz.

– Obiecuję. – Jakimś cudem udało mi się ukryć drżenie głosu. – Biorąc pod uwagę to, czego się ostatnio dowiedziałam, mało co mogło mnie wystraszyć.

– Racja. – Sięgnął znowu do kieszeni i wyciągnął czarną zapalniczkę. – Gotowa?

– Tak. – Przełknęłam ślinę i popatrzyłam mu w oczy. – Gotowa.

Pstryknął zapalniczkę, a płomień rozświetlił jego twarz i sprawił, że Blake wyglądał, jakby był z innego świata.

Przysunął ogień do wisiorka, który nadal trzymał w drugiej ręce.

– Co robisz? – Gwałtownie wciągnęłam powietrze i sięgnęłam, by go powstrzymać. – Poparzysz się.

– Właśnie, że nie. – Cofnął się ode mnie, a gdy płomień dotknął jego skóry, nawet nie drgnął. – Patrz.

Płomień robił się coraz wyższy i jaśniejszy, a potem Blake zgasił zapalniczkę. Ogień powinien zniknąć. Ale on tylko zmienił barwę na niebieską, zaczął płonąć intensywniej niż wcześniej, całkowicie otaczając wisiorek. Blake trzymał w dłoni ogień, który wcale go nie parzył. Kontrolował płomienie. Co zgodnie z tym, czego dowiedziałam się w tym tygodniu o naszych umiejętnościach, nie powinno być możliwe.

Ale nie mogłam zaprzeczyć czemuś, co widziałam na własne oczy.

W końcu ogień zgasł, a Blake uniósł wisiorek. Słońce z gliny całkiem stwardniało. Gdybym sama tego nie widziała, byłabym przekonana, że tkwiło w piecu wiele godzin.

– Jak to zrobiłeś? – Musnęłam palcami wisiorek, ale wciąż parzył, więc gwałtownie cofnęłam rękę.

– Nie wiem. – Wpatrywał się w wisiorek, równie oszołomiony jak ja. – Wczoraj rozpalałem w domu w kominku i poczułem, że potrafię sterować płomieniami, jak chcę. Nie byłem pewien, czy mi się tylko wydaje, więc poszedłem do swojego pokoju poeksperymentować. – Zacisnął szczękę i spojrzał mi w oczy. – Nie wydawało mi się. Potrafię kontrolować ogień.

– Ale to niemożliwe – odparłam. – Nie jesteśmy w stanie wpływać na świat fizyczny w taki sposób. Prawda?

– Jedyne wyjaśnienie, które przyszło mi do głowy, jest takie, że coś się stało, gdy poczułem ten energetyczny wstrząs pod kometą. Cokolwiek to było, zmieniło nas – powiedział. – Mnie dało tę zdolność.

– Możliwe – powiedziałam. – Ale możliwe też, że jest to coś, co potrafiłbyś zrobić i bez komety.

– Nigdy o czymś takim nie słyszałem – odpowiedział. – Ale potem przypomniał mi się Hefajstos, grecki bóg ognia, i poczytałem o nim. Nawet on nie potrafił kontrolować płomieni umysłem. – Znowu spojrzał na wisiorek, a potem przeniósł swoje palące spojrzenie na mnie. – Pomyślałem, że skoro to zaczęło się wraz z twoją przeprowadzką tutaj, to może będziesz wiedzieć, o co chodzi.

– Jeszcze w zeszłym tygodniu nie miałam pojęcia o istnieniu czarowników – odparłam. – To wszystko to dla mnie zupełna nowość, więc jestem ostatnią osobą, którą powinieneś pytać o wyjaśnienie.

– Ale byłaś razem z nami pod tą kometą i wiem, że niezwykle szybko uczysz się korzystać z mocy – powiedział. – I dlatego musiałem z tobą porozmawiać. Udało ci się zrobić coś takiego jak mnie z ogniem? Coś, co miałoby wpływ na świat fizyczny?

Poczułam falę rozczarowania, gdy uświadomiłam sobie, dlaczego mnie tu przyprowadził. Do tej pory, pomimo przeciwności, miałam nadzieję, że jest mną zainteresowany i chce spędzić trochę czasu razem. Że jestem kimś, komu chce zaufać. Że coś przyciąga go do mnie, tak jak mnie do niego.

Ale on nic takiego nie czuł. Chciał tylko uzyskać ode mnie informacje.

Nie powinnam była spodziewać się niczego innego. A gdy stałam tam załamana, on czekał, aż rozwikłam tajemnicę jego dopiero co odkrytej zdolności. Musiałam to wyjaśnić. Nie jestem nikim szczególnym. I z całą pewnością nie potrafię udzielić odpowiedzi, których on ode mnie oczekuje.

– Ja niczego podobnego nie jestem w stanie zrobić. – Skupiłam wzrok na wisiorku, celowo unikając patrzenia na Blake'a. – Nawet gdyby moje zdolności się zmieniły, nie wiedziałabym o tym, bo jeszcze tydzień temu nie miałam o nich w ogóle pojęcia.

– A Kate i Chris? – zapytał. – Czy oni wspomnieli o czymś niezwykłym?

– Nie. – Potrząsnęłam głową. – Ale wczoraj na tenisie wydarzyło się coś bardzo dziwnego… – Przerwałam, mając nadzieję, że nie powiem niczego zupełnie od rzeczy. Ale on pokiwał głową, żeby mnie zachęcić, więc dokończyłam: – Miałam właśnie napić się wody, gdy nagle fontanna na mnie trysnęła, jakby była opętana. Danielle stała tuż za mną. Była zła, że mogę zająć jej miejsce w drużynie.

Zmarszczył brwi.

– Myślisz, że była zazdrosna i oblała cię wodą? Że ją kontrolowała? Tak jak ja kontroluję ogień?

– Nie jestem pewna. – Przeczesałam dłonią włosy, bo jakoś idiotycznie to zabrzmiało, gdy on to powiedział. – Możliwe. A może to fontanna się zepsuła i to był czysty przypadek.

Popatrzyliśmy na siebie, nic nie mówiąc. Wiedziałam, że żadne z nas w to nie wierzy.

– Dzięki, że mi powiedziałaś – rzucił. – Zapytam o to później Danielle.

Skinęłam głową i rozejrzałam się po pustej klatce schodowej.

– Powinniśmy pójść do klasy – stwierdziłam, przestępując z nogi na nogę. – Spóźnimy się.

Tak naprawdę nie chciałam stamtąd iść – wolałabym opuścić całą lekcję, żeby pobyć z Blakiem – ale przebywanie z nim sam na sam tylko rozbudzało moje nadzieje. A powinnam być silniejsza. Musiałam zwalczyć to, co do niego czułam. Bo on tych uczuć nie odwzajemniał, a mnie będzie łatwiej, jeśli to zaakceptuję.

Zdecydowanym gestem sięgnęłam do drzwi, ale on wyciągnął rękę, żeby mnie powstrzymać.

– Zaczekaj – powiedział, a ja zamarłam, czując jego dotyk. – Nie zrobiłem tego dla siebie. To dla ciebie. – Uniósł wisiorek ze słońcem i dał mi go w prezencie.

Przesunęłam palcami po jego powierzchni, przyglądając się wyżłobionym szczegółom. Pośrodku znajdował się niewielki zarys twarzy, a dwie warstwy promieni rozchodziły się we wszystkich kierunkach. Był piękny.

– Ojej – powiedziałam miękko, odbierając go od niego. Wisiorek nadal był ciepły od ognia i jakby pulsował pod moim dotykiem. – Dziękuję.

– Zrobiłem go dla ciebie, bo przypominasz mi właśnie słońce.

Aż wstrzymałam oddech. Gdyby to był ktokolwiek inny, uznałabym, że to coś znaczy. Że ja znaczę coś dla niego. Ale on miał dziewczynę, a ja nie zamierzałam być ani tą drugą, ani przelotną znajomością.

Pragnęłam czegoś prawdziwego.

Cofnęłam się więc i wsunęłam gliniany wisiorek do torby.

– Powinniśmy już iść – powtórzyłam.

W jego oczach mignęło rozczarowanie, ale otworzył drzwi i przepuścił mnie przodem.

Wszyscy gapili się na nas, gdy spóźnieni weszliśmy do klasy. Na szczęście Darius uwierzył, gdy powiedzieliśmy, że mieliśmy dyżur, żeby posprzątać klasę po ceramice. Zajęliśmy swoje miejsca i rozpakowaliśmy się, ale nie potrafiłam się skupić. Cały czas myślałam o Blake'u i glinianym wisiorku, który miałam w torbie.

Przypominałam mu słońce.

Z jakiegoś powodu to porównanie wydawało mi się… jak najbardziej właściwe.

ROZDZIAŁ 14

W piątek rano na każdej ławce w naszej klasie stała szklanka z wodą. Usiadłam obok Kate i z ciekawością przyjrzałam się mojej. Przypuszczałam, że nie dostaliśmy ich po to, żeby je wypić.

– Coś dziwnego stało się z moim doświadczeniem na biologię – oznajmiła Kate, gdy tylko zajęłam miejsce. – Pamiętasz te trzy roślinki, które mamy wyhodować? I że ta pozbawiona bezpośredniego dostępu do światła słonecznego powinna rosnąć wolniej? A ta z najlepszym dostępem – najszybciej?

– Tak… – odpowiedziałam, zastanawiając się, do czego zmierza. Nie trzeba geniusza, żeby domyślić się, jakie będą wyniki tego eksperymentu.

– Przyszłam do szkoły wcześniej, żeby sprawdzić moje sadzonki. – Miała nieobecny wzrok, jakby cały czas widziała przed sobą tamtą scenę. – Urosły bardziej niż rośliny innych, ale słuchaj najlepszego – ta bez dostępu do światła urosła tak samo jak ta wystawiona na jego działanie. – Splotła dłonie, przygryzając wargę. – Nie taki miał być wynik eksperymentu. To nie ma sensu.

Próbowałam znaleźć jakieś wytłumaczenie, ale nic nie przychodziło mi do głowy.

– Może ktoś ci je poprzestawiał? – powiedziałam wreszcie.

– Nie sądzę. – Potrząsnęła głową. – Podpisaliśmy je wcześniej. Nikt ich nie pomieszał.

Dzwonek zadzwonił, zanim zdążyłam zaproponować inne rozwiązanie, i na przedzie sali stanął Darius. Złożył dłonie za plecami i rozejrzał się dookoła.

– Będziemy dzisiaj pracować nad kierowaniem energii na płyn, taki jak woda, żeby zmienić nastrój osoby, która go wypije – oznajmił. – Skoncentrujcie się na dowolnym kolorze. Jeśli jesteście w trzeciej albo czwartej klasie, powinniście już to umieć, to będzie dla was przypomnienie. Chciałbym zobaczyć, jak radzą sobie drugoklasiści, a pierwszoklasiści niech się nie martwią, jeśli ćwiczenie okaże się dla nich trudne. – Przesunął wzrokiem po pierwszoklasistach w pierwszym rzędzie. – Jeśli nadal nie udaje wam się skupić energii, to po prostu popracujcie nad tym. Umiejętności należy opanowywać po kolei, a gromadzenie energii to podstawa.

Usiadł przy biurku, co uznałam za sygnał, by zaczynać.

Postanowiłam wykorzystać kolor pomarańczowy. Jego podstawowa cecha to siła, a biorąc pod uwagę, co działo się obecnie w moim życiu, na pewno mi się ona przyda.

Gotowa, by zacząć, rozejrzałam się, żeby sprawdzić, co robią inni uczniowie. Niektórzy zamknęli oczy, inni wpatrywali się w swoje szklanki z takim skupieniem, że wyglądało to, jakby chcieli, żeby wyparowała od ich myśli.

Zamknęłam oczy i natychmiast wyczułam wokół siebie pomarańczową energię. Poczułam łaskotanie w dłoniach – jakby fale światła wnikały do wnętrza mojego ciała. Kule energii robiły się coraz większe, wirowały i łączyły się, aż niemal rozsadzały mnie od środka. Niezdolna utrzymać dłużej tę energię, otworzyłam oczy i dotknęłam szklanki, wypuszczając z dłoni wyobrażone promienie pomarańczowego światła.

Rozległ się głośny brzęk, gdy szklanka wybuchła, a okruchy szkła i krople wody poleciały we wszystkie strony.

Wpatrywałam się w miejsce, gdzie przed chwilą stała szklanka, z szeroko otwartymi oczami i dłońmi przyciśniętymi płasko do ławki. Odłamki szkła były wszędzie, a na środku ławki widniała kałuża wody, która zaczęła spływać ku krawędzi.

Czy naprawdę to zrobiłam? Wszyscy się we mnie wpatrywali, a ja poczułam, że płoną mi policzki, tym razem nie z powodu energii. Jedyne, czego chciałam, to żeby koledzy z klasy przestali gapić się na mnie, jakbym była jakąś wiedźmą dziwaczką.

– Przewróciłam szklankę – skłamałam. – Przez przypadek. Nic się nie stało.

Kate zjawiła się przede mną z rolką papierowych ręczników, by zebrać odłamki i wytrzeć wodę. Oderwałam kawałek, żeby jej pomóc.

– Nicole. – Kate zawahała się, a potem wskazała na mój nadgarstek. – Krwawisz.

Spojrzałam tam, gdzie pokazywała, i zamarłam. Odłamek szkła wbił mi się w przedramię, a z ranki wypływała krew. Miał wielkość mniej więcej połowy paznokcia – był na tyle duży, by wyrządzić szkodę, lecz na tyle mały, że widać go było tylko z bliska. Kłuło, ale nie bolało. Nie tak bardzo, jak można by się spodziewać. Zupełnie jakbym patrzyła na cudze skaleczenie, a nie na swoje własne.

Może byłam w szoku.

Nie chcąc ściągać na siebie więcej uwagi, schowałam rękę pod ławką, żeby nikt nie zobaczył mojej rany. Lekcja prawie się skończyła. Gdy zadzwoni dzwonek, będę mogła spokojnie pójść do gabinetu pielęgniarki i poprosić o jej oczyszczenie. Niepotrzebne mi było dodatkowe zamieszanie.

Nagle jednak ból uderzył z taką siłą, jakby chmara pszczół zebrała się wokół skaleczenia i użądliła mnie jednocześnie. Nie miałam pojęcia, co robić, zamknęłam oczy i wyrwałam sobie szkło z przedramienia, zagryzając wargę, żeby nie krzyknąć. Gdy już wyjęłam odłamek, upuściłam go na podłogę i przyłożyłam dłoń do rany, by zatamować krwawienie. Paliło koszmarnie, jakby ktoś przypalał mi rękę ogniem.

W głowie zaczęło mi wirować, więc mocniej docisnęłam dłoń, próbując ścisnąć brzegi rany. Co za pożytek z bycia czarownicą, skoro nie potrafię tego naprawić?

A może potrafię? Nie wiem, co umiem, a czego nie. Przypomniałam sobie, co Blake mówił o białej energii, o tym, że można dzięki niej naprawiać rzeczy, szybko więc zebrałam tyle kolorów, ile zdołałam, i skierowałam je na skaleczenie. Pozwoliłam, by światło popłynęło mi z dłoni do przedramienia, wyobrażając sobie przy tym, jak skóra zbiega się i na powrót łączy.

Zaraz potem ból ustąpił, a ja uniosłam rękę, żeby się jej przyjrzeć.

Skóra była idealnie gładka.

Nie miałam czasu, żeby zastanowić się nad tym, co zrobiłam. Chwyciłam papierowy ręcznik i zaczęłam wycierać przedramię z krwi. Nie było jej wiele, ale wystarczająco dużo, żeby ludzie zaczęli zadawać pytania, jeśli nie dostrzegą skaleczenia. Gdy się oczyściłam, wcisnęłam zakrwawiony papier do torby, co było obrzydliwe, ale musiałam ukryć dowody. Już miałam włożyć bluzę, gdy Kate chwyciła mnie za ramię.

– Pokaż mi to. – Obróciła moją rękę, szukając rany. Gdy zobaczyła, że jej tam nie ma, wbiła we mnie zdumiony, pytający wzrok.

– Co mam ci pokazać? – Przechyliłam głowę, udając, że wszystko jest w porządku. Parę osób zebrało się wokół, żeby pomóc mi w sprzątaniu, a ja nie chciałam, żeby dowiedzieli się, co się stało. Niepotrzebny był im powód – kolejny! – żeby uważać mnie za dziwadło. Miałam nadzieję, że Kate się domyśli, że opowiem jej później, i nie będzie nalegać.

Puściła moją rękę i zmarszczyła brwi.

– Nic – mruknęła, zbierając mokre ręczniki i poszła wyrzucić je do śmieci.

Gdy zniknęła, Chris przysunął swoje krzesło bliżej mnie.

– Jak to zrobiłaś? – zapytał, siedząc jak na szpilkach.

– Co zrobiłam? – Miałam wrażenie, jakby mój umysł był zamroczony. Spojrzałam na zegar, żeby sprawdzić, ile czasu minęło. Zaledwie minuta.

Jak to wszystko mogło się wydarzyć w tak krótkim czasie?

– Twoja szklanka wyglądała, jakby sama z siebie wybuchła. – Roześmiał się, odsuwając włosy z czoła.

Odprężyłam się, uświadamiając sobie, że mówi o wybuchającej szklance, a nie o moim skaleczeniu.

– Nie wybuchła sama z siebie – odparłam, starając się też roześmiać. – Potrąciłam ją i się potłukła.

– Musiałaś ją mocno potrącić. – Spojrzał na miejsce, gdzie rozprysły się odłamki, i pokręcił głową.

Wzruszyłam ramionami, bo przecież wcale tak nie było, a Chris zapewne zdawał sobie z tego sprawę.

Darius stanął na przedzie klasy i odchrząknął.

– Puszczę was dzisiaj wcześniej – powiedział i natychmiast rozległy się wiwaty. A potem zwrócił na mnie surowe spojrzenie. – Nicole, przyjdź, proszę, do mnie po lekcjach. Chciałbym wyjaśnić ci parę rzeczy, które powinnaś nadrobić.

Skinęłam głową, bo nie miałam wyboru. I nie miałam pojęcia, co Darius widział.

Wiedziałam tylko, że to, co mi się właśnie przydarzyło, z pewnością nie było normalne.

A on był jedyną osobą, która mogła mi cokolwiek z tego wyjaśnić.

ROZDZIAŁ 15

Reszta dnia minęła mi jak we mgle. Czułam się, jakbym miała umysł wypełniony watą i jedynie obserwowała z boku wszystko, co się dzieje wokół, zamiast w tym uczestniczyć. Nie mogłam się doczekać weekendu, więc gdy zadzwonił ostatni dzwonek, myślałam tylko o tym, by jak najszybciej wyjść do domu. Ale nie mogłam nie pójść na spotkanie z Dariusem.

Gdy dotarłam do biblioteki, drzwi do klasy były otwarte. Darius siedział przy biurku i czytał coś z kartki. Spojrzał na mnie, gdy usłyszał, że wchodzę.

– Nicole – powiedział, zdejmując okulary i odkładając je. – Dziękuję, że przyszłaś. Miałem nadzieję, że wcześniej zdołam porozmawiać z tobą na osobności, ale wszystko toczy się niezwykle szybko, odkąd się tu pojawiłaś.

Żałowałam, że nie przyszłam do niego wcześniej. Tyle że dziwne wydawało mi się zwracanie do nauczyciela, skoro miałam do pomocy takich przyjaciół jak Kate, Chris i Blake. Oczywiście Darius nie był zwykłym nauczycielem, ale być może unikałam rozmowy z nim dlatego, że oznaczałaby ona przyznanie, że to wszystko, co się dookoła dzieje, jest prawdą.

Ale czy w tym momencie pozostał mi jeszcze jakiś wybór?

– Przepraszam – powiedziałam, wsuwając dłonie do tylnych kieszeni dżinsów. – Straszne zamieszanie z tą przeprowadzką i w ogóle.

– Musi być ci trudno przyzwyczaić się do tylu zmian – stwierdził, wskazując na krzesło obok swojego biurka. – Usiądź, proszę. Chciałbym ci coś pokazać.

Przeszłam przez salę, usiadłam na krześle, założyłam nogę na nogę i czekałam, co powie dalej. Ale on nic więcej nie powiedział, tylko przesunął w moją stronę kartkę, którą czytał. Nachyliłam się, żeby lepiej ją widzieć.

To nie był papier, lecz raczej pergamin – stary i pożółkły – i był na nim zapisany czarnym atramentem tylko jeden akapit. Przesunęłam palcem po dolnej krawędzi kartki, zaskoczona jej szorstkością, i powiodłam wzrokiem po starannie wykaligrafowanym tekście:

Z początkiem nowego roku niebiosa przetnie Olimpijska Kometa, a wtedy mur zacznie kruszeć. Piątka reprezentująca każdy element świata wspólnie będzie dążyć do przywrócenia równowagi, a rozbudzi ich potęga Eteru. Podróż powiedzie ich na Wschód, ścieżką ku Cieniom, które będą im służyć za przewodnika.

To nie miało sensu. Przeczytałam drugi raz, ale nadal nic nie rozumiałam. Tylko wzmianka o komecie brzmiała do rzeczy. Reszta mogłaby być równie dobrze napisana starożytną greką.

Spojrzałam na Dariusa i wzruszyłam ramionami.

– Nie rozumiem, co to znaczy.

Zabrał pergamin, schował go do szuflady i wyciągnął kartkę, która wyglądała całkiem współcześnie. Było na niej zapisane to samo.

– Ponad trzysta lat temu słowa te napisała pewna dziewczyna, Abigail Goode – powiedział. – Była czarownicą, która żyła w Kinsley, i jest to ponoć przepowiednia. Starszy, który odpowiada za okolice Kinsley – czyli ja – ma w swojej pieczy oryginał. To jest kopia. – Położył nowszą wersję przede mną. – Chciałbym, żeby pozostała u ciebie.

– Słucham? – Spojrzałam zaskoczona na niego i na kartkę, a potem odchyliłam się na krześle. – Dlaczego u mnie?

Przyjrzał mi się i położył dłonie na biurku.

– Jesteś przykładem niezwykłych naturalnych zdolności do korzystania z mocy – powiedział wprost. – W ciągu niewiele ponad tygodnia opanowałaś to, co innym uczniom zajmuje wiele miesięcy. A to, co zrobiłaś dzisiaj w klasie… – Zatrzymał wzrok na tym miejscu mojej ręki, gdzie się skaleczyłam, a ja szybko zasłoniłam przedramię dłonią. – Tak, jak powiedziałem ci pierwszego dnia, nasze moce mają charakter mentalny, nie fizyczny. Lecz ty sprawiłaś, że szklanka z wodą eksplodowała. Co powinno być niemożliwe, a jednak to zrobiłaś.

Otworzyłam usta, żeby zaprotestować – podać mu tę samą wymówkę, którą sprzedałam Chrisowi – ale on uniósł dłoń, żeby mnie powstrzymać.

– Widziałem, co się stało, i lepiej będzie dla nas obojga, jeśli nie będziesz zaprzeczać – powiedział łagodnie. – Mam nadzieję, że wiesz, że chcę ci pomóc. Rozmawiałem z kilkoma członkami Rady Starszych i choć mają różne teorie, ja uważam, że jesteś kluczem do odszyfrowania tej przepowiedni.

– Zaraz, zaraz. – Otworzyłam szeroko oczy. – Uważasz, że ja mogłabym to odczytać?

Pokiwał głową z poważnym wyrazem twarzy. – Tak, myślę, że możesz to odczytać – odpowiedział. – Bo uważam, że to właśnie o tobie jest mowa w tym proroctwie.

Wskazałam na papier.

– Ale tu nie ma wzmianki o żadnej osobie.

– Sama do tego dojdziesz – oznajmił. – A ja muszę już iść, żeby zająć się pewną sprawą w domu. Powodzenia, Nicole. – Zabrał swoją teczkę i wyszedł z sali, zostawiając mnie samą z zapisaną kartką.

– Dzięki – mruknęłam, kręcąc głową i podnosząc z biurka rzekomą przepowiednię.

Minęło zaledwie półtora tygodnia w nowej szkole, a ja nie dość, że zostałam dziwaczną superwiedźmą, która sprawia, że szklanki z wodą eksplodują, to jeszcze dostałam dodatkową pracę domową.

ROZDZIAŁ 16

Wpatrywanie się w przepowiednię nijak nie pomogło mi jej zrozumieć, więc po pięciu minutach nieudanych prób wyszłam z sali. Poza kilkoma pojedynczymi czytelnikami biblioteka była niemal pusta. Ruszyłam ku drzwiom, ale widok pewnej szczególnej osoby sprawił, że stanęłam jak wryta.

Blake siedział przy pobliskim stoliku, zatopiony w podręczniku do historii. Był odchylony do tyłu, kolano oparł na krawędzi stołu, by podtrzymać leżącą na nodze książkę. W ciągu półtora tygodnia, odkąd go znałam, nigdy nie widziałam go tak skupionego. Może dodał rano do swojej wody żółtej energii i wypił ją, żeby ułatwić sobie naukę.

To miałoby sens, gdyby nie fakt, że chodziliśmy na historię razem, więc wiedziałam, że nie mieliśmy żadnego sprawdzianu ani pracy do napisania w najbliższej przyszłości. Więc Blake nie miał żadnego powodu, żeby tu siedzieć.

Chyba że czekał, żeby ze mną porozmawiać.

Czułam się odważniejsza niż zwykle – może z powodu pomarańczowej energii, którą zebrałam rano – i wsunęłam się na krzesło obok niego.

– Nie wyglądasz mi na ucznia, który zostaje w piątki po szkole, żeby się pouczyć – rzuciłam, rozsiadając się wygodnie na krześle.

Uśmiechnął się kącikiem ust i odłożył podręcznik na stolik.

– Skąd wiesz, czy nie przygotowuję się już do napisania pracy, którą mamy zadaną na… – Spojrzał w sufit i zmarszczył brwi, jakby głęboko się zastanawiał. – Przyszły miesiąc?

– Bo nikt nie zaczyna pracy tak wcześnie. – Pokręciłam głową i roześmiałam się. – Chyba że jest zawziętym kujonem, a ty raczej na takiego nie wyglądasz. – Rozejrzałam się po bibliotece, żeby mieć pewność, że nikt nas nie usłyszy i ściszyłam głos.

– A zresztą po co spędzać tyle czasu na nauce, skoro możemy dodać sobie energii do napoju i robić wszystko dwa razy szybciej?

– Albo i cztery razy szybciej, jak w twoim przypadku – odparł, patrząc mi w oczy. – A skoro już mówimy o dodawaniu energii do napoju, to co się dziś wydarzyło w klasie?

Trzeba przyznać, że potrafił przejść do konkretów. A ja szybko się domyśliłam, co jest dla niego najważniejszym konkretem – zdobycie informacji na temat moich zdolności. Uwielbiał energię.

A ja nią najwyraźniej wręcz kipiałam.

– Nie mam pojęcia. – Potrząsnęłam głową, wracając myślami do przepowiedni. Może powinnam pokazać ją Blake'owi i zapytać go o zdanie. W końcu on podzielił się ze mną swoim sekretem z ogniem. A to znaczyło, że powinien odwdzięczyć się dyskrecją w stosunku do mojej tajemnicy.

Wyjęłam kartkę i położyłam ją na stoliku.

– Darius mi to dał – powiedziałam, ponownie przesuwając wzrok po krótkim tekście. – Twierdzi, że to przepowiednia. Spisała ją ponad trzysta lat temu jakaś dziewczyna z Kinsley i Darius uważa, że będę potrafiła ją zrozumieć. Na razie mi się to nie udaje.

Blake przeczytał proroctwo, coraz mocniej marszcząc brwi, gdy się w nie zagłębiał.

– Co to jest „Eter"? – zapytał, pocierając kark i ponownie czytając tekst.

– Nie wiem. – Wzruszyłam ramionami. – To nie ma dla mnie żadnego sensu.

– Sprawdźmy to. – Wyciągnął komórkę, a ja przewróciłam oczami, bo poczułam się jak idiotka, która nie pomyślała o poszukaniu czegoś na ten temat w internecie. Chyba sądziłam, że odpowiedzi w jakiś magiczny sposób przyjdą do mnie same.

Otworzył wyszukiwarkę i wpisał „Eter". Pierwszy link prowadził do wikipedii. Kliknął, a opis był bardzo długi.

– Piszą, że eter to piąty żywioł, zwany także duchem, który pochodzi z nieba, a nie ze świata materialnego – przeczytał na głos. Wziął do ręki kartkę i przystawił ją do telefonu, jakby próbował połączyć informacje. –

Przepowiednia mówi: „piątka reprezentująca każdy element świata". To mogłoby mieć związek.

Chwyciłam jego telefon i zaczęłam przesuwać treść. Kolisty diagram przedstawiał wszystkie żywioły, każdy w innym kolorze.

– Powietrze, ogień, ziemia i woda – wymieniłam – a w środku eter. – Wpatrywałam się w komórkę jeszcze przez chwilę, dopasowując kawałki układanki. – Jest pięć żywiołów, a nas w grupie pod kometą też było pięcioro. Ty potrafisz kontrolować ogień. Danielle to pewnie woda. Kate wspomniała, że jej rośliny w eksperymencie z biologii rosły szybciej, niż powinny – więc ona może być ziemią. Zostajemy Chris i ja. Nie zauważyłam u siebie niczego związanego z powietrzem, ale któreś z nas jest powietrzem, a drugie eterem.

– Być może ta przepowiednia mówi, że w noc komety wydarzy się coś, co wprawi wszystko w ruch – kontynuował Blake, przesuwając tekst na komórce i czytając dalej. – I to miałoby sens, bo ja zacząłem kontrolować ogień dopiero po tym wieczorze z kometą.

Podniosłam kartkę i przeczytałam proroctwo raz jeszcze.

– Więc jakiś mur zaczął kruszeć, gdy kometa przeleciała przez niebo, nasze moce odpaliły i powinniśmy przywrócić równowagę. Ale to nadal nie ma sensu. Co to znaczy, że mur kruszeje? I o jaką równowagę chodzi?

– Nie wiem. – Odchylił się na krześle i ponownie powiódł wzrokiem po kartce, marszcząc czoło.

– Nasza piątka powinna się spotkać – postanowiłam. – Bo jeśli mamy rację, to wygląda na to, że będziemy musieli współpracować, żeby „przywrócić równowagę", cokolwiek to oznacza. Musimy powiedzieć im o tym jak najszybciej i zrobić burzę mózgów.

– Zdzwońmy się i spotkajmy dziś wieczorem u mnie w domu – zaproponował. – Pora znaleźć jakieś odpowiedzi.

ROZDZIAŁ 17

Podchodziłyśmy do domu Blake'a w milczeniu. Kate była cichsza niż zwykle, odkąd podczas jazdy samochodem opowiedziałam jej o przepowiedni i o mojej rozmowie z Blakiem. Nawet nie wspomniała o skaleczeniu na mojej ręce, które widziała rano, zanim je wyleczyłam. Może czekała, aż pierwsza o tym napomknę. Miałam zamiar to zrobić, gdy zbierze się już cała grupa.

Dom Blake'a zbudowany w stylu Tudorów z białej i szarej cegły znajdował się na szczycie wzgórza. Był większy niż pozostałe domy przy ulicy – nawet ten Danielle. Drewniane podwójne drzwi wydawały się olbrzymie, a otaczający je portyk sprawiał, że dom wyglądał jak pałac.

Otworzył drzwi chwilę po tym, jak zadzwoniłyśmy.

– Zapraszam do mojego pokoju – powiedział, wpuszczając nas do środka. – Chris i Danielle już są.

Weszłam do środka i rozejrzałam się wokół z zachwytem.

Drewniane podłogi i antyczne meble sprawiły, że poczułam się, jakbym znalazła się w starym filmie. Z sufitu zwisał złoty żyrandol, który był tak ekstrawagancki, że pasowałby raczej do foyer opery. Blake poprowadził nas holem, a potem przez kuchnię, która wyglądała jak pomieszczenie prosto z luksusowego magazynu poświęconego wystrojowi wnętrz. Innych części domu nie zobaczyłyśmy, bo otworzył drzwi prowadzące do piwnicy i skinął głową.

– Masz pokój w piwnicy? – zapytałam, zerkając na schody.

– Przeniosłem się tu na początku pierwszej klasy, żeby mieć więcej prywatności – odparł szczerze. – Ta piwnica jest jak moje własne małe mieszkanie.

Zeszłam po schodach, rozejrzałam się i natychmiast zrozumiałam, co miał na myśli. Ogromna otwarta przestrzeń mieściła stół do ping-ponga, piłkarzyki, dwa automaty do gier i niewielką kuchnię. Przeszłyśmy za nim dalej do wyłożonego białym dywanem salonu. Chris i Danielle już tam byli, siedzieli po dwóch stronach półokrągłej sofy stojącej naprzeciw olbrzymiego telewizora.

Chris rozparł się na sofie, kładąc nogi na pufie, a ręce pod głową. Na T-shircie miał wypisane wielką czcionką „Montgomery Biscuits" oraz uroczy obrazek: uśmiechnięty herbatnik z kapką masła zamiast języka. Danielle była ubrana w czarne skórzane spodnie i jedwabny top na ramiączkach. Wyglądała, jakby wybierała się na imprezę, a nie pogaduchy ze znajomymi w piwnicy.

– Wreszcie jesteście – powiedziała, przyglądając się swoim paznokciom. – Blake powiedział nam o… o tym, co pokazał ci Darius.

– O przepowiedni? – Wyciągnęłam poskładaną kartkę z tylnej kieszeni spodni i pomachałam nią.

Przewróciła oczami.

– Tak, o niej.

Blake usiadł obok niej, a ona wsunęła mu rękę w dłoń, uśmiechając się z zadowoleniem. Nie nachylił się ku niej, ale też nie cofnął ręki. Unikał mojego wzroku.

– A więc… – powiedziałam, zajmując miejsce jak najdalej od Blake'a i Danielle. – Co na razie wiemy?

Chris natychmiast zareagował.

– Blake ma jakąś szaloną władzę nad ogniem, Danielle właśnie nam powiedziała, że potrafi kontrolować wodę, Kate sprawia, że rośliny rosną, chociaż o tym nie wiedziała, a ty spowodowałaś, że wybuchła szklanka. A jakaś przepowiednia mówi o komecie, która skruszy mur, piątce reprezentującej wszystkie elementy świata i podróży na wschód. Nie miałbym nic przeciwko wypadowi do Europy, tylko że to wszystko nie ma sensu.

– W punkt – podsumowałam, kładąc kartkę na stoliku do kawy i wygładzając zagięcia papieru.

Chris podniósł rękę do twarzy i zaczął obgryzać paznokieć kciuka.

– Czyli wszyscy macie jakieś fajne moce, tylko ja nie mam żadnych – stwierdził. – Lipa.

– Może ty władasz powietrzem – zasugerowałam. Spojrzał na mnie gwałtownie, a ja dodałam: – Mógłbyś to sprawdzić.

– Niby jak? – Zaskoczył mnie sarkazm w jego głosie. – Nagle jesteś ekspertką od tego wszystkiego, chociaż jesteś tu zaledwie od tygodnia?

– Wyluzuj. – Blake zacisnął szczękę i spojrzał na Chrisa. – Do niczego nie dojdziemy, jak będziemy się nawzajem atakować.

Serce aż podskoczyło mi z radości, że stanął w mojej obronie. Ale gdy próbowałam złapać jego spojrzenie, znowu zrobił unik, a ja szybko zrezygnowałam. Odwróciłam wzrok i skupiłam się na Chrisie.

– Sprawdźmy, czy masz jakąś zdolność, której nie miałeś wcześniej – zasugerowałam. – Spróbuj zapanować nad powietrzem.

– Zapanować nad powietrzem? – Roześmiał się i podciągnął rękawy aż po łokcie. – A co to niby znaczy?

– Spróbuj zgromadzić powietrze, żeby stworzyć wiatr, i zdmuchnij tę kartkę ze stolika.

– Poważnie? – Otworzył szeroko oczy, patrząc na mnie, jakbym postradała zmysły. – Nikt tego nie potrafi. Nawet Starsi.

– Starsi nie potrafią też władać ogniem, wodą, roślinami ani sprawiać, żeby szklanki eksplodowały – powiedziała Kate, która umościła się na podłodze. – Powinieneś spróbować. To nie może być trudniejsze niż to, co my potrafimy.

– Ale to Nicole sprawiła, że szklanka wybuchła – odparł. – Czy to nie znaczy, że to ona jest powietrzem?

– Możliwe – powiedziałam. – Ale to, co ja zrobiłam… to było coś innego. Zaraz wam to wyjaśnię. Ale najpierw dobrze byłoby, żebyś to sprawdził. Proszę.

Wyprostował się i zdjął nogi z pufa.

– Dobra – powiedział, pochylając się do przodu i zacierając dłonie. – I tak nic z tego nie będzie. – Wbił wzrok w kartkę i zmrużył oczy, marszcząc w skupieniu czoło.

Przez kilka sekund nic się nie działo. Czyżbym myliła się co do jego możliwości? Lecz zaraz potem powiew powietrza zdmuchnął kartkę ze stolika. Papier zawirował wysoko, aż dotknął sufitu, a potem sfrunął na podłogę tuż obok telewizora.

– Udało się! – zawołał Chris, wyrzucając w górę zaciśniętą pięść. Kartka znów uniosła się w powietrze i wylądowała na stoliku. – Ale ekstra. – Opadł z powrotem na sofę i przybił piątkę z Kate. Ta założyła włosy za uszy i spuściła wzrok na podłogę, delikatnie się uśmiechając.

– Wiemy już, że każdy z was czworga kontroluje inny żywioł – powiedziałam, kładąc dłonie na udach i patrząc po kolei na nich wszystkich. – To może odnosić się do tego fragmentu przepowiedni, która mówi: „piątka reprezentująca każdy element świata".

– Każdy żywioł wiąże się z innym kolorem – podjął Blake. – Sprawdziliśmy to z Nicole w necie, gdy Darius pokazał jej proroctwo. Ziemia to zielony, ogień czerwony, woda niebieski, a powietrze żółty.

Danielle prychnęła i skrzyżowała ramiona.

– To teraz opieramy się na wiedzy doktora Google'a? – Przewróciła oczami i wydęła wargi. – Wspaniale.

– Masz lepszy pomysł? – zapytałam.

– Pomysłu nie, ale mam pytanie – odparła. – Jeśli to, co ty i Blake mówicie, jest prawdą, to w takim razie czym ty jesteś? Tu jest napisane „piątka reprezentująca każdy element świata", ale są tylko cztery żywioły.

– Właściwie to jest ich pięć i wydaje mi się, że Nicole może być tym ostatnim – odezwał się znowu Blake. – Eter. Oznacza on także ducha albo życiową energię.

Przepowiednia mówi: „rozbudzi ich potęga Eteru", „ich", czyli cztery pozostałe żywioły, te, nad którymi panujemy. Pod kometą wszyscy poczuliśmy wstrząs. Wtedy chyba po raz pierwszy ujawniły się nasze moce.

– Czyli dała nam je kometa – powiedział Chris. – A rozbudził je Eter. Czyli ty. – Wskazał na mnie z powagą. – Ale czy ty jesteś w stanie użyć tej „energii życiowej", cokolwiek to oznacza?

Popatrzyłam na nich po kolei, a potem głęboko zaczerpnęłam powietrza. Teraz albo nigdy.

– Czy widzieliście, co stało się dziś rano w klasie, gdy potłukła się szklanka? – zapytałam.

Pokiwali głowami, więc uznałam, że mogę kontynuować. Nawet Danielle założyła nogę na nogę i zwróciła się w moją stronę, wydając się nieco zaintrygowana tym, co mam do powiedzenia.

– Wbił mi się w rękę odłamek szkła – powiedziałam, zerkając na swój nadgarstek. – Przestraszyłam się i wyjęłam go, a gdy przyciskałam ranę, żeby powstrzymać krwawienie, wyobraziłam sobie, że się goi. – Zatrzymałam dłoń nad tym samym miejscem na ręce i przypomniałam sobie, jak łatwo było je wyleczyć. – I to zadziałało.

Danielle zdjęła nogę i położyła dłonie na kolanach.

– Uściślijmy – powiedziała. – Wyleczyłaś sobie ranę ciętą przedramienia w ciągu minuty?

– Nie wiem, ile to dokładnie trwało…

– Mniej więcej dziesięć sekund – wtrąciła Kate.

– Okej. – Uśmiechnęłam się do niej w podziękowaniu i zwróciłam do Danielle. – W ciągu dziesięciu sekund. To chyba właśnie oznacza „energia życiowa": moc uzdrawiania.

Danielle skinęła głową i oparła się o sofę. Gdybym jej nie znała, mogłabym pomyśleć, że jest pod wrażeniem. I to z mojego powodu!

– Czyli rozkminiliśmy większość przepowiedni – rzucił Blake. – Ale nie omawialiśmy ostatniej linijki – tej o Podróży i Cieniach. Czy ktokolwiek z was ma pojęcie, co mogą oznaczać?

– Ja nie. – Wzruszyłam ramionami i rozejrzałam się, czy ktoś inny ma jakiś pomysł. Ale nikt się nie odezwał.

– Jestem tak samo zielony jak wy – powiedział Chris po dłuższej chwili. – I jestem też głodny. Może pójdziemy do Sophie i tam to obgadamy? Zmiana otoczenia dobrze nam zrobi.

Spojrzałam na niego i przechyliłam głowę.

– Kim jest Sophie? – zapytałam.

– To knajpa. „U Sophie". – Roześmiał się. – Czynna dwadzieścia cztery godziny na dobę, a dają tam najlepsze żarcie w okolicy.

Zaburczało mi w brzuchu na samą myśl.

– Nie miałam jeszcze okazji jej poznać – odpowiedziałam. – Ale pomysł z jedzeniem jest genialny.

– W takim razie idziemy. – Wstał i ruszył w stronę schodów, zanim ktokolwiek zdążył zaprotestować. Zapakowaliśmy się do samochodów i pojechaliśmy do Sophie, gdzie, jak z zapałem zapewniał Chris, podają najlepsze burgery w całym Massachusetts.

ROZDZIAŁ 18

Rozkoszny zapach kalorycznych potraw wypełnił moje nozdrza, gdy tylko przestąpiłam próg „U Sophie". Ślinka pociekła mi do ust. Turkusowe kanapy wydawały się przytulne, a szafy grające przy ścianach nadawały temu miejscu ducha szalonych lat pięćdziesiątych. Choć nie spróbowałam jeszcze jedzenia, już mi się tu podobało.

– Stolik na pięć osób? – zapytała kelnerka, biorąc kilka menu ze stosu.

– Najlepiej z kanapami – odparł gładko Blake.

Poszliśmy za kelnerką do półokrągłego boksu w kącie i zajęliśmy miejsca. W menu było mnóstwo opcji do wyboru, ale ostatecznie zdecydowałam się na burgera, skoro Chris twierdził, że są najlepsze.

Najpierw kelnerka przyniosła nam napoje. Gorąca czekolada pachniała cudownie, a ja wypiłam łyk, nie zastanawiając się, czy nie jest za gorąca. Poparzyłam język, otworzyłam usta i szybko popiłam wodą, miałam nadzieję, że nie sparaliżowałam sobie na jakiś czas kubków smakowych.

Nie pytając o pozwolenie, Danielle sięgnęła przez stół i złapała dłonią mój parujący kubek. Niemal wyrwałam jej go z ręki, ale powstrzymałam się, gdy zobaczyłam, w jakim skupieniu mu się przygląda.

W końcu cofnęła dłoń i spojrzała na mnie.

– Spróbuj teraz – powiedziała.

Zawahałam się. Miałam nadzieję, że nie zatruła mojego napoju szarą energią. Jednak wątpiłam, by zrobiła to w obecności wszystkich, więc uniosłam kubek i wypiłam kolejny łyk, przygotowując się, że znowu poparzę język.

Ale czekolada miała idealną temperaturę.

– Jak to zrobiłaś? – zapytałam, odstawiając kubek.

– Mój żywioł to woda – odpowiedziała. – Która jest też w gorącej czekoladzie. Zgromadziłam niebieską energię i pomyślałam, żeby napój się ochłodził. No i proszę.

– Super! – Chris z błyskiem w oku położył obie dłonie na stoliku. – A sprawisz, żeby moja woda się zagotowała?

– Jeśli chcesz, żeby plastik się stopił… – Danielle roześmiała się, patrząc na niego tak, jakby brakowało mu paru klepek w głowie. – Ale może uda mi się to. – Sięgnęła i objęła dłonią jego kubek z takim samym skupionym spojrzeniem, z jakim chłodziła moją czekoladę.

Kostki lodu w wodzie Christa roztopiły się w ciągu kilku sekund.

– Łał. – Chrisowi opadła szczęka. – Imponujące.

– Ale niezbyt przydatne – odparła, zabierając rękę. – Później pomyślę, jak można to lepiej wykorzystać.

Miałam ochotę dodać coś w stylu: „Oprócz sprawiania, by fontanny do picia tryskały ludziom w twarz?", ale powstrzymałam się. Nie miałam zamiaru wszczynać teraz niepotrzebnej kłótni.

– Dobry plan – powiedziałam tylko, pijąc kolejny łyk czekolady.

– Okej, pomyślmy. Dlaczego podróż i cienie są w tej przepowiedni zapisane wielkimi literami? – zapytał Chris, gdy już przyniesiono nam jedzenie.

– Zastanawiałam się nad tym – odpowiedziała Kate. – Wielkimi literami zapisuje się nazwy własne. Takie jak imiona albo nazwy miejsc.

– Dzięki za wykład z zasad pisowni – odparła Danielle, łapiąc za słodzik i wsypując go do kawy.

Zignorowałam ją i skupiłam się na słowach przepowiedni.

– Czyli mamy wyruszyć w Podróż ścieżką ku… Cieniom. – Przerwałam, żeby ugryźć burgera i pomyśleć. Co to mogło oznaczać? Nadal nie dostrzegałam sensu.

Staraliśmy się coś wymyślić, siedząc i jedząc w milczeniu. Ale niczego nam to nie rozjaśniało.

– Sophie! – wykrzyknął nagle Chris, wymachując rękoma i wyrywając mnie z zamyślenia. – Cześć.

W naszym kierunku zmierzała duża kobieta z szerokim uśmiechem. Wydawała się być w wieku mojej babci, sądząc po zmarszczkach i plamach wątrobowych na twarzy. Siwe włosy zaczesała w ścisły koczek na karku i ubrana była w długą niebieską sukienkę, przez co wyglądała, jakby przeniosła się w czasie z jakiejś starodawnej wsi.

– Chris – przywitała go. – Miło cię znowu widzieć. Ostatnio byłeś u nas... przedwczoraj?

– Nie mogę się oprzeć tym burgerom – odparł ze śmiechem. – Poza tym Nicole się tutaj przeprowadziła, a jak wiadomo, wizyta u Sophie to w Kinsley obowiązek.

– Nicole. – Sophie spojrzała na mnie i uśmiechnęła się. – Zwycięstwo ludu.

– Słucham? – Zmarszczyłam brwi i przechyliłam głowę.

– Twoje imię ma greckie pochodzenie – odpowiedziała. – I oznacza „zwycięstwo ludu".

Pokiwałam głową, zakładając, że to jakieś dziwactwo starszej osoby.

– Pani jest z Grecji? – zapytałam.

– Urodziłam się tam, tak – odparła. – Przeprowadziłam się tu wraz z rodziną mniej więcej trzydzieści lat temu. Otworzyliśmy wtedy tę restaurację. I prowadzimy ją do dzisiaj.

– Nie wyobrażam sobie Kinsley bez tej knajpy. – Chris strzepnął grzywkę z oczu i zwrócił się do Sophie: – Może mogłabyś nam z czymś pomóc? To praca domowa na lekcję z mitologii greckiej.

Gwałtownie wciągnęłam powietrze, gotowa powstrzymać go przed pokazaniem jej przepowiedni. Ale może spojrzenie kogoś z zewnątrz to nie taki zły pomysł. Sophie jest z Grecji, a my pochodzimy od greckich bogów. Może będzie w stanie nam pomóc.

– Mogę spróbować – odpowiedziała Sophie. – Ale mam tylko chwilkę. Innymi klientami też muszę się zająć. – Mrugnęła, bo choć restauracja była pełna, wyglądało na to, że personel świetnie sobie radzi.

Chris podał jej kartkę z proroctwem.

– Próbujemy dojść do tego, co to może oznaczać – powiedział. – Wydaje nam się, że początek rozumiemy, ale przy ostatnim zdaniu wymiękamy. Masz może jakiś pomysł, dlaczego podróż i cienie są zapisane wielkimi literami?

Twarz Sophie spoważniała, gdy czytała przepowiednię.

– Większości nie rozumiem. – Zamyśliła się, przykładając krągły palec do podbródka. – Ale podróż to po grecku odyseja, jak ta książka. A od niej pochodzi nazwa Odessa, jak choćby w Odessa Road.

– To główna ulica w Kinsley… – powiedziałam, czując, że trafiliśmy na właściwy trop.

– To tylko skojarzenie. – Wzruszyła ramionami, oddając przepowiednię Chrisowi. – Muszę wracać do pracy. Powodzenia z pracą domową. – Odwróciła się i podeszła do następnego stolika, nie dając nam szansy, by zadać kolejne pytanie.

Złapałam keczup i wylałam sobie na talerz sporą ilość.

– Jeśli Sophie ma rację, to powinniśmy ruszyć na wschód Odessa Road – oznajmiłam, maczając frytkę w keczupie i wsuwając ją do ust. – To może być ślepy strzał, ale nic innego nie mamy.

– Naprawdę myślisz, że starożytna przepowiednia mówi o ulicy w Kinsley? – Danielle prychnęła. – Przecież to nie ma sensu.

– To proroctwo wcale nie jest starożytne – spisano je trzysta lat temu – zwrócił jej uwagę Blake. – Kinsley istnieje dłużej. A Odessa Road to jedna z najstarszych ulic w mieście. Więc to całkiem możliwe.

Danielle wydęła usta, wbiła gwałtownie widelec w sałatę i wrzuciła sobie listek do ust. Blake, przedrzeźniając ją, zrobił to samo ze swoim ravioli. Obrzuciła go spojrzeniem i jadła dalej, choć przestała znęcać się nad jedzeniem.

Tak dobrze się znali. Kim byłam, żeby sądzić, że Blake mógłby się mną zainteresować – kimś, kogo zna zaledwie od tygodnia? Był zainteresowany moimi zdolnościami, a nie mną. Im szybciej się z tym pogodzę, tym prędzej będę mogła skupić się na tym, co istotne. Czyli na przepowiedni i nauczeniu się korzystania z nowych umiejętności.

– Czyli mamy jakieś pojęcie, co mogłaby oznaczać Podróż – stwierdziłam, podnosząc kartkę i wpatrując się w nią. – Ale co z Cieniami?

– Brzmią złowieszczo. – Chris roześmiał się i zjadł ostatnią frytkę.

– Owszem – zgodziłam się. – Może powinniśmy ruszyć na wschód i zobaczyć, co się wydarzy.

Danielle przewróciła oczami.

– To dopiero solidny plan.

Odłożyłam kartkę na stół i oparłam się na kanapie.

– Masz lepszy pomysł? – zapytałam.

Skrzywiła się i skupiła wzrok na sałatce, co odczytałam jako odpowiedź przeczącą.

– Czy mamy wyruszyć w tę „podróż" od razu? – Blake przerwał milczenie.

Wyjrzałam przez okno, ciemne nocne niebo sprawiło, że poczułam w brzuchu jakiś niepokój. Bez słońca nad głową czułam się niepewnie.

– Jest późno – stwierdziłam, zerkając na zegarek. Wpół do jedenastej. – O dwunastej muszę być w domu. Poczekajmy do jutra, wyruszymy w ciągu dnia. Będziemy mieć więcej czasu i będziemy też lepiej widzieć.

– Boisz się ciemności? – Chris uniósł dłonie w kształcie szponów i przebierał nimi tuż przed moją twarzą. – Tego, że dopadną cię straszne nocne potwory?

– Nie boję się ciemności. – Strzepnęłam jego rękę ze śmiechem. – Tylko taki plan wydaje mi się lepszy.

– Powinniśmy posłuchać Nicole – powiedziała Kate tak poważnym tonem, że przestaliśmy się śmiać. – Jak do tej pory jej instynkt nie zawodzi.

– Ja uważam, że powinniśmy pójść teraz – zaoponowała Danielle. – Nie sądzę, żeby przejażdżka Odessa Road mogła zająć więcej niż godzinę. A nawet gdyby, to zatrzymamy się, żebyś mogła być w domu na czas, i wrócimy tam jutro. Tak będzie efektywniej.

– Być może. – Wyjrzałam ponownie przez okno i przeszedł mnie dreszcz. – Sama nie wiem. Trudno to wyjaśnić, ale czuję się silniejsza w ciągu dnia. Czy wy też tak macie?

Kilka sekund ciszy.

– Raczej nie – powiedział wreszcie Blake. – Ale zdaję się na ciebie.

– Powinniśmy zagłosować – zaproponowała Kate. – Kto chce ruszyć jutro?

Uniosła rękę, a w ślad za nią Chris, ja i w końcu Blake. Uczucie niepokoju znikło. Większość grupy ufała mojemu instynktowi. Nie mogłam powstrzymać uśmiechu, myśląc o tym, że Blake stanął po mojej stronie przeciwko Danielle.

– Cztery do jednego – obwieścił z triumfem Chris. – Wyruszymy jutro rano. Spotkajmy się tutaj o dziesiątej. Słońce będzie już wysoko na niebie, a my zjemy porządne śniadanie przed trudami niebezpiecznej wyprawy.

– Niebezpiecznej wyprawy? – powtórzyłam, unosząc brew.

Wzruszył ramionami.

– Tak brzmi bardziej intrygująco.

Choć się z nim zgadzałam, miałam nadzieję, że wyprawa nie okaże się tak niebezpieczna, jak sugerował – a przynajmniej nie tak niebezpieczna, by komuś stała się jakakolwiek krzywda.

ROZDZIAŁ 19

Tej nocy nie mogłam zasnąć.

Głowa mi pękała od tego wszystkiego, co wydarzyło się od mojego pierwszego dnia w Kinsley High – jak dowiedziałam się, że jestem czarownicą, jak obserwowaliśmy kometę, jak czytaliśmy przepowiednię. Do tego dochodziła świadomość, że jutro wyruszę w podróż, która może być niebezpieczna.

Wpatrywałam się w sufit, a w głowie miałam mętlik, gdy komórka zasygnalizowała nadejście wiadomości.

Nie śpisz?

To był Blake. Przeczytałam wiadomość kilka razy, trzymając palce nad klawiaturą. Co powinnam odpisać? Czy w ogóle powinnam odpisać? Pogodziłam się już z myślą, że nic się między nami nie wydarzy. Gdybym odpowiedziała na wiadomość o tak późnej porze, tylko zamazałabym sobie obraz sytuacji i rozbudziła nadzieje. Których nie powinnam żywić.

Najłatwiej byłoby zignorować wiadomość aż do jutra i udawać, że spałam, gdy ją wysłał. W ten sposób nikt nie poczułby się urażony.

Jednak jeśli nie odpiszę, to będę rzucać się i wiercić całą noc, nie mogąc zasnąć, bo będę ciekawa, co chciał mi powiedzieć.

Musiałam mu więc odpisać. Zwariowałabym, gdybym tego nie zrobiła.

Nie – napisałam. *Próbuję zasnąć, ale nie udaje mi się.*

Wysłałam, a po kilku sekundach dostałam odpowiedź.

Chcesz wyjść? Mogę po ciebie podjechać.

Serce mi podskoczyło. Oczywiście, że chciałam z nim wyjść. Marzyłam o tym, żeby się z nim spotkać – tylko we dwoje, sami. Chciałam wiedzieć, czy to, co do niego czuję, istnieje tylko w mojej głowie, czy może on również to czuje. Bo skoro wysłał mi to zaproszenie, to chyba znaczy, że jest mną zainteresowany. Prawda?

Niestety to nie było takie proste, choć bardzo chciałam, żeby było.

A co z twoją dziewczyną? – zapytałam.

Patrzyłam na kropki, które wyświetlały się, gdy pisał, wstrzymując ze zdenerwowania oddech.

Sprawy z Danielle… są skomplikowane. Za dużo tego na wiadomość.

Poczułam przypływ nadziei i choć wiedziałam, że z tego, co napisał, wcale nie wynika, że ze sobą zerwali, zdecydowałam, że chcę się z nim spotkać. Musiałam poznać szczegóły.

Oczywiście, żeby się z nim spotkać, musiałabym wymknąć się z domu w nocy, czego nigdy dotąd nie robiłam.

Ale moi rodzice zawsze mocno spali, a byli w łóżku już od paru godzin. Nawet nie będą wiedzieć, że wyszłam. A nawet jeśli mnie przyłapią, to będę mogła dodać jutro do ich porannej kawy trochę niebieskiej energii, żeby podeszli do całej sprawy spokojnie i z dystansem.

Okej – napisałam to błyskawicznie, żeby się już nie zastanawiać. Nie chciałam mieć czasu na przemyślenia. *Cypress Street 404.*

Trzymałam telefon w dłoni, czekając na odpowiedź, i nerwowo zerkałam na wyświetlacz.

Za 10 min.

Rzuciłam komórkę na łóżko i zerwałam się, żeby wyskoczyć z piżamy. Wybierając ubranie, cały czas zastanawiałam się, czy podjęłam dobrą decyzję. On ma przecież dziewczynę. I pomimo „skomplikowania" spraw między nimi byłam pewna, że Danielle byłaby wściekła, gdyby dowiedziała się, że Blake zaproponował mi spotkanie w środku nocy.

Jednocześnie bardzo chciałam dowiedzieć się, na czym polega owo „skomplikowanie". Spotkanie z nim wcale nie oznaczało, że coś się między nami wydarzy.

Najpierw musiałby w ogóle być mną zainteresowany. A może naprawdę nie mógł spać i miał ochotę z kimś pogadać, a tylko ja nie spałam? Albo jeszcze gorzej – może chciał mnie spytać o jakąś poradę w związku z Danielle.

Żeby już dłużej o tym nie myśleć, skupiłam się na szykowaniu się do wyjścia. Robiąc makijaż, zauważyłam, że mam okropne cienie pod oczami. Brak snu i stres z powodu tego wszystkiego, czego się ostatnio dowiedziałam, odbiły się na moim wyglądzie bardziej, niż zdawałam sobie sprawę.

Gdy byłam gotowa, zaczęłam krążyć pokoju, czekając na wiadomość od Blake'a, że już jest. W końcu telefon zapikał.

Jestem pod domem... Chyba twoim. Niebieski z lukarnami?

Wyjrzałam przez żaluzje. Czarny range rover parkował na ulicy, za kierownicą siedział Blake.

Widzę cię – odpisałam. *Już idę.*

Wyszłam z pokoju na korytarz. Sypialnia rodziców znajdowała się na pierwszym piętrze, a na drugim był tylko mój pokój, pokój siostry i łazienka. Spod jej drzwi padało światło i słyszałam stukot klawiatury oznaczający, że rozmawiała z koleżankami na czacie.

Nie spodziewałam się, że jeszcze nie śpi. To trochę utrudniało sprawę.

Drzwi skrzypnęły lekko, gdy zamykałam swój pokój – urok starego domu. Zdążyłam zrobić tylko krok, a już otworzyły się drzwi sypialni Bekki.

Skrzyżowała ramiona i oparła się o framugę z krzywym uśmieszkiem.

– Dokąd to się wybierasz? – zapytała, lustrując mnie od stóp do głów.

– Donikąd. – Głos mi zadrżał, gdy kładłam rękę na poręczy schodów.

– Weź przestań. – Zarzuciła ciemne kręcone włosy na ramię i przeczesała je palcami. – Przecież widzę, że się wymykasz.

– Wcale nie – odpowiedziałam, choć nie zabrzmiało to przekonująco. – Schodzę tylko na dół po przekąskę.

– I po to się ubrałaś i umalowałaś? – Uśmiechnęła się szerzej, unosząc brwi. – To, że jestem młodsza, nie oznacza, że jestem głupia.

– Wiem – powiedziałam. – Nigdy tak nie twierdziłam.

– To przestań mnie okłamywać. – Wydęła usta i oparła się o ścianę. – Bo mnie zastanawia tylko... z kim się spotykasz?

Poczułam ulgę, bo wyglądało na to, że jest rozbawiona tą sytuacją i wcale nie zamierza mnie powstrzymywać.

– Ze znajomymi ze szkoły – odpowiedziałam szybko, mając nadzieję, że Blake nie czeka na tyle długo, by pomyśleć, że go wystawiłam. – Nie mów rodzicom, okej?

– Okej. – Przewróciła oczami. – Ale jesteś moją dłużniczką. – Podreptała do łazienki i zamknęła za sobą drzwi mocniej niż zwykle.

Zeszłam po schodach i wyszłam z domu już bez problemów. Cicho zamknęłam frontowe drzwi i głęboko zaczerpnęłam powietrza, zanim podeszłam do range rovera Blake'a. Nie mogłam uwierzyć w to, że on tam naprawdę jest, a ja się z nim spotykam.

Żeby zapanować nad drżeniem rąk, szybko otworzyłam drzwi i usiadłam na fotelu pasażera. Uśmiechnęłam się, starając się wyglądać na wyluzowaną.

– Cześć – powiedziałam cicho, patrząc mu w oczy, gdy zapinałam pas. Włosy miał w nieładzie. I cienie pod oczami. Ale i tak wyglądał bardziej jak gwiazda rocka niż pozbawiony snu nastolatek.

– Hej. – Miał aksamitny głos i uśmiechnął się tak, że pomyślałam, że naprawdę cieszy się, że do niego wyszłam. – Dobrze wyglądasz jak na kogoś, kto nie może spać.

– Dzięki. Ty też. – Poczułam, że się rumienię, więc spuściłam wzrok. Bardzo chciałam go zapytać o Danielle, ale wolałam nie być natrętna. – Dokąd się wybieramy? – zapytałam.

– Przy Hemlock Center jest stary plac zabaw. – Uruchomił silnik i ruszył w dół ulicy. – Możemy tam pojechać i trochę posiedzieć.

– A co to Hemlock Center? – zapytałam.

– To był kiedyś dom, ale miasto wykupiło nieruchomość i na początku dwudziestego wieku utworzono tam szkołę. To była szkoła dla dzieci z... jak by to określić... problemami z zachowaniem.

– Dla czubków?

– Właśnie. – Pokiwał głową, patrząc na drogę. – Ale zamknięto ją kilka lat temu ze względu na nieodpowiednie warunki. Teraz to tylko parę porzuconych budynków.

Uważnie mu się przyjrzałam.

– Często tam bywasz?

– Kiedyś tak, z kumplami – odpowiedział. – Zwykle korzystają z tego placu pierwszoklasiści, którzy chcą coś wypić na osobności. Ale jest na tyle późno, że powinien tam być teraz spokój.

Skinęłam głową i wyjrzałam przez szybę. O tej porze na ulicach właściwie nie było ruchu. Większość ludzi już spała. I ja też powinnam spać.

Tylko że większość ludzi nie martwiła się możliwością spełnienia się jutro potencjalnie niebezpiecznej przepowiedni.

Blake skręcił w nieoświetloną krętą uliczkę, a ja dostrzegłam dwupiętrowy budynek z dużymi białymi kolumnami. Dach był stromy, jak w Nawiedzonych Domostwach w parkach rozrywki, i naszpikowany kanciastymi lukarnami. Obok stało nagie drzewo, którego zwisające gałęzie zdawały się bronić dostępu do domu przed niepożądanymi gośćmi.

Zaparkowaliśmy przy dużym placu zabaw z drewnianymi przyrządami, a ja aż się uśmiechnęłam. Teraz już rozumiałam, dlaczego chciał przyjechać właśnie tutaj. Plac do zabawy składał się z dziesięciu drewnianych platform na różnych poziomach – niektóre z nich były większe niż pozostałe. Najwyższe miały dachy w kształcie wieżyczek z bajki. Platformy łączyły wąskie schodki i mostki. Na każdą wchodziło się w inny sposób – po belkach, po drabinie, po oponach, po schodkach – a ostatnia prowadziła do szeregu poziomych drabinek. Przypominało to wszystko miasteczko domków na drzewach.

Obok stała stara metalowa karuzela – z platformą, poręczami do przytrzymania się i grubym słupkiem pośrodku. Wyglądała, jakby postawiono ją dużo później niż resztę wyposażenia.

Podeszłam do karuzeli i przesunęłam dłonią po poręczy. Blake stanął tuż obok.

– Nie bawiłam się na tym od czwartej klasy – powiedziałam, uśmiechając się do swoich wspomnień. – Spadłam wtedy, bo starałam się kręcić bardzo szybko.

– Mogę to sobie wyobrazić. – Roześmiał się. – Ale tym razem może ja zakręcę, a ty staniesz pośrodku, żeby nie spaść?

Przechyliłam głowę, jakbym się zastanawiała, choć nie było opcji, żebym odmówiła.

– Okej – powiedziałam wreszcie. – Ale jeśli spadnę, to będzie na ciebie. – Weszłam na karuzelę, uśmiechnęłam się do niego, zarzuciłam włosy na ramię i ustawiłam się pośrodku.

– Nie pozwolę ci spaść. – Chwycił zewnętrzną poręcz i zaczął biec, nim zdążyłam odpowiedzieć. Plac zabaw i budynki wokół zaczęły się rozmazywać, a ja poczułam się tak, jakbym znów znalazła się na przerwie w podstawówce. Włosy rozwiewały mi się we wszystkie strony i choć w twarz dmuchał mi wiatr, zimno wcale mi nie przeszkadzało. Roześmiałam się i spojrzałam na gwiazdy, które wirowały mi nad głową, rozświetlając bezchmurne niebo. Wyglądały niczym lśniące diamenty.

Blake wskoczył obok mnie i znalazł się tak blisko, że dotykał ramieniem mojego ramienia. Choć oboje mieliśmy na sobie kurtki, poczułam bliskość jego skóry. Podziwialiśmy gwiazdy w milczeniu, a karuzela kręciła się coraz wolniej i wolniej, aż w końcu zaskrzypiała kilka razy i stanęła.

– Na chwilę zapomniałam o przepowiedni i o naszym planie na jutro – powiedziałam, przesuwając palcami przez włosy, żeby je trochę rozczesać. – To takie surrealistyczne.

Jego wzrok nabrał intensywności i pochylił się ku mnie, niemal nie zostawiając między nami przestrzeni.

– Wszystko takie jest, odkąd się tu przeprowadziłaś – powiedział. – Surrealistyczne.

Zaparło mi dech w piersiach i zatonęłam w jego oczach.

– Co masz na myśli? – zapytałam.

– Nic nie jest normalne, odkąd tu jesteś – odparł. – Gdybyś się nie zjawiła, nie potrafiłbym zrobić tego. –

Wyjął zapalniczkę i zapalił ją, a kula ognia wystrzeliła w górę, tworząc nad nami łuk. Wyglądała jak meteor, który spala się, nim dotknie ziemi. Blake powtórzył tę sztuczkę cztery razy. Iskry światła wyglądały jak fontanna, fontanna ognia zamiast wody.

Patrzyłam na nie, póki nie zgasły, zachwycona, że są prawdziwe. W ciągu kilku dni mój świat zmienił się z normalnego w magiczny. Wszystko, w co dotąd wierzyłam, zostało przewrócone do góry nogami, i choć brzmiało to jak szaleństwo i prawdopodobnie było niebezpieczne, uwielbiałam każdą chwilę tej nowej dla mnie rzeczywistości.

– Nie rozumiem tylko, dlaczego moje moce są inne od wszystkich – wyznałam to, co trapiło mnie całą noc. – Ty i reszta potraficie kontrolować żywioły. To wydaje się przydatniejsze niż to, co potrafię ja.

– Może dlatego, że żywioł duchowy jest zupełnie inny od materialnych – odpowiedział. – Ale wydaje mi się, że twoja moc może się okazać najważniejsza. Właściwie to chciałem ją sprawdzić. – Wyciągnął scyzoryk i zanim zdążyłam zapytać, co zamierza zrobić, odciągnął rękaw kurtki, przytknął ostrze do przedramienia i lekko naciął skórę. Cieniutka kreska krwi wypłynęła z ranki, jaskrawoczerwona strużka na tle jego skóry.

– Po co to zrobiłeś? – zapytałam, przenosząc wzrok z rozcięcia na jego twarz i z powrotem.

– Żebyś mogła poćwiczyć korzystanie ze swojej mocy – odparł. – Nie mogłem poprosić o to ciebie, więc musiałem sam się skaleczyć. – Wyciągnął rękę i patrzył na mnie wyczekująco. – Wyleczysz mi to?

– Spróbuję, oczywiście. – Położyłam dłoń na rozcięciu, jego krew lepiła się do moich palców. – Ale zrobiłam to dotąd tylko raz i na dodatek nie mając pojęcia, co robię. Przepraszam, jeśli się nie uda.

– Uda się – zapewnił. – Wierzę w ciebie.

Żałowałam, że nie podzielam tej wiary. Ale nie chciałam, żeby krwawił ani chwili dłużej, więc zamknęłam oczy i spróbowałam odtworzyć to, co zrobiłam, gdy wyleczyłam swoją rękę. Wyobraziłam sobie, że biała energia przepływa przez moje ciało, poczułam ciepłe mrowienie, gdy popłynęła moim ramieniem i wydostała się z dłoni. Gdy się skończyła, otworzyłam oczy i uniosłam rękę.

Skaleczenie wciąż tam było. Patrzyłam, zrezygnowana, jak kropla krwi cieknie i skapuje na podłogę karuzeli.

Najwyraźniej nie miałam takiej mocy, jak sądził Blake. Tak bardzo we mnie wierzył, że gotów był się zranić, a ja nie potrafiłam go uzdrowić. Cóż za porażka.

– Spróbuj sobie wyobrazić, jakie to uczucie mieć ranę. – Nachylił się bliżej, jego czoło niemal dotykało mojego, a serce zaczęło mi bić szybciej. – Przypomnij sobie, jak leczyłaś siebie. Udało ci się wtedy i uda teraz. Wiem to.

– Okej. – Zamknęłam oczy i wyobraziłam sobie jego skaleczenie na swojej ręce, próbując przenieść to, co czuł, jego ból, na siebie. Znów przywołałam białą energię i pozwoliłam, by wypłynęła z mojej dłoni, która spoczywała na jego ręce, wyobrażając sobie, jak skóra się łączy i wraca do normalnego stanu. Jednocześnie czułam, że ze mną dzieje się to samo, co z nim, dopóki ból, który wytworzyłam w swojej głowie, nie zniknął, a ostatek białej energii nie opuścił mojego ciała. A potem otworzyłam oczy, żeby sprawdzić, czy zadziałało.

Miał gładką skórę, jakby nigdy się w tym miejscu nie skaleczył.

– Doskonale. – Pokiwał głową i opuścił rękaw. – Teraz, jeśli ktokolwiek z nas zostanie ranny, będziemy wiedzieć, że możesz go wyleczyć.

– Nie wiem, jak wiele potrafię – odpowiedziałam, opierając się o słupek, żeby przestało kręcić mi się w głowie. – To dość wyczerpujące.

– Będzie łatwiej, jak nabierzesz wprawy – zapewnił mnie. – Tak jak sportowcy nabierają siły, bo ciągle ćwiczą.

– Sądzisz, że z nami jest tak samo?

– To właśnie dlatego Starsi są tacy potężni – odpowiedział. – Ale coś mi się wydaje, że u ciebie jest to naturalny proces. Z twoimi umiejętnościami jest jakoś inaczej, nigdy czegoś takiego nie widziałem. Nie powinnaś być w stanie przywołać energii już pierwszego dnia, a teraz, tydzień później, opanowałaś to już całkowicie i na dodatek leczysz ludzi. To niesamowite.

– Z mocami nas wszystkich jest jakoś inaczej – przypomniałam mu. – Z moją, twoją, Kate, Chrisa i Danielle.

– To prawda – potwierdził. – Przypuszczam, że nikt z nas nie wie, czego się spodziewać.

Znów popatrzyliśmy na gwiazdy, a wzmianka o Danielle jakby zawisła w powietrzu. Nie mogłam dłużej odkładać tego pytania.

– Co miałeś na myśli w SMS-ie? – zapytałam, chcąc zdjąć z serca ten ciężar. – Że sprawy między tobą a Danielle są skomplikowane?

– Jestem zaskoczony, że dopiero teraz o to pytasz – odpowiedział, a ja nachyliłam się, czekając, co powie dalej. – Między mną a Danielle… nie układa się ostatnio. Nie wiem, ile wiesz, więc powiem otwarcie. Mamy grupę, która spotyka się w tajemnicy, żeby praktykować używanie szarej energii. To nie jest nielegalne, ale nie uczyli nas tego w szkole, więc chcieliśmy sami to opanować. Nie zakładaliśmy, że kiedyś jej użyjemy, ale uczenie się czegoś, czego nie wolno uczyć się w szkole, wydawało nam się atrakcyjne. Ale potem, w zeszłym semestrze, Danielle zaczęła wykorzystywać tę energię przeciwko ludziom. Najpierw to były drobiazgi, na przykład osobom, których nie lubiła, napełniała szarą energią długopisy przed sprawdzianami, żeby źle je napisali.

– W ten sam sposób napełniła nią moją rakietę tenisową? – zapytałam.

– Właśnie tak – potwierdził. – Ale wtedy w listopadzie napełniła tą energią drinka dziewczyny, która rozmawiała ze mną na imprezie.

– Byłeś zainteresowany tą dziewczyną? – Nie chciałam go o nic oskarżać, ale byłam ciekawa, czy Danielle rzeczywiście miała powód do zazdrości. To nie usprawiedliwiałoby jej wyczynu, ale mimo wszystko chciałam wiedzieć.

– Nie – odparł natychmiast. – Ani trochę. Mieliśmy razem zajęcia z rzeźby w drewnie i rozmawialiśmy o ostatnim projekcie. Była nieśmiała i wydawało mi się, że źle się czuje na tej imprezie, więc nie chciałem zostawić jej samej. Wtedy zobaczyła nas Danielle, wyciągnęła pochopne wnioski i napełniła jej drinka szarą energią, a ona zaraz potem pojechała do domu... – Zawahał się i spojrzał na drzewa z bólem w oczach.

– Kate opowiedziała mi, co się z nią stało. – Wyciągnęłam rękę i położyłam dłoń na jego ramieniu. Ucieszyłam się, że się nie cofnął. – Mam nadzieję, że wiesz, że to nie twoja wina.

– To wina Danielle – odparł, wracając do teraźniejszości. – A ja od tamtej pory patrzę na nią inaczej.

– Ale wciąż z nią jesteś – odparłam. – Dlaczego?

– Zerwałem z nią zaraz po tym, co się stało – powiedział. – Za bardzo się zmieniła od czasów, gdy zaczęliśmy ze sobą chodzić, była inną osobą, która wcale mi się nie podobała. Tydzień później przyszła do mnie z płaczem, obiecała, że nigdy już nie użyje szarej energii, i błagała, żebym dał jej jeszcze jedną szansę. Więc dałem. Ale po tym, co zrobiła ci na testach tenisowych, mam dosyć. Za bardzo lubi korzystać z szarej energii, żeby z niej zrezygnować, a ja nie chcę myśleć, że może skrzywdzić każdego, z kim rozmawiam. Miałem zamiar powiedzieć jej to dziś wieczorem, ale wyszła ta sprawa z przepowiednią i nie mogłem ryzykować. Bo to, co mamy zrobić jutro, jest ważne, a ja nie mam pojęcia, jak ona zareaguje, gdy się dowie, że z nami koniec.

– Łał. – Powoli wypuściłam powietrze i uświadamiając sobie, jak długo moja dłoń spoczywa na jego ramieniu, zabrałam ją. – Nie miałam o tym pojęcia. Ale dziękuję, że mi powiedziałeś. Że mi zaufałeś. To wiele dla mnie znaczy.

– A dla mnie wiele znaczy to, że dałaś mi dzisiaj szansę i wysłuchałaś mnie – odpowiedział. – Danielle jest o ciebie tak zazdrosna, że boję się, że gdy z nią zerwę, będzie obwiniać o to ciebie. A ja nie chcę, żeby coś ci zrobiła.

– Mam po swojej stronie ciebie, Kate i Chrisa – odparłam. – We troje mnie ochronicie. I ja też mam swoje sposoby.

– To prawda. – Uśmiechnął się. – Masz.

– Ale Danielle jest taka silna i pewna siebie – dodałam. – Dlaczego miałaby być zazdrosna akurat o mnie?

– Pomyślmy… – Odchylił się do tyłu i spojrzał w gwiazdy, jakby był w stanie podać co najmniej tyle powodów, ile było światełek migających nad naszymi głowami. – Jesteś potężniejsza od niej. Lepiej grasz w tenisa. Twój żywioł – eter – to jakby centrum wszystkich żywiołów. To tobie Darius powierzył przepowiednię. A korzystanie z mocy jest dla ciebie tak naturalne, że wydaje się, że masz od nas o wiele większy potencjał. To naprawdę imponujące. – Uśmiechnął się do mnie ponownie, a ja znów poczułam motyle w brzuchu.

Miałam nadzieję, że zimne powietrze ochłodzi moje gorące policzki.

– Dzięki – powiedziałam cicho, spuszczając wzrok.

– Mówię poważnie – powiedział, przysuwając się bliżej. Zadrżałam i nie wiedziałam, czy to przez wiatr, czy fakt, że dłoń Blake'a delikatnie musnęła moją. – Nadal nie przywykłaś do chłodu? – zapytał.

– Chyba nigdy się nie przyzwyczaję – odpowiedziałam. – Zwłaszcza w nocy. Nie żeby to nie była piękna noc, ale w dzień jest o wiele lepiej. Uwielbiam przebywać na słońcu.

– Więc stwórzmy sobie nasze własne słońce. – Zapalił zapalniczkę i chwycił ogień, unosząc go na dłoni. Powstała żółta kula wielkości śnieżki, a jej ciepło ogrzało mi twarz, aż przestałam się trząść. Ogień zaczął żyć własnym życiem.

Schował zapalniczkę z powrotem do kieszeni i podłożył pod ogień drugą dłoń, podtrzymując płomienną kulę. Zrobiła się duża jak piłka do kosza i unosiła się, aż znalazła się ponad naszymi głowami.

Stworzył nasze własne słońce.

– Łał. – Patrzyłam na nie z zachwytem. – To niesamowite.

– Dzięki – odparł. – Trochę ćwiczyłem.

Wpatrywał się we mnie tak intensywnie, że zaczęłam się zastanawiać, czy mnie zaraz pocałuje. Serce zadrżało mi na samą myśl. Nigdy się jeszcze nie całowałam – ten jeden raz w trakcie zabawy w prawdę czy wyzwanie podczas obozu tenisowego latem się nie liczył – i nie wiedziałam, czego się spodziewać. Wiedziałam tylko, że tego pragnę. Że pragnę jego.

Ale gdy tylko zaczął się przybliżać, gdzieś za nami trzasnęła gałązka, a ja obejrzałam się, żeby sprawdzić, co się dzieje.

– Ktoś tam jest? – szepnęłam, czując, że żołądek podchodzi mi do gardła. Czy w ogóle wolno nam było przebywać w tym miejscu? A co, jeśli nakryje nas policja i wpadniemy w kłopoty? Miałam nadzieję, że nie wezwą moich rodziców. Dostałabym szlaban, gdyby dowiedzieli się, że wymknęłam się w nocy i zostałam przyłapana na włamaniu na cudzy teren. Co prawda nigdzie się nie włamywaliśmy, ale jednak tu weszliśmy.

– To pewnie jakieś zwierzę. – Blake spojrzał w górę na ogień i sprawił, że kula zapłonęła jaśniej. – Wszędzie ich tu pełno.

Gdy tylko to powiedział, coś warknęło i wyszło z cienia. W pierwszej chwili myślałam, że to wilk, ale czymkolwiek to coś… ta istota była, na pewno nigdy wcześniej czegoś takiego nie widziałam. Wyglądała jak nieudany eksperyment naukowy. Miała dwie szyje, każdą zakończoną głową. Ogon był zadarty – łuskowate coś, co przypominało raczej skorpiona, z ostrym czubkiem skierowanym w górę.

Chwyciłam Blake'a za ramię i spojrzałam na niego, żeby sprawdzić, czy widzi to samo, co ja. Sądząc po przerażeniu na jego twarzy, tak właśnie było.

Warcząc ponownie, stworzenie wbiło pazury w ziemię i obniżyło obie głowy, wpatrując się w nas swoimi żółtymi ślepiami.

A potem chrupnęło zębami, wydało z siebie wściekły ryk i ruszyło do ataku.

ROZDZIAŁ 20

Uciekaj! – krzyknął Blake, łapiąc mnie za ramię i ściągając z karuzeli, która rozpędziła się od naszego ciężaru. Przytrzymałam się metalowej poręczy, żeby zeskoczyć z jej krawędzi. Wysypany cedrową korą grunt złagodził lądowanie. Samochód znajdował się z tyłu i aby się do niego dostać, trzeba by pobiec w kierunku monstrualnego psa, więc popędziłam w stronę placu zabaw i wspięłam się po drabince z opon, która prowadziła na najbliższą platformę. Blake był tuż za mną. Gdy tylko znalazł się na górze, wyjął zapalniczkę i wycelował kulę błękitnego ognia w opony, by stopić je do cna, na sekundę przed tym, zanim dopadł je piekielny ogar.

Spojrzał w górę na nas, wydał z siebie warkot – tak niski i groźny, że gdybym mówiła po psiemu, założyłabym, że oznacza coś w stylu: „Pożrę was na kolację" – i spróbował wskoczyć na platformę. Zabrakło mu paru centymetrów.

Blake znów zapalił zapalniczkę i cisnął kulą ognia w pierś ogara, lecz ten odskoczył gwałtownie w bok, robiąc unik. Zwrócił na nas czworo oczu, a jedna głowa wydała z siebie głębszy ryk, podczas gdy druga kłapała zębami w powietrzu.

Trzęsły mi się ręce, gdy chwyciłam za jeden z drewnianych słupków za sobą, by się przytrzymać.

– Nauczyłeś się w klasie, jak walczyć z takim stworami? – zapytałam Blake'a wysokim, spanikowanym głosem.

Posłał kolejną kulę ognia i znów nie trafił w psa.

– Nie – rzucił, gdy płomienie oświetliły mu twarz. – Nie mamy w programie walki z mitycznymi stworzeniami.

– Powinniśmy mieć – odparłam, gdy cisnął kolejną kulą ognia i trafił ogara w przednią łapę. Obie głowy zawyły z bólu. Pies schował przypominający skorpiona ogon między nogi, a potem warknął jeszcze raz, odwrócił się i pobiegł skrajem placu zabaw, rozrzucając wokół siebie korę cedru, gdy nabierał prędkości.

Serce mi łomotało, ale zaczęłam się rozglądać, w jaki sposób mogę zejść z platformy. Prowadziła z niej zjeżdżalnia, która kończyła się przy poziomych drabinkach. Mogłabym zjechać i pobiec do samochodu, ale nie wiedziałam, gdzie jest ten ogar, a porzucenie przez nas platformy dałoby mu idealną okazję do ataku.

I wtedy usłyszałam warczenie. Odwróciłam się i zobaczyłam, że zwierzę wspina się po drewnianej drabince, która prowadziła na sąsiednią platformę. Oddzielał nas od niej tylko chybotliwy mostek. Teraz już cała się trzęsłam. Przysunęłam się bliżej Blake'a i chwyciłam go za ramię.

Ogar wdrapał się na platformę, a jego rozżarzone oczy zwęziły się, gdy szykował się do skoku.

Nie mając innego wyjścia, zsunęłam się po zjeżdżalni, podbiegłam do poziomych drabinek i wspięłam się na samą górę. Trzymając się boków, podpełzłam na środek, ale gdy spojrzałam w dół, ziemia pode mną zaczęła wirować i poczułam ucisk w płucach. Musiałam głęboko odetchnąć kilka razy, żeby się uspokoić. Dwa metry to nie tak wysoko. To nie pora na przeżywanie lęku wysokości.

Blake wdrapał się za mną, a ja odwróciłam się, żeby sprawdzić, czy nic mu nie jest. Pot spowodowany bliskością ognia spływał mu po obu stronach twarzy, ale poza tym wyglądał okej. Znowu wyjął zapaliczkę i wyciągnął ją przed siebie, przygotowując się do stworzenia kolejnej kuli z płomieni.

Spojrzałam na ogara akurat w chwili, gdy biegł mostkiem, by skoczyć za nami. Odsłonił zęby, lecąc w powietrzu i wyciągając łapy, gdy zbliżał się do poziomej drabinki. Ale chyba wziął za mały rozbieg, bo spadł na ziemię z głośnym grzmotem. Wstał, otrzepał sierść z cedrowej kory i z głębi jego gardła wydobyło się niskie warczenie, gdy wyciągnął głowy, żeby na nas spojrzeć.

Zanim zdążyłam skomentować naszą beznadziejną sytuację, Blake rzucił w psa dwie kule ognia, które trafiły go w głowy. Zawył, przewrócił się, skomląc, i schował oba pyski między łapy. Powietrze wypełnił odór spalonej skóry. Zemdliło mnie i uniosłam rękę, żeby zatkać nos.

Ogar wstał już po kilku sekundach. Sierść na obu pyskach miała zwęglony, szary kolor. Żółte oczy jeszcze mocniej jaśniały, oba pyski kłapały w powietrzu, strugi śliny ściekały na ziemię, gdy czekał na pożarcie tego z nas, które pierwsze straci równowagę.

I wtedy wpadłam na szalony pomysł.

– Czy możesz spalić drewno wokół jednej z tych metalowych poprzeczek i wyjąć ją? – Pokazałam Blake'owi, o co mi chodzi. Szczeble, na których zwisało się z poziomej drabinki, były pośrodku metalowe, ale resztę stelażu zrobiono z drewna. Gdyby Blake mógł spalić odrobinę drewna otaczającego szczeble, metalowy element można by wyjąć.

– Tak, żeby to wszystko się nie rozpadło? – Spojrzał na mnie, jakbym straciła rozum. – Jeśli nawet, to co planujesz z tym zrobić… Użyć jako miecza?

– Tak jakby – odparłam. – Chyba że masz lepszy pomysł? Bo to, co robimy teraz, jest mało efektywne.

Przyjrzał się metalowemu szczeblowi na końcu drabinki i przesunął dłońmi po krawędziach, które stykały się z drewnem.

– Powinno mi się udać – stwierdził, zerkając w dół na ogara. Ten wyskoczył do góry i kłapnął zębami trzydzieści centymetrów pod nami. – Ale jeśli się zawali, uciekaj. – Wyjął kluczyki z kieszeni, włożył mi je do ręki i zwinął moje palce w pięść. – Odwrócę jego uwagę, a ty pędź do auta. Nie czekaj na mnie.

– Chcesz, żebym zostawiła cię z tym czymś sam na sam? – Teraz ja popatrzyłam na niego, jakby postradał zmysły. – Nie ma mowy.

– Powstrzymam go swoją mocą – nalegał. – Nic mi nie będzie.

Ogar odszedł, zanim odpowiedziałam. Nie oglądając się na nas, zniknął za placem zabaw.

– Poszedł sobie? – szepnęłam.

Blake potrząsnął głową, a w ręku trzymał już zapalniczkę. – Nie sądzę.

Spostrzegłam dwugłową bestię kątem oka i uświadomiłam sobie, co zamierza. Kilka platform dalej znajdowało się kolejne wejście do małpiego gaju – pojedyncza kłoda, która wyglądała jak podparta z jednej strony huśtawka – i właśnie ku niej zmierzał.

Blake też musiał go zauważyć, bo cisnął w psa kolejną kulą ognia. Płomienie zahaczyły o ogon skorpiona. Zgasły jednak po paru sekundach i ogar wskoczył na platformę, na której wcześniej byliśmy, i wbił w nas wzrok. Cofnął się na kraniec mostku i zaczął grzebać łapami niczym byk przed atakiem.

Zacisnęłam mocniej dłonie na brzegach poziomej drabinki.

– Daj mi tę metalową część – powiedziałam zaskakująco spokojnym głosem, jeśli wziąć pod uwagę fakt, że moje serce biło w takim tempie, że bałam się, że wyrwie mi się z piersi. – Już.

Pstryknął zapalniczką i skierował ogień na drewno wokół ostatniej podpory drabinki. Trzymałam się zewnętrznych belek, na wypadek gdyby się przewróciła, i obserwowałam ogara. Musiał widzieć, że coś robimy, bo ruszył mostkiem i zaczął się rozpędzać, żeby skoczyć.

Blake wyrwał metalowy szczebel z drewna i podał mi go. Zacisnęłam na nim dłoń i wtedy czas jakby spowolnił. Ogar odbił się od platformy i wyleciał w powietrze, wbijając czworo ślepi we mnie. Skupiłam wzrok na celu – na jego piersi, tam, gdzie powinno być serce – i mój umysł wiedział, co zrobić. Jakbym patrzyła przez snajperski celownik. Wiedziałam dokładnie, gdzie celować, wiedziałam, ile siły trzeba użyć i pod jakim kątem skierować szczebel, żeby trafić w poruszający się cel. Przypominało to posyłanie piłki tenisowej w dokładnie określone miejsce na korcie, tylko tysiąc razy dokładniej, jakby adrenalina płynąca moimi żyłami włączyła mi w mózgu jakieś przyśpieszenie.

Odchyliłam ramię do tyłu i wyrzuciłam szczebel w powietrze, kierując go prostym, gładkim torem dokładnie tam, gdzie chciałam. Uderzył w cel i rozległy się dwa skowyty, a potem łomot, gdy ogar runął na ziemię.

Nagle po raz pierwszy, odkąd na placu pojawił się pies, zapadła cisza. Przechyliłam się przez krawędź drabiny, żeby go zobaczyć, i uśmiechnęłam się. Szczebel wbił się w niego, rozerwał mu klatkę piersiową i wyszedł przez plecy. Na metalu lśniła krew. Jedna z głów była skręcona pod nienaturalnym kątem, a druga zaskomliła, zanim oczy się zamknęły, po czym głowa bezwładnie opadła. Ogon skorpiona drgnął kilka razy i zamarł.

Niemal miałam wyrzuty sumienia – ale przypomniałam sobie, że próbował zrobić sobie z nas dwojga dzisiaj przckąskę i już nie czułam się taka winna.

Pozostał problem, co z robić z jego ciałem.

Zanim zdążyłam spytać Blake'a o jakieś propozycje, ogar zamigotał niczym obraz z zepsutego projektora i zniknął. Został tylko metalowy szczebel, w połowie pokryty krwią.

Rozejrzałam się, żeby sprawdzić, czy jakieś inne monstra nie kryją się w ciemności. Gdzieniegdzie kora skwierczała od płomieni, ale poza tym panował spokój.

– Chyba możemy już zejść – stwierdziłam.

Blake ruszył w stronę zejścia, ale gdy tylko przeniósł ciężar ciała, drabina zawaliła się razem z nami. Zaparło mi dech w piersiach od upadku. Złagodziłam uderzenie łokciami i kolanami, potoczyłam się po korze i wpadłam na Blake'a.

– Drewno chyba nie lubi ognia. – Zachichotał i oboje rozejrzeliśmy się po placu zabaw, żeby ocenić straty. Pozioma drabinka pękła w środku, jakby ktoś przeciął ją piłą. Ogień, który zajął kawałki kory na ziemi, robił się coraz wyższy i ogarnął już część małpiego gaju. Wyglądało na to, że zaraz cały spłonie.

Blake wyciągnął dłonie i powoli je opuścił. Gdy to zrobił, ogień zaczął ustępować, aż całkiem wygasł.

Przyjrzałam się swoim dłoniom, które pokaleczyłam o kawałki kory. – Na pewno lepiej spaść z drabinki niż… – Spojrzałam na miejsce, gdzie leżał ogar, i skrzywiłam się, widząc na ziemi zakrwawiony szczebel.

– Zostać rozerwanym na strzępy przez dwugłowego psa-potwora z ogonem skorpiona? – dokończył Blake. – Zdecydowanie się z tobą zgadzam.

ROZDZIAŁ 21

Moje skaleczenia nie były poważne – tylko parę zadrapań – i szybko przywołałam białą energię, żeby je wyleczyć. Zniknęły w ciągu paru sekund. Blake też był podrapany, więc go uleczyłam, ale korzystanie z energii wyczerpało mnie. Kręciło mi się w głowie, a oczy same mi się zamykały.

– Wyglądasz na zmęczoną – stwierdził Blake, gdy szliśmy do samochodu. – Wracajmy do domu i prześpijmy się, żebyśmy byli gotowi na to, co czeka nas jutro. Rano opowiemy wszystkim, co się wydarzyło.

Pokiwałam głową, zadowolona, że dotarliśmy do auta i mogłam usiąść. Miałam zawroty głowy i marzyłam tylko o tym, żeby zamknąć oczy, oprzeć głowę o szybę i zasnąć.

I wtedy przypomniało mi się, że chciałam go o coś zapytać. Zwlekałam z tym wcześniej, bo nie chciałam być natarczywa, ale jedno pytanie nie dawało mi spokoju. W końcu właśnie coś razem przeżyliśmy. Niecodziennie działasz z kimś ramię w ramię, żeby pokonać mitycznego stwora, który chce was zabić.

– Słyszałam, że ty i twoi przyjaciele nie przepadacie za ludźmi – zaczęłam, przyglądając mu się w nadziei, że to pytanie nie jest zbyt osobiste. – To prawda?

Patrzył przed siebie na drogę, ale miał napięte mięśnie szczęki.

– To nie tak, że ich nie lubimy – odparł. – Po prostu jesteśmy od nich potężniejsi. Czy to takie złe, uważać ich za słabszych?

– To nie ich wina, że nie posiadają mocy – odpowiedziałam. – My wcale nie zasługujemy na nie bardziej. Nie musieliśmy zrobić niczego szczególnego, żeby je mieć i być takimi, jakimi jesteśmy. Po prostu tacy się urodziliśmy.

– Jest inaczej, jeśli dorastasz, wiedząc, co potrafisz – powiedział. – Ludzie są słabi. My jesteśmy potężni. Pomyśl o tym w kategoriach… selekcji naturalnej.

Wyjrzałam przez okno, bo nie chciałam go dalej słuchać. To mi przypomniało, że Blake zainteresował się mną tylko ze względu na moje moce. Nawet by mnie nie zauważył, gdybym była normalna.

Zaparkował przed moim domem i odwrócił się do mnie.

– Nicole – powiedział, a jego aksamitny głos sprawił, że moje imię zabrzmiało jak muzyka. – Nie chciałbym, żebyś źle zrozumiała to, co mówię o ludziach. Nie jestem zły. Przysięgam.

Moje myśli powędrowały do słońca z gliny, które zrobił dla mnie na ceramice, i do tych chwil, które spędziliśmy razem na karuzeli, zanim zaatakował nas dwugłowy ogar.

– Przed chwilą na placu zabaw uratowałeś mi życie – powiedziałam. – Nikt wcześniej nie zrobił dla mnie czegoś takiego. Nigdy nie pomyślałabym, że jesteś zły.

– To dobrze. – Wyciągnął rękę i musnął palcami moją dłoń, a ja poczułam ciepło rozchodzące się aż po ramię. – Nie mógłbym dzisiaj zasnąć, gdybym wiedział, że możesz myśleć inaczej. Gdy walczyliśmy, myślałem tylko o tym, że nie zniósłbym, gdyby coś ci się stało, bo nie potrafiłem cię obronić. – Położył rękę na mojej, a ja spojrzałam mu w oczy – łagodne, szczere, troskliwe. Tak dobrze się z nim czułam.

Jednak w moich myślach nagle zjawiła się Danielle i natychmiast wyciągnęłam dłoń spod jego ręki. Być może planował z nią zerwać, ale w tej chwili nadal byli parą. I choć na placu zabaw niemal pozwoliłam mu się pocałować, to nie zamierzałam być zabawką wykorzystaną do zdrady.

– Muszę już iść – powiedziałam, choć słowa z trudem przeszły mi przez gardło.

– Rozumiem. – Skinął głową. – Dobranoc, Nicole. Miłych snów.

Pożegnałam się, wysiadłam z samochodu i weszłam do domu. Nie odjechał, dopóki nie zamknęłam za sobą drzwi.

Gdy znalazłam się w swoim pokoju, padłam na łóżko tak wyczerpana, że zasnęłam w ciągu kilku sekund.

ROZDZIAŁ 22

Ze snu wyrwał mnie dzwonek komórki. Na wyświetlaczu pojawiło się imię Kate. Przecierając oczy, odebrałam połączenie i podniosłam telefon do ucha.

– Jestem pod twoim domem – powiedziała, zanim się przywitałam.

Przekręciłam się na plecy i spojrzałam w sufit.

– Już? – wymamrotałam, próbując nie zdradzić głosem, jak się czuję.

– Obudziłam cię? – Aż ją zatkało. – Mamy być w knajpie za kwadrans!

– Zaraz się ogarnę – odpowiedziałam. – Potrzebuję kilku minut.

Rozłączyła się, a mnie udało się zwlec z łóżka i podejść do szafy. Co najlepiej na siebie założyć, gdy wybierasz się w Podróż ku Cieniom – cokolwiek to znaczy – i zapewne będziesz walczyć z kolejnymi potworami podobnymi do tego z wczoraj?

Pewnie najlepiej byłoby postawić na coś wygodnego. Wskoczyłam w dżinsy, bluzkę z długim rękawem, bluzę i sportowe buty. Różowy ptaszek Nike przypomniał mi o tym, co Darius mówił nam kilka dni temu o związku tego symbolu z grecką boginią zwycięstwa.

Cóż, nie była to może bojowa zbroja, ale będzie mi musiało wystarczyć.

Zeszłam po schodach i spotkałam w kuchni mamę, która sprzątała po wczorajszej kolacji. Znieruchomiała przy zmywarce i odwróciła się do mnie.

– Długo spałaś – powiedziała, odsuwając włosy z twarzy. – Wszystko w porządku?

– Nie mogłam zasnąć – odpowiedziałam. – Ale wybieram się na późne śniadanie ze znajomymi. Kate już po mnie podjechała. Potem mają pokazać mi miasto, więc trochę mnie nie będzie.

Tak właściwie to nie było kłamstwo.

– Wspominałaś wcześniej o Kate – powiedziała mama, wyjmując z szafki szklankę i nalewając do niej wody. – A z kim jeszcze się spotykacie?

– Z trójką znajomych z klasy. – Zerknęłam na zegarek, żeby sprawdzić, ile czasu minęło. Pięć minut. Miałam nadzieję, że Kate nie będzie zła. – Chrisem, Blakiem i Danielle.

– Dwóch chłopaków – powiedziała mama, unosząc znacząco brwi. – Czy któryś z nich jest przystojny?

– Mamoooo – jęknęłam, bo nie miałam teraz na to ochoty.

– Nieważne – odparła z uśmiechem. – Cieszę się, że tak szybko znalazłaś przyjaciół. Zadzwoń, jak będziesz wiedziała, o której wracasz. Powinniśmy spędzić wieczorem trochę czasu razem, może wybierzemy się na rodzinną kolację?

– Okej – powiedziałam, choć nie byłam pewna, czy zdążę wrócić na czas.

Odezwała się komórka – wiadomość od Kate, żebym już wychodziła – więc złapałam kurtkę i ruszyłam do drzwi.

ROZDZIAŁ 23

Trochę ci to zajęło – powiedziała Kate, gdy wsiadłam do auta.

– Sorry – przeprosiłam ponownie. – Musiałam się ubrać i powiedzieć mamie, gdzie się wybieram.

– W porządku – odparła. – Po prostu nie znoszę się spóźniać. – Włączyła radio i szybko ruszyła ulicą.

Była skupiona na drodze, a ja patrzyłam przez szybę, gdy przejeżdżałyśmy przez miasto. Szybko dotarłyśmy do restauracji. W dzień wyglądała inaczej – neon się nie świecił, więc budynek nie prezentował się już tak ładnie – ale i tak w środku było pełno ludzi. Kelnerzy biegali z zamówieniami dla klientów, mimo że z powodu wczesnej pory większość wybierała puszyste naleśniki albo belgijskie wafle zamiast hamburgerów. Pachniało smakowicie.

Chris pomachał do nas z tego samego stolika, przy którym jedliśmy wczoraj.

– No, jesteście wreszcie! – powiedział i przesunął się, by zrobić dla nas miejsce.

Kate usiadła obok niego, a mnie pozostało miejsce naprzeciwko Blake'a. Unikał kontaktu wzrokowego ze mną i studiował menu z taką uwagą, jakby nie był w tym miejscu już milion razy wcześniej. Zaciskając pięści pod stołem, starałam się zignorować uczucie przykrości, które pojawiło się na myśl, że najwyraźniej znowu mnie lekceważy.

Kate przeczesała ręką włosy i spojrzała na Chrisa.

– Nicole zaspała. – Roześmiała się. – Ale udało mi się wyciągnąć ją z łóżka.

– Nie mogłam wczoraj zasnąć. – Wyjęłam słomkę z opakowania i włożyłam do wody, byle tylko nie natknąć się na spojrzenie Blake'a.

Kelnerka przyjęła zamówienia. Zdecydowałam się na pełen zestaw: jajka, bekon i naleśniki. Zaskoczyło mnie, że mam taki apetyt. Powinnam być zdenerwowana tym, co nas czeka, ale czułam pustkę w brzuchu, jakbym nie jadła od wielu dni. Może dlatego, że zużyłam wczoraj mnóstwo energii.

Gdy kelnerka odeszła, Chris zaczął lekką rozmowę o szkole i sporcie. Kate uśmiechała się i kiwała głową, starając się nie pokazywać, że przejmuje się całą tą przepowiednią. Danielle rzucała w moją stronę nienawistne spojrzenia, a Blake nadal unikał mojego wzroku. Dobrze, że Chris potrafił sam podtrzymać konwersację, zwłaszcza gdy mówił o tym, jak zamierza użyć mocy panowania nad powietrzem, żeby na wuefie zwiększyć celność swoich rzutów do kosza zza linii.

Czekałam, aż Blake wspomni o tym, co zdarzyło się wczoraj w nocy, ale zanim zdążył się odezwać, przyniesiono nam jedzenie. Zaczęłam się zastanawiać, czy sama nie powinnam o tym powiedzieć, ale jakoś nie mogłam. Opowiedzenie wszystkim o dwugłowym ogarze oznaczałoby wyznanie im, że zeszłej nocy wyszliśmy z Blakiem razem. Nie dało się tego ujawnić, nie wzbudzając gniewu Danielle. A drama, która by się wtedy rozegrała, to było coś, czego w tej chwili najmniej potrzebowaliśmy.

Jedząc, wbiłam wzrok we własne buty i zaczęłam odpływać myślami. Nawet gdyby Blake zerwał z Danielle, to i tak naszą piątkę łączyłaby przepowiednia. I choć nie byłam fanką Danielle, to gdyby coś zaczęło się dziać między mną a Blakiem zaraz po ich zerwaniu, to byłoby to okrutne. Byłabym wściekła, gdyby ktoś zrobił coś takiego mnie.

– To co, jesteście gotowi? – zapytał Chris, gdy skończyliśmy jeść.

Powróciłam myślami do monstrualnego ogara. Nigdy nie widziałam takiego gniewu, jak w jego żarzących się ślepiach, a dwie głowy wyrastające z jednego tułowia wyglądały bardzo nienaturalnie. Jeśli mamy napotkać dzisiaj coś podobnego, to na pewno nie jesteśmy gotowi. Przynajmniej ja nie jestem.

– Wyglądasz na zmartwioną – powiedziała do mnie Kate. – Wszystko w porządku?

– Tak. – Zmusiłam się do uśmiechu. – Tak się tylko zastanawiam...

Zmarszczyła brwi.

– Jeśli chcesz poczekać jeszcze jeden dzień, żeby być lepiej przygotowana...

– Nie – przerwałam jej, kładąc dłonie na blacie. – Musimy to zrobić dzisiaj.

Danielle roześmiała się, wypiła ostatni łyk kawy i odstawiła kubek na stolik.

– Czy to kolejne z twoich „przeczuć”?

Blake spiorunował ją wzrokiem, a potem przeniósł spojrzenie na mnie. W jego oczach dostrzegłam przeprosiny, ale nic nie powiedział. Jego milczenie zabolało mnie bardziej niż jakiekolwiek słowa.

Skupiłam się na Danielle, próbowałam zachować spokój i zignorować jej wyniosłą minę.

– Umówiliśmy się, że wyruszymy teraz, więc tak zrobimy – odpowiedziałam, zadowolona, że Kate i Chris kiwają głowami na zgodę.

Blake spojrzał na zegarek.

– Mówiłaś, że wolisz to zrobić za dnia, więc teraz będzie idealna pora – powiedział. – Jest prawie południe, słońce zaraz będzie w najwyższym punkcie.

Poczułam szum energii w ciele i zaczęłam się zastanawiać, czy to z powodu słońca, czy dlatego, że zjadłam pożywny posiłek. Pewnie po trosze z obu powodów.

Jakkolwiek było, byłam gotowa ruszyć w drogę i odszyfrować proroctwo.

ROZDZIAŁ 24

Kate chciała prowadzić, a Chris usiadł obok niej, więc Blake, Danielle i ja musieliśmy zająć miejsca z tyłu. Danielle natychmiast wybrała miejsce pośrodku. W pierwszej chwili byłam rozczarowana, że nie będę siedzieć obok Blake'a, ale zaraz stwierdziłam, że to w sumie lepiej. Nie będę musiała radzić sobie z poczuciem zakłopotania, gdyby w trakcie jazdy moja noga otarła się przypadkiem o jego.

Wyjrzałam przez szybę, żeby nie mieć w zasięgu wzroku Danielle i Blake'a, i obserwowałam otoczenie, gdy jechaliśmy Odessa Road. Minęliśmy telewizję, w której pracował mój tata, a potem droga rozdzieliła się. Kate odbiła w lewo, żeby zostać na Odessa Road, i minęliśmy wejście do Hemlock Center. Za dnia budynek wyglądał o wiele lepiej. Po drugiej stronie ulicy znajdował się stary cmentarz. Rzędy grobów wydawały się ciągnąć całymi milami.

W miarę jak zbliżaliśmy się do wybrzeża, domy stawały się coraz większe. Przed wieloma z nich stały łódki. Droga skończyła się małym parkingiem, z którego rozciągał się widok na zatokę oceaniczną. Był pusty. Gałęzie porozrzucane po plaży sugerowały, że chyba nikt tamtędy nie spacerował od lata.

Danielle skrzyżowała nogi, stukając mnie lekko stopą w piszczel.

– No to daleko nie zajechaliśmy – stwierdziła, przewracając oczami i wyglądając przez okno z mojej strony. – Tyle by było z twojej koncepcji, żeby jechać na wschód. Jeśli pojedziemy dalej, wylądujemy w wodzie.

Wyjrzałam ponownie przez szybę, przykładając do niej dłoń. Fale nakładały się jedna na drugą, tworząc kipiel białej piany, która w regularnym rytmie uderzała o brzeg.

– Nie wiem, czy to była zła koncepcja – odpowiedziałam. – Chyba warto się tam przejść.

– Skąd ten pomysł? – zapytała Danielle.

– Mam przeczucie – odparłam. – Chodźcie. – Rozpięłam pas, wysiadłam z auta i podeszłam na krawędź parkingu. Nie obchodziło mnie, czy pójdą za mną, czy nie – sama musiałam to zobaczyć.

Przypominająca kształtem literę U plaża otaczała zatokę. W morze wychodziły dwa pomosty, z łódkami uwiązanymi po obu stronach. W powietrzu czuć było sól, a horyzont wyznaczały niewysokie wzgórza. Kamienista plaża była zupełnie odmienna od gładkiego piasku, jaki pamiętałam z dzieciństwa z wakacji nad morzem w Georgii. Wiatr znów mocno zawiał, a fale spiętrzyły się wyżej, jakby ocean mnie przyzywał.

Drzwi samochodu zatrząsnęły się za mną, a gdy się odwróciłam, zobaczyłam, że wszyscy idą w moim kierunku. Na czele Kate i Chris, a za nimi Blake i Danielle. Na zadowolonego wyglądał tylko Chris.

– Dokąd się wybieramy? – zapytał, osłaniając dłonią oczy przed słońcem. – Mogę odpalić którąś z tych łódek, jeśli trzeba.

– Umiesz odpalać silniki bez kluczyka? – Blake zachichotał. – Chciałbym to zobaczyć.

– Nie będziemy kraść żadnych łodzi, więc odpalanie silnika nie będzie potrzebne – odparłam, choć wizja Chrisa próbującego to zrobić faktycznie była zabawna. – Czuję, że jesteśmy we właściwym miejscu. Tylko nie wiem, co mamy zrobić, gdy już tu dotarliśmy. – Spojrzałam w górę na słońce, mając nadzieję, że przyjdzie mi do głowy jakiś pomysł. Najwyraźniej nasi boscy przodkowie z Grecji nie zamierzali zstąpić z Olimpu, żeby z nami pogadać, ale może mieli jakieś inne sposoby na boską interwencję?

– Tamten pomost – powiedziała Danielle, wskazując na molo po lewej.

Zwariowała? Rozchwierutany, krzywy pomost był wyraźnie starszy od drugiego. Wyglądał tak, jakby miał się zawalić, gdy tylko ktoś na niego wejdzie. Do jego krawędzi były przymocowane tylko dwie łodzie pokryte wypłowiałą farbą, których zapewne od lat nie używano. Przy porządnym pomoście po prawej bujało się mnóstwo nowoczesnych, lśniących łódek.

– Może lepiej ten drugi – zaproponowała Kate. – Wygląda na bezpieczniejszy…

– Nie. – Danielle potrząsnęła głową. – To ten. – Pomaszerowała w stronę rozpadającego się pomostu. Wysokie obcasy jej sięgających kolan kozaczków zapadały się w piach przy każdym kroku.

Ruszyłam za nią, mocno rozgniatając butami piach, bo starałam się ją dogonić. Reszta poszła za nami. Chropowaty, poobijany pomost z bliska wyglądał na równie niestabilny, jak z daleka. Skrzypiał przy każdym uderzeniu fali. Ale to nie powstrzymało Danielle – wkroczyła dumnie na pomost, niczym modelka na wybieg.

– To jest tutaj – oznajmiła, wskazując na wodę przy pomoście.

– Co jest tutaj? – zapytałam.

– To, po co tu przyszliśmy.

Kate objęła się za ramiona i zerknęła do tyłu na plażę. – Powinniśmy wracać – powiedziała. – Możemy jeszcze raz spojrzeć na przepowiednię i sprawdzić, czy czegoś nie przeoczyliśmy.

– Wracać? – Chris szeroko otworzył oczy. – Sprawdźmy chociaż, o co chodzi Danielle. Do tej pory kierowaliśmy się instynktem i jak na razie mieliśmy rację. Chyba nikt jej nie zarzuci, że nie wie, co mówi, prawda?

– Właśnie – skwitowała Danielle. – Ja zamierzam to sprawdzić. Wy możecie zostać albo iść, ale tam coś jest i ja zobaczę, co to takiego.

– Skąd wiesz, że tam coś jest? – zapytał łagodnie Blake, biorąc ją za łokieć.

– Bo… – Danielle zawahała się i zerknęła znowu na wodę, zaciskając usta. – To mnie woła. – Zaczęła przyglądać się swoim paznokciom, a ja wcale się nie zdziwiłam, że czuje się zakłopotana. To brzmiało jak wariactwo.

Miałam wrażenie, że tracę czucie w koniuszkach palców z powodu zimna, więc naciągnęłam rękawy kurtki na dłonie.

– Wiesz, co to może być? – zapytałam.

– Coś ważnego – odpowiedziała, wytrzymując mój wzrok.

– Okej – powiedziałam. – A jak zamierzasz się do tego dostać?

– Skoczę.

Spojrzałam na jej ubranie – designerskie dżinsy, niebieska jedwabna koszulka, czarna zimowa kurtka z futerkiem wokół kaptura i oczywiście kozaczki na szpilkach. Nie był to raczej odpowiedni strój do nurkowania zimą w oceanie.

– Zamarzniesz. – Blake powiedział to, co myśleli wszyscy. – Nie jesteś odpowiednio ubrana.

– Nic mi nie będzie. – W najmniejszym stopniu nie przejęła się tym, że zniszczy ciuchy warte chyba z tysiąc dolarów. – W końcu woda to mój żywioł.

Nic nie powiedziałam, bo jeśli ktokolwiek z nas miał wskoczyć do oceanu w połowie stycznia, to mogła to być tylko Danielle.

Chris roześmiał się niepewnie.

– Co zrobisz? Zmienisz temperaturę oceanu, żeby był jak ciepła kąpiel w wannie? Bo wiesz, ocean jest taki trochę... wielki.

– Dzięki, geniuszu. – Danielle przewróciła oczami. – Zdaję sobie z tego sprawę.

– Zawsze do usług. – Uśmiechnął się, odsuwając włosy z oczu.

– Powinnaś spróbować – wyraziłam swoją opinię. Jeśli instynkt jej nie zawodził, to Danielle prawdopodobnie pomoże nam w ten sposób w podróży, do której odnosiła się przepowiednia.

Albo dostanie hipotermii i się utopi – ale miałam przeczucie, że tak nie będzie.

– Nie potrzebuję twojego pozwolenia, nawet jeśli odgrywasz w tym wszystkim centralną rolę – odpowiedziała. Jej ton był tak samo zimny jak hulający wokół wiatr, więc zapadła cisza. Słychać było tylko podmuchy powietrza i załamujące się fale. – Zrobię to i niech nikt nie próbuje mnie powstrzymać.

Obróciła się na pięcie i zeskoczyła z pomostu. Lodowata woda ochlapała nas, gdy znikała pod jej powierzchnią.

ROZDZIAŁ 25

Wpatrywałam się w miejsce, gdzie zniknęła Danielle, czekając, aż znowu się pojawi. Ale powierzchnia wody była spokojna. Ani śladu – zanurkowała tak głęboko, że nie dało się jej zobaczyć.

– Skaczę za nią. – Blake cofnął się i przyjrzał wodzie, jakby zbierał odwagę do skoku.

– Nie. Nie wolno ci – powiedziałam, robiąc ku niemu krok. Spojrzał na mnie zaskoczony – i nieco zirytowany, że mu rozkazuję. Ale tak bardzo bałam się, że zrobi sobie krzywdę, że kontynuowałam: – Danielle potrafi władać wodą. Ty nie. Jej nic nie będzie, a ty zamarzniesz tam na śmierć.

Chris podszedł bliżej krawędzi pomostu.

– To mamy nic nie robić? – zapytał. – Może ona tonie, a wy chcecie, żebyśmy sobie tutaj stali i tylko patrzyli?

– Tak. – Kate pokiwała głową. – To ona ma władzę nad wodą i sprawiała wrażenie przekonanej, że sobie poradzi. Najprawdopodobniej nic jej nie jest, ale jeśli któreś z nas tam wskoczy, lodowata woda zaraz sprawi, że nawet nie będzie wiedziało, gdzie jest góra, a gdzie dół. Dajmy Danielle szansę. To jej zadanie. Gdyby tak nie było, nie byłaby jedyną osobą, która słyszy jakieś „wołanie", cokolwiek to oznacza.

– A może traci rozum – stwierdził Chris, patrząc ze zmartwioną miną w miejsce, gdzie Danielle zetknęła się z wodą. – Nikt by nie wytrzymał tak długo pod wodą.

– Chris ma rację – rzucił Blake przez zaciśnięte zęby. Gdy mówił, wyraźnie widać było napięte mięśnie żuchwy. – Musimy jej pomóc. Ja skaczę. – Zdjął buty, rzucił kurtkę na pomost i zanurkował w fale, zanim ktokolwiek z nas zdążył zaprotestować.

Wpatrywałam się w miejsce, gdzie zniknął. Poczułam ciężar w żołądku, który wzmógł się, gdy Blake wciąż nie wypływał. Najwyższa pora stworzyć genialny plan, jak ich oboje uratować, tylko że ja stałam jak słup soli, niezdolna do myślenia. Minęło zbyt dużo czasu. Danielle może dałaby radę wytrzymać pod wodą tak długo, ale Blake na pewno nie.

Może on w tej chwili umiera, a ja nic nie mogę zrobić.

– Nadal mamy nic nie robić? – zapytał Chris roztrzęsionym głosem. – Bo idzie nam doskonale.

Woda się zakotłowała i na powierzchni pojawiła się nagle głowa Danielle ze splątanymi włosami i tuszem do rzęs cieknącym po policzkach. Przez pierś miała przewieszone ramię Blake'a. Unosił się obok niej nieprzytomny. Danielle pływała w miejscu, widać było, że podtrzymuje go z wysiłkiem, ale cały czas udawało jej się utrzymać jego głowę nad powierzchnią.

– Kto był takim idiotą, że pozwolił mu za mną skoczyć? – wrzasnęła.

Na jej ciskające gromy spojrzenie odpowiedziałam takim samym.

– Nikt z nas mu nie pozwolił – powiedziałam, czując, jak ściska mnie w gardle na widok Blake'a unoszącego się w wodzie obok niej. – Skoczył, zanim zdołaliśmy go powstrzymać.

Dotarła do pomostu i wysunęła się spod ramienia Blake'a, a Chris podbiegł na krawędź, żeby go wyciągnąć. Ciało Blake'a głucho uderzyło o pomost. Miał zamknięte oczy, usta o nienaturalnie niebieskawej barwie, a twarz tak kredowobiałą, że wyglądał jak skrzyżowanie antycznej rzeźby z trupem.

Jeśli on nie żyje... Nie miałam pojęcia, czy moja uzdrawiająca moc jest na tyle silna, żeby mu pomóc. Na samą myśl poczułam pustkę w piersi i zacisnęłam pięści tak mocno, że paznokcie wbiły mi się we wnętrze dłoni. Nic nie mogło mu się stać!

Podbiegłam do niego i przyłożyłam dłoń do jego policzka. Nie zauważyłam że łzy spływają mi po twarzy, dopóki nie spadły na jego bladą skórę. I wtedy poczułam, że w jego ciele tli się życie. Żył. Więc na pewno coś mogłam zrobić.

To nie to samo, co wyleczenie skaleczenia, ale i tak chwyciłam go za rękę, zdeterminowana, by go uleczyć.

Zamiast zamknąć oczy, trzymałam je otwarte i skupione na jego pobladłej twarzy, gdy chłonęłam białą energię z powietrza. Poczułam ciepło w żyłach, energia zapulsowała w moim ciele, gdy zetknęły się wnętrza naszych dłoni, aż wyrzuciłam ku niemu całą zebraną moc. Dokładnie w momencie, gdy poczułam, że nie jestem w stanie wyciągnąć z Kosmosu już ani odrobiny energii więcej, nagle otworzył oczy, przekręcił się na bok i zaczął wykasływać wodę z płuc.

W głowie mi się kręciło, miałam wrażenie, że zaraz ja stracę przytomność, ale to nie miało żadnego znaczenia. Najważniejsze, że z Blakiem wszystko było w porządku.

Danielle pochyliła się nad nim i otuliła go ramionami, odsuwając mnie na bok. Uderzyłam łokciem o pomost, ostry ból przeszył całe ramię. Rozmasowałam je, patrząc jej w oczy. Dopiero co uratowałam Blake'owi życie. Mogłaby przynajmniej udawać wdzięczność.

– Co się stało? – zapytał ochrypłym głosem.

– Przed chwilą wskoczyłeś do oceanu, próbując mnie ratować, i omal się nie utopiłeś – odpowiedziała, śmiejąc się i płacząc jednocześnie. – Jakby potrzebny mi był ratunek. Woda to mój żywioł.

Usiadłam i uleczyłam sobie łokieć, powstrzymując ból, który z pewnością objawiłby się siniakiem w ciągu paru godzin. Spojrzałam na Danielle. Przed sekundą ociekała wodą, ale teraz ona i jej ubrania były całkowicie suche.

Miała więcej mocy, niż zakładałam.

Wzięła Blake'a za rękę – tę samą, którą trzymałam, ratując mu życie – i cała woda, którą nasiąkło jego ubranie, spłynęła z niego, tworząc na pomoście kałużę, po czym wpadła z powrotem do morza.

– Dzięki – powiedział, przeczesując dłońmi suche już włosy.

– Nie ma za co. – Wsunęła mu dłoń w rękę, ale on jej ani nie ścisnął, ani nie wypuścił. Po prostu pozwolił, by spoczywała w jego dłoni.

– Znalazłaś to, czego szukałaś? – zapytał.

– Prawie to miałam, zanim za mną wskoczyłeś – odpowiedziała, śmiejąc się, bo miała już pewność, że nic mu nie jest. – Teraz muszę tam wrócić i to wydobyć.

Miałam ochotę powiedzieć coś na temat tego, że przecież próbował jej pomóc z troski, ale się powstrzymałam.

Kate zmarszczyła brwi i spojrzała na Danielle.

– A czego dokładnie tam szukałaś? – zapytała.

– To coś w rodzaju dzbana – odpowiedziała Danielle. – Wydaje się przywiązany czy przymocowany do kamienia, ale jakoś go wydobędę.

– Nie szkodzi spróbować – zgodził się Chris. A potem spojrzał na Blake'a i dodał: – Tylko nie baw się już w Supermana. Czy raczej Aquamana.

– Nie martw się. – Uśmiechnął się krzywo Blake. – Zostawię to Danielle. Ja na dzisiaj mam już dosyć pływania w lodowatym oceanie.

– Dobra – powiedziała Danielle. – Nie ma co zwlekać. – Obróciła się na pięcie i zanurkowała w fale, tym razem nie rozchlapując wody. Zupełnie jakby stała się jej częścią.

Założyłam, że nie będzie jej co najmniej przez minutę, więc postanowiłam sprawdzić, co z Blakiem. Jego twarz i usta miały już normalny kolor. Poczułam kolejną falę ulgi i uświadomiłam sobie, że gdyby zeszłej nocy nie pomógł mi w ćwiczeniu mojej mocy, mógłby już nie żyć. Ścisnęło mnie w gardle na tę myśl, więc przełknęłam rosnącą gulę.

– Cieszę się, że nic ci nie jest – powiedziałam, podchodząc do niego.

– Dzięki tobie – odparł. – Nie wiem, co zrobiłaś, ale… – Zawahał się, a w jego oczach pojawiła się troska. – Nie zabrało ci to zbyt wiele energii, co?

– Nic mi nie będzie – odpowiedziałam, choć podejrzewałam, że gdybym miała robić to, co robiłam, choćby chwilę dłużej, to mógłby być problem. – Odpocznę sobie po prostu przez godzinkę czy dwie.

Prawdopodobieństwo, że będę miała ku temu okazję, było bliskie zera, ale żadne z nas już tego nie skomentowało.

– Tylko nie walcz z potworami – powiedział, mrugając okiem.

Znieruchomiałam, nie wiedząc, jak zareagować. Kate i Chris nadal nic nie wiedzieli o dwugłowym ogarze z wczorajszej nocy. Jego słowa musiały im się wydać bardzo dziwne.

Kate przestąpiła z nogi na nogę i popatrzyła to na mnie, to na Blake'a.

– Okeeej – powiedziała, marszcząc czoło. – Żadnych walk z potworami. Zapamiętam.

Danielle wypłynęła na powierzchnię wody, zanim coś odpowiedziałam. Uniosła w górę jakiś spory przedmiot.

– Mam to! – zawołała.

Zmrużyłam oczy, próbując rozpoznać, co trzyma w dłoni. Wyglądało to jak dzban z dwoma uszami. Ciemnopomarańczowe tło przypomniało kolorem czerwoną glinę przed włożeniem do pieca, a boki zdobiły jakieś brązowe ornamenty. Z daleka nie mogłam dostrzec, co przedstawiają.

Danielle podpłynęła do pomostu i odstawiła dzban. Potem podciągnęła się, a drewniane deski zaskrzypiały pod jej ciężarem. Już była kompletnie sucha. Podobnie jak dzban.

Kate przyklęknęła przed naczyniem i wyciągnęła rękę, żeby go dotknąć, lecz cofnęła ją w ostatniej chwili, jakby bała się, że go zniszczy.

– Jest piękny – powiedziała. – Zobaczcie te detale.

Przyklęknęłam obok niej, żeby bliżej mu się przypatrzeć. Choć zdobienia na dzbanie były miniaturowe, przedstawiały więcej szczegółów, niż można sobie wyobrazić. Największy obraz ukazywał mężczyznę z brodą na eleganckim, ciągniętym przez konia rydwanie. Wiatr rozwiewał mu włosy, a za nim sunęła fala wody. Patrzył przed siebie groźny wzrokiem, w dłoni trzymał trójząb. Wokół rydwanu galopowały stada koni, a z nieba spoglądał na niego skrzydlaty pegaz. To musiał być Posejdon – bóg morza.

– Wygląda jak dzban Pandory – szepnęła Kate, wciąż wpatrzona w obrazki.

– Dzban? – Przysiadłam na piętach i spojrzałam na nią. – Myślałam, że Pandora miała puszkę.

– Popełniono błąd w tłumaczeniu z greki na łacinę – wyjaśniła. – Tak naprawdę to był dzban.

– I to jest ten mityczny dzban? – Przechyliłam głowę, nie dowierzając. To naprawdę było mało prawdopodobne.

– Nie. – Pokręciła głową. – To nie jest ten sam dzban. Ale dzban Pandory stworzył Hefajstos – bóg ognia, kowalstwa i rzemieślników. Być może stworzył także ten.

– Może – odparłam, choć szczerze w to wątpiłam. Greccy bogowie nie schodzili na ziemię i nie wrzucali ręcznie robionych dzbanów do morza. Z tego, co mówił w klasie Darius, wynikało wręcz, że bogowie rzadko przybywają na Ziemię.

Danielle przysunęła się bliżej i uniosła dłonie nad dzbanem.

– Otworzę go – oznajmiła, patrząc na każdego z nas po kolei dla potwierdzenia. Nikt nic nie powiedział – wszyscy wiedzieliśmy, że zrobi to bez względu na to, czy się zgodzimy, czy nie – a ona objęła palcami ucho, przechylając dzban bardzo delikatnie, jakby bała się, że się uszkodzi.

Przygotowałam się w duchu na to, że nastąpi coś szalonego – wybuch, błysk światła, huk. Ale z dzbanem nic się nie działo.

Danielle nachyliła się, żeby zobaczyć, co jest w środku, i włosy zasłoniły jej twarz.

– Tam jest jakiś papier – oznajmiła, wsuwając dłoń do wnętrza. Zaszeleściło i wyciągnęła kawałek zwiniętego pergaminu. Przypominał mi oryginał przepowiedni, który pokazał mi Darius. Jednak w przeciwieństwie do tamtego egzemplarza, który był pożółkły i miał pogięte brzegi, ten wyglądał jak nowy. Był też całkiem suchy.

– Jest odporny na żywioły. – Usta Kate aż się zaokrągliły ze zdziwienia. Pochyliła się, zakładając włosy za uszy, żeby przyjrzeć się pergaminowi. – Ten dzban na pewno wykonał Hefajstos. Jak niemal każdy piękny przedmiot magiczny.

Danielle rozwinęła pergamin i przebiegła wzrokiem po tekście.

– Co tam jest napisane? – zapytała Kate.

– Ruszcie na północ do Króla Niebios – zaczęła, czytając coraz głośniej. – Stoi pośród kamieni umarłych, dotrzeć do niego może tylko ten, kto potrafi wysoko latać. – Opuściła pergamin i popatrzyła na nas, jakby czekała, aż ktoś wyjaśni jej, co to znaczy.

– Polecieć na północ do nieba? – Chris spojrzał na słońce, używając dłoni niczym lunety i mrużąc oczy. – Ktoś ma prywatny odrzutowiec? Albo rakietę?

Kate roześmiała się, ale to był śmiech podszyty zdenerwowaniem.

– Nie sądzę, żeby o to chodziło, zwłaszcza biorąc pod uwagę, że napisano to trzysta lat temu. Ludzie nie mieli wtedy takich możliwości.

– Przecież to przepowiednia – odparł Chris, przeciągając samogłoski. – Oczywiście, że nie mieli wtedy samolotów, ale mogli przewidzieć ich istnienie.

Danielle przesuwała w palcach pergamin, patrząc to na Kate, to na Chrisa.

– Przepowiednia słusznie zasugerowała nam podróż na wschód, więc teraz wedle jej wskazówek powinniśmy ruszyć na północ – oznajmiła, zerkając na auto stojące na parkingu.

Gdy rozważałam pomysł wjechania samochodem do oceanu, nagle coś przyszło mi do głowy.

– Kamienie umarłych – powtórzyłam, zaskoczona, że nie odgadłam od razu. – Cmentarz. Minęliśmy go po drodze.

– No pewnie. – Kate pstryknęła palcami. – Posąg Zeusa, Króla Niebios.

– Na tym cmentarzu jest posąg Zeusa? – zapytałam. To była chyba najdziwniejsza rzecz, jaką dziś usłyszałam.

– Na samym tyle – odpowiedział Blake. – Bardzo wysoki. Zawsze sądziliśmy, że nasi przodkowie postawili go, żeby przypominał nam, skąd pochodzimy. Miejska legenda głosi, że jest nawiedzony, więc gimnazjaliści lubią zakradać się w nocy na ten cmentarz, żeby to sprawdzić.

– I co? – zapytałam.

– Nic. – Roześmiał się. – Dlatego to tylko legenda.

– Okej – powiedziałam. Miejskie legendy to fikcja. Ale mitologia grecka to fakty. Będę musiała zapamiętać. – A czemu ten posąg jest taki ważny?

– Słyszałaś o siedmiu cudach świata, prawda? – zapytała Kate, wstając i rozciągając sobie ręce.

– Jak Wielki Mur albo Tadż Mahal?

– Te należą do siedmiu cudów średniowiecznego świata – wyjaśniła. – Chodzi o tę samą ideę, ale pochodzącą od siedmiu cudów świata antycznego.

– No to... – zawahałam się, próbując przypomnieć sobie budowle, o których uczyłam się w szkole. – Piramida w Gizie?

Kate pokiwała głową i lekko się uśmiechnęła.

– To jedyny, który przetrwał do dziś – powiedziała. – Innym cudem świata był posąg Zeusa z Olimpii. Jego replika znajduje się właśnie na cmentarzu w Kinsley. Często przyjeżdżają ją obejrzeć specjaliści od historii sztuki, ale Partenon w Nashville przyciąga więcej turystów, bo jest bardziej znany.

– W Nashville jest Partenon? – zapytałam.

Ponownie skinęła głową.

– Ze względu na dużą liczbę wyższych uczelni Nashville jest nazywane Atenami Południa – powiedziała, robiąc palcami znak cudzysłowu. – Partenon wybudowano tam pod koniec dziewiętnastego wieku. Ale to od naszego posągu Zeusa zaczął się pomysł odtworzenia w Stanach nieistniejących starożytnych budowli. Wzniesiono go na dziesięć lat przed Partenonem w Nashville.

Danielle zatrzasnęła pokrywę dzbana i podniosła go.

– Wystarczy tej lekcji historii – powiedziała, tuląc dzban do piersi. – Posąg jest bardzo blisko, a nie mam lepszego pomysłu na to, co powinniśmy robić dalej. Jedźmy tam.

ROZDZIAŁ 26

Zeus górował nad grobowcami, konkurując wysokością z rosnącymi tuż obok brzozami. Znajdował się na mniej więcej dwumetrowym cokole. Boki tronu zdobiły płaskorzeźby przedstawiające sceny mitologiczne, a w lewej dłoni Zeus dzierżył berło z orłem na szczycie. W prawej trzymał coś, co wyglądało jak anioł. Sięgające ramion włosy i długa broda przypominały wizerunek Posejdona z dzbana, jednak włosy boga mórz rozwiewał wiatr, natomiast Zeusa ułożone były idealnie symetrycznie, a wszystkie kosmyki wygładzone. Patrzył prosto przed siebie – potężny i zdecydowany.

– Niesamowite – powiedziałam, otwierając usta.

Choć Kate musiała już widzieć ten posąg, też szeroko otworzyła oczy.

– Rzeczywiście – stwierdziła. – To dokładna replika oryginału. Posąg wykonano z kości słoniowej, tron jest z pozłacanego drewna, natomiast włosy, broda i szata Zeusa – z czystego złota. Zawsze robi na mnie wrażenie.

Nie spytałam, skąd to wszystko wie. Znając Kate, zbadała temat wieki temu i do dziś pamiętała wszystkie szczegóły.

– Widzisz boginię, którą ma na ręce? – zapytała, wskazując postać w jego prawej dłoni.

Czyli ten anioł to bogini. Choć maleńka w porównaniu z Zeusem, stała dumnie na wnętrzu jego dłoni z rozpostartymi skrzydłami. Jedną rękę uniosła w górę, jakby dawała sygnał do walki.

Skinęłam głową, żeby Kate kontynuowała.

– To Nike – wyjaśniła. – Bogini zwycięstwa, o której Darius mówił w twój pierwszy dzień w szkole. Widzisz teraz, że jej skrzydła przypominają ten ptaszek z butów?

Obeszłam posąg, żeby przyjrzeć się bogini z boku.

– Owszem – stwierdziłam. – Ale nie zauważyłabym tego, gdyby ktoś mi nie powiedział.

– Może przeanalizujecie sobie ten posąg kiedy indziej? – powiedziała Danielle. – Bo chyba czegoś szukamy i dobrze byłoby się na tym skupić. Może to kolejny dzban.

– Co tam było napisane? – zapytał Chris, mierząc posąg wzrokiem z góry na dół.

Danielle nie rozwinęła pergaminu, tylko zacytowała wskazówkę z pamięci:

– „Ruszcie na północ do Króla Niebios. Stoi pośród kamieni umarłych, a dotrze do niego tylko ten, kto potrafi wysoko latać".

– Tym razem to nie dzban – oznajmił Chris. – To orzeł. Ten na berle Zeusa.

– Skąd wiesz? – spytała Kate.

– Danielle twierdziła, że ten dzban ją przywoływał. – Spojrzał na Danielle, a ta pokiwała twierdząco głową. – Cóż, ten orzeł się świeci, jakby otaczała go aura. Delikatnie, ale wyraźnie to widzę.

Zadarłam głowę, żeby spojrzeć na orła na berle. Wcale się nie świecił. Ale wołania dzbana też nie słyszałam.

Kate przyglądała się posągowi z zaciśniętymi ustami.

– A jak chcesz się do niego dostać? – zapytała.

Chris uśmiechnął się szelmowsko i znacząco poruszył brwiami.

– Masz ochotę na trochę zabawy? – zapytał.

– To zależy, jak definiujesz zabawę – odpowiedziała. – Bo jeśli sugerujesz wspinanie się na ten posąg, to ja podziękuję. Nie mam zamiaru dzisiaj zginąć, więc upadek z prawie dwudziestu metrów nie za bardzo mi się uśmiecha.

– Wcale nie proponuję wspinaczki. – Roześmiał się i odsunął włosy z oczu. – Uniosę cię w powietrze tak, jak uniosłem wczoraj papier, a ty zdejmiesz orła. Proste. – Zakręcił palcami i podmuch wiatru uniósł z ziemi parę liści.

– Uniesiesz mnie w powietrze? – Kate aż otworzyła usta. – To już wolę się wspinać.

– Daj spokój – odparł. – Musimy się tam jakoś dostać. Zobaczysz, fajnie będzie.

Skrzyżowała ramiona i pokręciła głową.

– Dlaczego mnie o to prosisz? – spytała. – Niech ktoś inny się zgodzi.

– Ja mogę – zaproponowałam, ale natychmiast pożałowałam, że nie ugryzłam się w język. Mam lęk wysokości.

– Nie – wtrącił się Blake. – Musisz odpocząć, bo zużyłaś całą energię na plaży. Musisz mieć siłę, gdyby znowu trzeba było kogoś uleczyć. A nie zrobisz tego, jeśli umrzesz. – Zawahał się, bo uświadomił sobie, jak ostro zabrzmiały jego słowa. – O ile w ogóle możesz umrzeć, ale nie powinniśmy w tej chwili robić takich eksperymentów. Ani nigdy.

– Racja. – Odwróciłam się od niego, żeby spojrzeć na Chrisa, i cieszyłam się, że nie muszę lecieć w górę. – W takim razie zostają Blake, Kate albo Danielle.

– W porządku. – Kate westchnęła, unosząc dłoń. – Zrobię to. Ważę chyba najmniej, więc to ma sens.

– Ekstra! – Chris rozpromienił się i zatarł dłonie. – Gotowa?

– Można tak powiedzieć. – W jej głosie nie słychać było entuzjazmu. – Jak już tam będę, to mam złapać za tego orła? A jeśli nie będzie się go dało zdjąć?

– Ten dzban był właściwie wrośnięty w skałę – wtrąciła Danielle. – Ale bez problemu go wyciągnęłam.

– No widzisz. – Chris wskazał kciukiem na Danielle. – Słuchaj jej.

– Wspaniale. – Kate posłała mu wymuszony uśmiech i spojrzała w górę posągu. – Dam radę. Jestem gotowa. – Brzmiało to tak, jakby chciała przekonać samą siebie.

– No dobra. – Chris wskazał miejsce obok Zeusa. – Stań tam.

Kate spojrzała na mnie szeroko otwartymi oczami, a ja uśmiechnęłam się do niej krzepiąco, zanim podeszła na miejsce. Jeśli Chris ją upuści, będę mogła ją uleczyć. Nie wiedziałam jednak, czy potrafię przywracać ludzi do życia. Jeśli tak... Aż zadrżałam na tę myśl. Wolałabym nigdy nie musieć się o tym przekonywać.

– No to lecimy! – Chris zmrużył oczy, skupiając wzrok na Kate. Uniósł rękę i wyciągnął otwartą dłoń w jej kierunku. Ale nie stworzył malutkiego tornado, którego użył wczoraj u Blake'a do podniesienia kartki. Powietrze popchnęło stopy Kate od spodu i uniosło ją niczym balon na gorące powietrze. Zaczęła się leciutko odpychać nogami, unosząc się coraz wyżej.

– Dobrze – powiedziała roztrzęsionym głosem. – Byle nie za szybko.

Chyba spodziewałam się, że Chris z przekory wyrzuci ją pięć metrów w górę, ale posłuchał jej i pozwolił jej powoli się unosić, aż dotarła na szczyt posągu. Wyciągnęła ramiona i objęła orła. Wydawał się być tego samego rozmiaru, co dzban, który Danielle wyłowiła z oceanu, ale z odległości niemal dwudziestu metrów trudno to było ocenić.

Kate pociągnęła figurę ptaka, ale ta ani drgnęła.

– Jest za ciężki! – zawołała. – Nie dam rady go podnieść.

– Spróbuj mocniej! – krzyknął Chris w odpowiedzi. – Potrzebujemy go.

Po trzeciej próbie straciła chęci i opuściła ręce.

– Nie uda się. – Spojrzała na nas bezradnie i wzruszyła ramionami. – To niemożliwe.

Chris zmarszczył brwi.

– Jesteś pewna?

Kate jeszcze raz objęła orła, ale nic nie wskórała.

– Tak. – Wzięła się pod boki, co wyglądało zabawnie, bo wciąż unosiła się wysoko w powietrzu. – Możesz mnie teraz łaskawie opuścić?

– Jasne. – Obniżył dłonie, marszcząc brwi, gdy kontrolował powietrze podtrzymujące Kate. Spłynęła ku ziemi i wylądowała lekko jak piórko.

Podbiegła do nas, zakładając włosy za uszy.

– Przepraszam – zwróciła się do Chrisa. – Starałam się. Ale nie mam dość siły. Wcale się nie poddawał.

– Nie wiem, co zrobiliśmy nie tak – powiedział, przyglądając się orłowi na czubku berła. – Wiem, że to jest klucz do kolejnych kroków.

– Myślę, że to ty powinieneś spróbować go zdjąć – zasugerowała Danielle, wskazując na Chrisa. – Kate nie mogła, bo to wskazówka, którą ty musisz odkryć. Mój dzban poddał mi się bez oporu.

– Twierdzisz, że przedmiot daje się wziąć tylko tej osobie, dla której jest przeznaczony? – Chris podrapał się po głowie. – Jakby był zaklęty?

– To tylko hipoteza – odparła. – Spróbuj do niego podlecieć. Najwyżej się nie uda.

– Albo spadnę i rozwalę sobie łeb – mruknął.

Kate gwałtownie obróciła głowę, nie wierząc w to, co słyszy.

– Mnie podniosłeś bez problemu – powiedziała. – Dlaczego uważasz, że ze sobą tego nie zrobisz?

– To wydaje mi się niemożliwe. – Raz jeszcze z powątpiewaniem spojrzał na posąg. – Ale spróbuję.

Kate leciutko się uśmiechnęła.

– Okej.

– Jeśli spadniesz, to Nicole cię uleczy – rzuciła kpiąco Danielle.

– No właśnie. – Zignorowałam jej drwinę i uśmiechnęłam się do Chrisa. – Nic ci nie będzie. Jesteś silniejszy, niż myślisz. A jeśli będzie taka potrzeba, uleczę cię.

– W porządku. – Podszedł do posągu, by znaleźć się pod berłem, głęboko zaczerpnął powietrza i zamknął oczy. – Nic z tego! – oznajmił. Ale potem otworzył pięści tak, by dłonie mieć skierowane ku stopom i zaczął się unosić – szybciej niż Kate. Wiatr rozwiewał mu włosy na wszystkie strony. W połowie drogi przyśpieszył i w sekundę znalazł się przy orle. – Zobaczcie! – zawołał, rozkładając ramiona i wyciągając palce stóp ku ziemi. – Jestem Supermanem!

To naprawdę wyglądało tak, jakby latał, tylko może bardziej jakby stał na powietrznej poduszce, uginając lekko nogi, żeby utrzymać równowagę. Objął rękami orła, tak jak robiła to Kate, i oderwał go od berła. Bez wysiłku.

Roześmiał się i spojrzał w dół na Kate.

– Miałaś z tym jakiś kłopot? – zapytał, unosząc orła nad głowę niczym trofeum. – Faktycznie jestem silniejszy, niż myślałem!

– Albo Danielle miała rację i orzeł poddaje się tylko tobie – mruknęła Kate pod nosem, przewracając oczami. Rozśmieszyła mnie.

Chris sfrunął na ziemię i podbiegł do nas.

– Mam go! – powtórzył, obejmując orła ramionami.

– I co z nim teraz zrobimy? – zapytałam.

Postawił go na ziemi, napinając lekko ramiona od wysiłku. Orzeł był tej samej wysokości co dzban – sięgał mi prawie do kolan – i miał skrzydła rozwinięte do lotu. Każde pióro zostało tak drobiazgowo wyrzeźbione, że wyglądały jak prawdziwe, a ptasie spojrzenie było niemal tak samo twarde i zdecydowane jak posągu Zeusa.

Chris przyklęknął, aby mu się przyjrzeć, i przekręcał głowę, żeby spojrzeć na niego pod różnymi kątami.

– Tu jest jakaś rysa – powiedział, wskazując na cieniutkie pęknięcie, które biegło dookoła szyi ptaka. – Może głowa działa jak pokrywka, jak w dzbanie Danielle.

Sięgnął, by ją unieść, ale Danielle wsunęła dłoń, by go powstrzymać.

– Niech Kate spróbuje – powiedziała, patrząc na niego surowym wzrokiem.

Chris cały czas trzymał ręce nad głową orła.

– Dlaczego? – zapytał.

– Dowiemy się, czy tylko ty możesz go otworzyć, tak jak tylko ty mogłeś zdjąć go z posągu. – Podkreślała każde słowo, jakby Chris był za głupi, żeby zrozumieć. – Jeśli Kate nie będzie go mogła otworzyć – ani żadne z nas – wtedy będziemy wiedzieć, że jedyną osobą, która może otworzyć każdy przedmiot, jest ta właściwa.

Nie chciałam mówić tego głośno, ale Danielle miała rację.

Każde z nas czworga spróbowało zdjąć głowę orła, ale żadnemu się to nie udało. Widziałam kreskę dookoła, przez którą wyglądała jak pokrywka, ale równie dobrze głowa ptaka mogłaby być przyspawana. Za nic nam się nie poddawała.

– Teraz twoja kolej. – Danielle skinęła na Chrisa, żeby spróbował.

Zatarł ręce.

– Mój dotyk jest magiczny – powiedział, przyklękając i obejmując palcami głowę orła. Natychmiast odskoczyła.

Sięgnął do środka i wyciągnął zwinięty kawałek pergaminu tej samej wielkości, co znaleziony przez Danielle w dzbanie.

– Co tam jest napisane? – zapytałam, powstrzymując ochotę, by wyrwać mu go z rąk i samej przeczytać.

Rozwinął pergamin i przysunął do oczu.

– Idź w kierunku wskazanym przez Zwycięstwo, bowiem poprowadzi do tego, czym żywi się ogień. To, co powoduje zniszczenie, można też wykorzystać do tworzenia. – Wzruszył ramionami i spojrzał na nas. – To wszystko. A zwycięstwo jest zapisane wielką literą.

– Kierunek wskazany przez Zwycięstwo… – powtórzyłam, patrząc na boginię na dłoni Zeusa. – To może być Nike. Czy Darius nie mówił, że Nike oznacza zwycięstwo?

Danielle wstała i otrzepała sobie dżinsy.

– Kolejna mglista wskazówka – mruknęła. – Łatwiej byłoby, gdyby po prostu dali nam mapę.

– „Do tego, czym żywi się ogień" – powtórzył Blake, patrząc na Nike. – Ona wskazuje na las.

Spojrzałam w kierunku, który pokazywał palec bogini.

– To północny zachód – stwierdziłam.

Nie wiem, skąd to wiedziałam, nie mając kompasu, ale byłam pewna, że tak jest.

– To las koło domu Dariusa, prawda? – zapytała Kate. – Tam, gdzie byliśmy w noc komety.

– Las Clenton – powiedział Chris, zwijając pergamin. – Mieszkam kilka domów od Dariusa. Bawiłem się w tym lesie, jak byłem mały. – Włożył pergamin z powrotem do orła i zamknął pokrywę. – Sprawdźmy to.

ROZDZIAŁ 27

Pojechaliśmy Odessa Road aż do lasu. Kate zaparkowała na podjeździe u Chrisa. Drzewa były tu wyższe niż w Georgii i bardziej rozgałęzione. Zimą przypominały szkielety, ale wyobraziłam sobie, że latem, pokryte liśćmi, muszą wyglądać pięknie.

– Dokąd teraz? – zapytała Blake'a Danielle. – Czy coś cię przyzywa?

– Albo się świeci? – dodał Chris.

– Nie... – odparł Blake, patrząc na las. – Może przejdziemy się i sprawdzimy?

– Tu w okolicy przebiega kilka szlaków. – Chris ruszył w stronę lasu i gestem zachęcił nas, byśmy poszli jego śladem. – To niedaleko. Kiedyś chodziliśmy z kolegami bawić się w opuszczonej starej chacie, dopóki nasi rodzice się nie zorientowali. Był tam wcześniej pożar, więc twierdzili, że nie jest bezpiecznie. Bali się, że zrobimy sobie krzywdę.

– Spalona chata? – wtrąciłam, zaskoczona, że nie wspomniał o tym wcześniej. – Powinniśmy to sprawdzić. Pasuje do wątku ognia i zniszczenia we wskazówce.

– Szlak powinien być… o, tutaj! – Chris zatrzymał się przy niewielkim prześwicie między drzewami.

Szlak przypominał raczej ścieżkę wydeptaną przez zwierzęta – ledwo było tam miejsce dla jednej niedużej osoby. Nawet bym nie zauważyła tej dróżki, gdyby Chris nam jej nie pokazał. Trzeba było do czasu do czasu schylać się pod gałęziami i uważać na wystające korzenie.

Zerknęłam na Danielle, by zobaczyć, jak zareaguje na marsz przez las w szpilkach. Rozbawił mnie wyraz jej twarzy, a mianowicie zastygła na niej odraza. Była gotowa wskoczyć do lodowatego oceanu, ale przerażała ją wizja spaceru po lesie. Chyba nigdy jej nie zrozumiem.

Kate minęła nas i zaczęła odsuwać gałęzie i przechodzić pod nimi.

– Chodźcie. Drzewa nie gryzą – zażartowała.

Chris i Blake ruszyli jej śladem, pozostawiając mnie i Danielle na polanie.

– Ty pierwsza – powiedziałam, wskazując jej drogę. Ruszyła truchtem, żeby dogonić resztę, i potknęła się o jakiś korzeń. Starałam się iść tuż za nią, zbierając na dłoniach sporo zadrapań od gałęzi. Zastanawiałam się, czy nie oszczędzać energii i zostawić takie drobne skaleczenia, ale bardzo kłuły, więc jednak je sobie wyleczyłam. Zużycie odrobiny mocy nie zrobi wielkiej różnicy. Poza tym to ćwiczenie praktyczne.

– Proszę – oznajmił Chris na przedzie. Podążając za potykającą się w szpilkach Danielle, dołączyłam do reszty.

Stanęliśmy na małej polance, której większą część zajmowały pozostałości rozpadającej się chaty. Zanim spłonęła, składała się prawdopodobnie tylko z dwóch izb. Zwęglone deski podłogi pozapadały się, a ścian właściwie już nie było. Stos kamieni leżał w miejscu, który kiedyś zapewne był kominem. W chacie zapanowała przyroda – wszystko porastał mech, a w środku powyrastały drzewka.

Zrozumiałam, dlaczego rodzice Chrisa nie chcieli, żeby bawił się tu jako dziecko. To miejsce aż prosiło się o jakieś nieszczęście.

Blake przyglądał się chacie z zaciśniętą szczęką.

– Czy tu jest cieplej niż w lesie? – zapytał, wpatrując się w środek zapadniętej podłogi.

Akurat zawiał chłodny wiatr, pogwizdując w gałęziach drzew.

– Fajnie by było – stwierdziłam, naciągając rękawy kurtki na dłonie.

Blake podszedł do chaty i minął pozostałości ściany, cały czas wpatrując się uważnie w centralny punkt podłogi.

– Jesteś pewien, że bezpiecznie jest po tym chodzić? – zapytała go Danielle.

Blake zerknął na nią przez ramię i roześmiał się.

– Pyta dziewczyna, która dopiero co wskoczyła do oceanu przy minusowej temperaturze!

– Racja – mruknęła, cofając się o krok.

Deska zaskrzypiała pod stopą Blake'a, który starał się nie stawać tam, gdzie drewno mogłoby się całkiem zapaść. Gdy dotarł do środka, przyklęknął i przyłożył dłoń do deski, która wydawała się niemal nienaruszona w porównaniu z tymi, które ją otaczały.

Kate spojrzała na mnie i przechyliła pytająco głowę. Wzruszyłam ramionami, bo tak samo jak inni, nie miałam pojęcia, co robi Blake.

– Powiesz nam, co się dzieje? – zawołała Danielle, podchodząc nieco bliżej i biorąc się pod boki. Nie odpowiedział, więc potruchtała jeszcze bliżej i weszła na pozostałości chaty. Zrobiła kilka kroków, ale obcas utknął jej między deskami i przewróciła się, podpierając na czas rękoma.

Najwyraźniej na lądzie nie była tak zręczna jak pod wodą.

Otrzepała brud z dłoni i prychnęła, nie próbując nawet wstać.

Blake zerknął na nią i uśmiechnął się krzywo.

– Pamiętasz, jak niepotrzebnie skoczyłem za tobą do wody? – zapytał i nie czekał na odpowiedź. – No więc mnie też nie trzeba pomagać. Dam sobie radę.

Odwrócił się, wyjął zapalniczkę i zapalił ją. Przeniósł płomień, by unosił się w formie kuli nad jego dłonią. Tak jak na placu zabaw, tak i tu całkowicie panował nad ogniem, opuszczając go w dół nad podłogę. Zapachniało ogniskiem i w rześkim mroźnym powietrzu rozległy się trzaski.

Chciałam podejść bliżej, żeby ogrzać dłonie, ale Blake wyraźnie dał do zrozumienia, że musi to zrobić sam. Poza tym podłoga wydawała się bardzo niestabilna. Nie miałam ochoty przewrócić się jak Danielle, która dołączyła już do nas, ale cały czas otrzepywała sobie spodnie z brudu.

Blake uniósł jedną ze zwęglonych desek i coś spod niej wyjął. Był zwrócony tyłem do mnie, więc nie widziałam, co znalazł. Potem się odwrócił, trzymając w dłoniach metalową skrzynkę. Mniejszą niż dzban i orzeł – mniej więcej wielkości skrzynki na narzędzia. Przeszedł ostrożnie pośród pozostałości domu i postawił ją u naszych stóp, podnosząc chmurę pyłu. Musiała być naprawdę ciężka.

– Wskazówka jest na pewno w środku. – Kate wyciągnęła dłoń, ale nie dała rady otworzyć skrzynki. – Ty spróbuj – powiedziała do Blake'a.

Gdy chwycił za wieko, natychmiast się poddało. Sięgnął do środka i wyjął dwa przedmioty – oprawioną w skórę książkę i kolejną, mniejszą skrzynkę, którą również wykonano z metalu.

Danielle przyklęknęła przy skrzyni.

– Gdzie wskazówka? – zapytał. Otworzył księgę i zaczął ją przeglądać. Zmarszczył przy tym brwi.

– No i? – ponagliła go.

– Tu jej nie ma. – Potarł dłonią kark i znów zaczął kartkować książkę. – To są instrukcje, jak wytworzyć jakieś przedmioty.

Zajrzałam mu przez ramię, żeby zobaczyć, o czym mówi. Wszędzie na stronach były jakieś rysunki – wskazówki do produkcji broni. Aż mnie dreszcz przeszedł. Ale potem pomyślałam o potworze z zeszłej nocy. Jeśli mamy się z czymś takim jeszcze spotkać, broń może się okazać przydatna. Nie zawsze będę miała pod ręką metalowe szczeble drabinki.

Chris obszedł Blake'a wkoło, żeby też zerknąć do książki.

– Jakie przedmioty? – zapytał.

– Różne rodzaj broni. – Blake opuścił książkę. Miał surowe spojrzenie. – Tu są same instrukcje, jak wykuć broń w ogniu.

– Ekstra. – Chris zmarszczył brwi i nie wyglądał na rozentuzjazmowanego. – Ale po co nam broń? Przecież mamy nasze moce. – By podkreślić swoje słowa, uniósł z ziemi wir liści.

– Nie wiem. – Blake zamknął książkę i podniósł mniejszą skrzynkę. Otworzył ją i wyjął z niej coś, co wyglądało jak starodawny zegarek kieszonkowy. Na wierzchu wygrawerowano pięć słów. Były zapisane po grecku, ale mój umysł natychmiast je przetłumaczył: *ogień*, *woda*, *powietrze* i *ziemia*. A pośrodku znajdował się grecki odpowiednik słowa *duch* albo *Eter*.

Blake otworzył pokrywkę. W środku znajdowała się czarna wskazówka ze złotym „K" na końcówce. Wokół blatu zamocowano w równych odległościach cztery klejnoty – rubin, szmaragd, topaz i szafir. Pośrodku błyszczał diament, na którym chybotała się wskazówka.

– Wygląda jak kompas – stwierdziłam.

Danielle sięgnęła dłonią po to dziwne urządzenie.

– Co oznacza „K"? – zapytała.

– Czy w książce jest to opisane? – zapytała Kate Blake'a.

– Nie – odparł. – Tam są tylko instrukcje, jak wykuwać broń. Ale możesz sama sprawdzić.

Kate otworzyła książkę i zaczęła ją kartkować.

– Masz rację – stwierdziła w końcu. – Nie ma tu wskazówki. Więc chyba powinniśmy skorzystać z kompasu.

– Większość kompasów wskazuje północ – pomyślałam na głos. – Ale ten jest skierowany na północny zachód.

– Skąd to wiesz? – spytała zdziwiona Danielle.

– Po prostu wiem – odpowiedziałam. – Odkąd się tu przeprowadziłam, w jakiś sposób wyczuwam kierunki świata. Ale możesz użyć aplikacji z kompasem na komórce, jeśli chcesz sprawdzić.

Włączyła komórkę i ustawiła kompas.

– Okej… Masz rację – przyznała. – Igła kompasu, który znaleźliśmy, wskazuje północy zachód, a nie północ.

Miałam ochotę zwrócić jej uwagę, że dokładnie to przed chwilą powiedziałam, ale powstrzymałam się.

Blake patrzył to na nią, to na mnie.

– W takim razie idziemy na północny zachód – oznajmił.

Złapał skrzynkę i zaczął wyprowadzać nas z lasu.

ROZDZIAŁ 28

Ze względu na moje nowo odkryte wyczucie kierunku wszyscy uparli się, żebym usiadła z przodu na miejscu pasażera jako pilot. Nawet Danielle się z tym zgodziła.

Kompas cały czas prowadził nas na północny zachód, więc jechaliśmy dalej Odessa Road, aż dotarliśmy do Kinsley High. Jednak gdy minęliśmy szkołę, coś się zmieniło.

– Porusza się – oznajmiłam, patrząc, jak igła powoli się obraca. – Teraz wskazuje wschód.

– Na szkołę? – Danielle nachyliła się, żeby się przekonać. – Tyle zachodu ze znajdowaniem wskazówek i prowadzi nas prosto do naszej budy?

– Nie do samej szkoły – odpowiedziałam. – Trochę bardziej na południe. Igła obróciła się tuż za skrzyżowaniem Odessa Road z Beverly Street. Na południe od szkoły też jest las, prawda?

Kate skręciła w boczną uliczkę i zawróciła.

– Las Bosley – mruknęła. – Świetnie.

– Coś nie tak z tym lasem? – zapytałam.

– Nie – Potrząsnęła głową. – Ale wywołuje we mnie jakieś nieprzyjemne uczucie.

– We mnie też – rzucił z tyłu Chris. – Panuje w nim dziwna atmosfera.

Dziwny las wzbudzający nieprzyjemne uczucia. Fantastycznie. Chyba nie jest gorszy niż cmentarz, ale przecież Kate kocha przyrodę. Jeśli w niej jakiś las wywołuje ciarki, to naprawdę musi być źle.

Kate skręciła pod nasze liceum. Od frontu stało tam tylko kilka samochodów, ale poza tym zwykle pełen parking był pusty.

– Możemy stanąć przy sali gimnastycznej – powiedziała. – Jest najbliżej lasu i powinno być tam pusto, bo nie ma dzisiaj żadnych meczów.

Ruszyła pod salę i po raz pierwszy, odkąd wsiedliśmy do auta, zapanowała cisza.

– Ej, będzie dobrze. – Danielle starała się poprawić atmosferę.

– Właśnie – stwierdził z nieco większą pewnością Chris. – Nurkowaliśmy już w lodowatej wodzie, wlecieliśmy na czubek dwudziestometrowego pomnika i zrobiliśmy wykopaliska w spalonej chacie. Damy sobie radę z następnym wyzwaniem. W końcu jesteśmy Elementals!

– Elementals? Władcy Żywiołów? – Roześmiałam się i spojrzałam na niego.

– Musimy mieć nazwę dla naszej drużyny – odparł zmieszany. – Bo przecież będziemy nadal wspólnie działać, zgadza się?

Danielle odchyliła się do tyłu.

– To brzmi jak tytuł komiksu – stwierdziła. – A my jesteśmy czarownikami, a nie superbohaterami.

– A ty to wiesz, ponieważ… czytasz komiksy? – Stłumiłam śmiech, bo trudno mi to było sobie wyobrazić.

– Nie. – Skrzyżowała ramiona i wyjrzała przez okno. Zabawnie to wyglądało, bo siedziała ściśnięta na środku kanapy pomiędzy Chrisem a Blakiem.

Chris uśmiechnął się i szturchnął ją w ramię.

– Nie kłam – powiedział. – Przynosiłaś komiksy do szkoły i wymieniałaś się z Mattem w drugiej klasie podstawówki.

– Z Mattem? – Aż się zachłysnęłam. – Tym chłopakiem, którego Chris przedstawił mi na imprezie w zeszłym tygodniu? Tym, który chodzi z Anne?

– Dokładnie tym – odpowiedział wciąż uśmiechnięty Chris. – Zanim pozwolono nam używać mocy, niewiele różniło nas od ludzi. Dopiero w pierwszej liceum… – Zawahał się, zerkając na Danielle i Blake'a. – Albo wcześniej, jeśli ktoś łamał zasady. Jeśli dobrze pamiętam, to Danielle wymieniała z Mattem nie tylko komiksy. Zdaje się, że coś was łączyło?

Blake uśmiechnął się krzywo.

– Pamiętam… – powiedział. – Twoi rodzice stwierdzili wtedy, że za bardzo zbliżasz się do człowieka, i nie pozwalali ci już chodzić się do niego bawić. Byłaś zdruzgotana.

Danielle prychnęła i wbiła wzrok w Chrisa.

– Moi rodzice wiedzieli, co mówią – oznajmiła. – Nie było sensu, żebym marnowała czas z człowiekiem. Poza tym to było w drugiej klasie. Mieliśmy po siedem lat. Dawno i nieprawda.

– Oj, prawda, prawda – Chris z udawanym dramatyzmem pokiwał głową. – Nicole – zwrócił się do mnie. – A ty co o tym myślisz?

– A jakie to ma znaczenie? – rzuciła Kate, gasząc silnik i wyciągając kluczyki ze stacyjki. – Idźmy już lepiej za kompasem do tego lasu i zróbmy, co mamy zrobić.

Wysiedliśmy z auta, a ja po raz pierwszy przyjrzałam się lasowi Bosley. W porównaniu z nim las Clenton wydawał się przytulny niczym pałac. Ten zaś sprawił, że przy pierwszym spojrzeniu cofnęłam się z odrazą o krok. Nad ziemią unosiła się szara mgła, gotowa pochłonąć każdego, kto się zbliży, a w powietrzu czuć było wilgoć, jakby wszystko wokół porastała pleśń. Wiatr wyginał najwyższe drzewa tam i z powrotem i wydawało się, jakby las jęczał, ostrzegając ludzi, by trzymali się od niego z daleka.

Ale ciarki wywoływał nie tylko sam wygląd tego lasu. Patrząc na niego, poczułam mrożącą do szpiku kości falę zimna. Ścisnęło mnie w piersi tak samo jak wtedy, gdy dwugłowy ogar zaatakował nas na placu zabaw – jakbym wyczuła ostrzeżenie, by odejść, zanim będzie za późno.

Spojrzałam na kompas, który trzymałam w ręku. Igła wskazywała prosto na las. Potrząsnęłam nim kilka razy, żeby zmienił zdanie, ale wskazówka ani drgnęła.

– To jest to miejsce – powiedziałam, żałując, że nie jest inaczej.

– Czy mnie się tylko wydaje, czy ten las jest jeszcze dziwniejszy niż zwykle? – zapytał Chris, szczękając zębami.

Kate zadrżała i zaczęła pocierać sobie ramiona.

– Jakby tkwiło w nim… zło – zgodziła się. – Jeśli to ma jakiś sens.

– Ma tyle samo sensu jak wszystko, co się ostatnio wydarzyło. – Danielle zmrużyła oczy, jakby próbowała przejrzeć mgłę, która wiła się jak żywa nisko pomiędzy pniami drzew.

Blake patrzył prosto na las. Nie widać było po nim, czy się boi.

– To idziemy czy nie? – zapytał.

Twarz Chrisa pobladła, gdy przestępował z nogi na nogę.

– Kto pierwszy? – zapytał.

Kate zrobiła nieśmiały krok.

– Chyba ja. – Zgłosiła się na ochotnika. – Ziemia to mój żywioł, a to znaczy, że ta wskazówka jest dla mnie. To, co mamy znaleźć, powinno przywoływać mnie – tak samo jak wcześniej was troje. – Odwróciła się w moją stronę i lekko się wyprostowała. – Będę potrzebować kompasu – stwierdziła rzeczowo. – Pokazuje nam, dokąd iść.

– Racja. – Podałam jej kompas i jakoś lepiej się bez niego poczułam. Może od samego początku to ona powinna była go trzymać, a wtedy lepiej wskazywałby drogę.

Wzięła go ode mnie, ale strzałka ani drgnęła.

Tyle było z mojej teorii.

– Chodźcie za mną. – Głęboko zaczerpnęła powietrza, wyprostowała ramiona i ruszyła pewnym krokiem w stronę lasu. Miałam nadzieję, że to nie tylko poza. Skoro ziemia jest jej żywiołem, Kate powinna czuć się dobrze w takim miejscu.

Wkroczyliśmy przez prześwit do lasu, a mnie znów przeszedł zimny dreszcz. Pośród drzew nie było śladu życia. Kiedyś rosła tu trawa, ale teraz była martwa –

brązowa, zwiędła i przyciśnięta do ziemi, jakby zdeptał ją ktoś uciekający w panice.

Obejrzałam się przez ramię, żeby spojrzeć na resztę. Blake był pół metra za mną i właśnie przekroczył linię lasu. Zatrzymał się i spojrzał mi w oczy.

– Chcesz, żebym szedł przed tobą? – zapytał.

– Nie, w porządku – odpowiedziałam, starając się pamiętać o tym, że jesteśmy potężniejsi niż jakiekolwiek zwierzę z tego lasu. Nie powinniśmy mieć problemu z obroną. – Ale dzięki.

– Nie ma sprawy. – Spojrzał na Kate, która czekała na nas obok olbrzymiego, liczącego chyba setki lat drzewa. – Jeśli coś zaatakuje nas od tyłu, będę cię osłaniać. W końcu jestem ci coś winien.

Zaczęłam zastanawiać się, czy mówi o tym, że wyciągnęłam go z hipotermii, czy o tym, że pomogłam mu zabić potwora, a może o jednym i drugim. Kate czekała na nas, więc tylko podziękowałam, odwróciłam się i pobiegłam ścieżką, żeby ją dogonić.

– Przestraszona? – zapytała Kate ze złośliwym uśmieszkiem.

– Odrobinę. – Spojrzałam na unoszące się nad nami gałęzie, powyginane niczym sękate palce gotowe, by sięgnąć i mnie schwytać. – Jest tak, jak mówiłaś. Ten las jest dziwny.

– To tylko drzewa – powiedziała. – Nie ożyją nagle, żeby nas zaatakować. Poza tym czuję, że to nie drzewa są złe. To coś innego. Coś, co kryje się w tym lesie.

Otuliłam się ramionami i zadrżałam.

– Przy naszym szczęściu kompas kieruje nas prosto na to coś – stwierdziłam.

– Nie dowiemy się, dopóki tam nie dotrzemy.

Po tych słowach Kate odwróciła się i poprowadziła nas dalej w stronę, którą wskazywała igła kompasu.

ROZDZIAŁ 29

Wchodziliśmy głębiej w las, a mnie z każdym krokiem coraz mocniej ściskało w piersi. Im byliśmy dalej, tym bardziej spadała temperatura. Ziąb przenikał moje kości i niemal nie czułam już palców u rąk i stóp.

– Jesteśmy blisko? – zapytałam Kate, potykając się o jakiś powykręcany korzeń. Złapałam równowagę, zerknęłam przez ramię, czy ktoś to widział, i natychmiast napotkałam wzrok Blake'a. Uśmiechnął się, a ja odwróciłam się, by iść dalej z policzkami czerwonymi z zażenowania.

– Ścieżka robi się coraz szersza – odpowiedziała Kate. – Mam nadzieję, że to dobrze.

– Pewnie – mruknęłam. Ziąb robił się coraz gorszy z każdym krokiem, więc przystawiłam rękaw do rękawa, żeby osłonić nimi dłonie i odzyskać czucie w palcach. Powinnam była wziąć ze sobą rękawiczki. Żałowałam, że nie siedzę w cieple, popijając gorącą czekoladę, jak każda normalna osoba w zimie.

– Myślę, że to tutaj – zawołała Kate.

Przyśpieszyłam, by dołączyć do niej na okrągłej polanie. Jak w całym lesie, tak i tutaj trawa była zwiędła i jakby zdeptana. Jednak przerwa pośród koron drzew pozwalała dotrzeć tu słońcu, więc spojrzałam w górę i uśmiechnęłam się, gdy ciepłe promienie musnęły moje policzki.

– Co to za miejsce? – zapytał Blake z tyłu. Zadrżał, wyciągnął zapalniczkę i stworzył unoszącą się w powietrzu kulę ognia.

Wyciągnęłam dłonie z rękawów i zawiesiłam nad płomieniami. Czułam kłucie w koniuszkach palców, gdy się ogrzewały.

– Dzięki – powiedziałam, dociskając je do siebie, by sprawdzić, czy odzyskałam czucie. – Ale nie powinieneś zużywać za dużo mocy. Bo to, co mamy zrobić… Cóż, właściwie nie wiem, co będziemy musieli zrobić, ale mam przeczucie, że powinniśmy oszczędzać jak najwięcej energii.

Danielle dołączyła do nas i też ogrzała dłonie nad ogniem.

– Nicole ma rację – stwierdziła. – Nie powinieneś zużywać dużo energii.

Blake opuścił ręce i kula płomieni zgasła. Nagłe zniknięcie źródła światła sprawiło, że zobaczyłam mroczki przed oczami. Zamrugałam kilka razy, żeby odzyskać wzrok, i skupiłam uwagę z powrotem na Kate. Wpatrywała się w kompas z szeroko otwartymi oczami i rozchylonymi ustami.

– Co jest? – Podbiegłam do niej, spojrzałam na kompas i gwałtownie zaczerpnęłam powietrza.

Igła wirowała tak szybko, że niemal ginęła na złotym tle. Wyglądało to tak, jakby zaraz miała wyfrunąć z kompasu.

Kate zatrzasnęła wieczko, spojrzała na nas wszystkich po kolei i powiedziała:

– Chyba dotarliśmy na miejsce.

ROZDZIAŁ 30

Co teraz? – zapytałam, rozglądając się ponownie po polanie. Nie miała kolistego zarysu, jak początkowo myślałam – raczej kształt półokręgu, wytyczonego wokół dwóch olbrzymich drzew.

– Zapytam drzew, co powinniśmy zrobić – postanowiła Kate, podchodząc do większego z nich.

– Czy ty właśnie powiedziałaś, że „zapytasz drzew"? – Danielle roześmiała się, wykrzywiając usta w wyrazie niedowierzania.

Kate przyłożyła dłoń do pnia, nie zwracając na nią uwagi.

– Owszem. – Chris pokiwał głową i mocno zacisnął usta. – Zapyta drzew. Co innego można zrobić, gdy jest się w środku lasu z oszalałym kompasem i bez jakiegokolwiek pomysłu, co robić dalej?

Kate z zamkniętymi oczami trzymała dłoń przyłożoną do pnia. Stała tak przez pół minuty. A potem cofnęła rękę.

Ziemia zagrzmiała tak głośno, jakby to sam Hades próbował wydostać się z podziemnego świata. Następnie korzenie drzewa drgnęły. Zaczęły się rozsuwać, ukazując skryty pod nimi głaz. Gałęzie również zmieniły położenie, skrzypiąc i owijając się wokół siebie, by stworzyć u góry coś w rodzaju olbrzymiego łuku.

– Te drzewa się ruszają. – Chris wzdrygnął się i mocno pobladł. – Ruszają się. Jakby były żywe.

– Drzewa są żywe – powiedziała powoli Danielle. – Ale masz rację, one się ruszyły. A drzewa się nie poruszają.

– Te się poruszają. – Zerknęłam na nią, a potem z powrotem spojrzałam na Kate, która stała przed głazem jak zaczarowana.

– To wygląda jak drzwi – stwierdził Blake, robiąc krok do przodu. – Powiedziałbym, że powinniśmy przez nie przejść, ale przecież nie da się przejść przez skałę.

– To prawda – powiedziałam i zwróciłam się do Kate: – Co miałaś na myśli, mówiąc, że „rozmawiasz z drzewami"?

– Dotykam ich i potrafię się z nimi komunikować. – Wzruszyła ramionami. – W głowie oczywiście. Potrafię to ze wszystkimi roślinami. – Skinęła głową, jakby już wszystko wyjaśniła, i zwróciła się od Blake'a: – Masz rację, to drzwi. Powinniśmy przez nie przejść.

– Ale to lita skała – odparł. – To przejście donikąd nie prowadzi.

– Albo tylko tak wygląda.

Danielle roześmiała się.

– Mamy przejść przez głaz? – zapytała. – I gdzie się znajdziemy? Na sekretnym peronie, żeby wsiąść do magicznego pociągu?

Też niemal parsknęłam, ale gdy zobaczyłam, że Kate przygryza wargę, jakby miała się rozpłakać, powstrzymałam się.

– Jeśli tam wejdziemy, to będziemy mogli potem wyjść, prawda? – zapytał Chris. – Nie utkniemy po drugiej stronie?

– Jest tyko jeden sposób, żeby się przekonać – odparła Kate. – Sprawdźmy.

Zanim ktokolwiek zdołał ją powstrzymać, weszła w głaz i natychmiast zniknęła. Na granitowej skale rozeszły się drobniutkie fale przypominające kręgi na wodzie.

Patrzyłam na głaz, nie wierząc własnym oczom.

– Dokąd ona poszła? – zapytałam. – Zniknęła?

– Nie wiem – odpowiedział Chris. – Może ktoś powinien pójść tam za nią?

Dalej gapiliśmy się na głaz. Nikt nie zgłaszał się na ochotnika.

– Ja mogę pójść – oznajmił Blake ze zdecydowanym wyrazem twarzy.

– Nie. – Danielle chwyciła go za rękę, jakby mogło go to powstrzymać. – Nie rób tego znowu. Ziemia to żywioł Kate. Ona wie, co robi. Jeśli za nią ruszysz, może stać ci się krzywda. Tak jak poprzednio.

– Będziemy musieli zaryzykować. – Wyciągnął rękę z jej dłoni i skrzyżował ramiona. – Nie możemy tak stać i nic nie robić.

– Ja powinnam pójść – powiedziałam, żałując, że mój głos nie brzmi tak odważnie, jak głos Blake'a. – Jeśli Kate coś się stało, będą ją mogła uleczyć.

– W sumie… – Danielle przyglądała mi się z palcem na podbródku, taksując mnie wzrokiem.

– Nie możesz iść sama. – Blake popatrzył mi w oczy. – Pójdziemy we dwoje.

Podeszłam do niego bliżej, starając się zapanować nad strachem, który we mnie wzbierał.

– Nie martw się – mruknął, kładąc mi dłonie na ramionach. – Nie pozwolę, żeby coś ci się stało. Obiecuję.

Skinęłam głową i głęboko zaczerpnęłam powietrza. Blake o mnie zadba. Powinnam mu zaufać.

A co, jeśli to coś, co czeka na nas po drugiej stronie skały, jest tak niebezpieczne, że żadne z nas nie da sobie z tym rady?

Zanim zdążyłam to przemyśleć, Kate wyszła z głazu z szerokim uśmiechem na twarzy.

– Widzicie? – powiedziała, strzepując gałązkę z włosów. – Drzewa nie kłamią.

– Bogu dzięki, że nic ci nie jest! – zawołałam, podbiegając do niej i mocno ją przytulając. – Nie mieliśmy pojęcia, gdzie się podziałaś. Właśnie mieliśmy za tobą iść.

– Wszystko w porządku – odpowiedziała ze śmiechem. – Naprawdę. Nic się nie stało.

Na to wyglądało. Ale w tym momencie uświadomiłam sobie, że jestem zaledwie pół metra od głazu i natychmiast się cofnęłam. Skała pewnie by mnie nie wciągnęła, ale lepiej być ostrożnym.

– Przypuszczam, że to oznacza, że jeśli tam wejdziemy, to będziemy też mogli wrócić – powiedział Blake, stając obok Kate przy skale. – Dobrze wiedzieć.

– Ale gdzie ty właściwie byłaś? – zapytał ją Chris.

– Nie umiem tego określić. – Kate wzruszyła ramionami. – Tam było kompletnie ciemno, ale pachniało pleśnią, jak ziemia. Blake może użyć swojej mocy, żeby oświetlić nam drogę. Ale wiem, że tam właśnie musimy pójść. To co, idziecie?

Ruszyłam jednocześnie z Danielle. Kate zostawiła mi przestrzeń między sobą a Blakiem, a Danielle stanęła po jego drugiej stronie. Musnęłam przypadkiem palce Blake'a, gdy wsuwałam się na swoje miejsce. Poczułam, jak fala ciepła przebiega przez moje ciało, ale szybko włożyłam rękę do kieszeni kurtki, bo powinnam skupić się na tym, co robimy, a nie na Blake'u.

Chris podszedł, by stanąć z drugiej strony Kate.

– To ja też idę – stwierdził zrezygnowany, nieufnie przyglądając się utworzonemu przez gałęzie łukowi.

– Róbcie to, co ja. – Kate wyprostowała plecy i wyciągnęła rękę, która zanurzyła się w granitową skałę, jakby ta miała gęstość powietrza. A potem zamknęła oczy i weszła w głaz, ponownie znikając nam z oczu.

– Teraz ja. – Blake wszedł w skałę, jakby robił to codziennie, i również zniknął z pola widzenia.

Ruszyłam do przodu, ale Danielle zastawiła mi nagle drogę, wbijając mi łokieć w pierś.

– Ja idę za Blakiem. – Zarzuciła włosy przez ramię, trafiając mnie nimi w twarz, po czym weszła w głaz.

Został już tylko Chris. Wsunął ręce do kieszeni i przestępował z nogi na nogę.

– Panie przodem – powiedział, wskazując głową, żebym poszła pierwsza.

Lśniący granit znajdował się kilkanaście centymetrów od mojej twarzy. Zacisnęłam opuszczone ręce w pięści, nie wiedząc, co robić. Wierzyłam, że Kate mówi nam prawdę, że jest bezpiecznie, ale przecież nie wiedziała dokładnie, jak ten portal – czy cokolwiek to jest – działa. A jeśli tylko ona miała z niego skorzystać, a reszta zostanie zmiażdżona? A jeśli przedostaniemy się wszyscy cali, ale każde trafi w inne miejsce?

Lecz choć byłam przerażona, nie chciałam zostać w tym lesie sama. Odsunęłam więc od siebie negatywne myśli, zamknęłam oczy i strarałam się odprężyć. Będzie mi łatwiej przejść przez granitową skałę, jeśli nie będę widzieć, jak się zbliża.

Nabrałam powietrza do płuc i weszłam prosto w głaz.

ROZDZIAŁ 31

Przechodząc przez skałę, pomyślałam o kurtynach wodnych w wesołych miasteczkach – miałam podobne odczucie zimna i delikatnego kłucia na skórze. Nagle ucichł szum wiatru w drzewach. Słyszałam już tylko dobiegające skądś echo kapiącej wody. Poczułam w nozdrzach mokre, jakby zbutwiałe powietrze, a skórę pokryła mi warstewka wilgoci – jakbym znalazła się w pozbawionej okien piwnicy z przeciekającą rurą, której nikt od lat nie naprawił.

Otworzyłam oczy. Kate, Blake i Danielle patrzyli na mnie, a ja poczułam, jak na ich widok ogarnia mnie fala ulgi.

Gdziekolwiek się znaleźliśmy, było ciemno – kule ognia w dłoniach Blake'a były jedynym źródłem światła, jakim dysponowaliśmy. Jakieś poszarpane, plamiste cienie rozciągały się na ziemi, a ja zaczęłam się im przyglądać, próbując odgadnąć, co to za kształty.

Okazało się, że z góry zwisały olbrzymie stalaktyty, jakby broniły terenu przed nieproszonymi gośćmi. Nie znam się na geologii, ale choć sklepienie było zbyt wysoko, by dostrzec je w ciemności, nie miałam wątpliwości, gdzie jesteśmy.

Znajdowaliśmy się w jaskini.

Tuż za mną rozległ się szum powietrza i Chris wkroczył przez migoczącą ścianę. Potknął się, ale zaraz odzyskał równowagę.

– Poszło łatwiej, niż myślałem – powiedział, mrugając parę razy oczami i rozglądając się wokół. Jego głos roznioslo echo, sprawiając, że zabrzmiał mocniej niż zwykle. – Jesteśmy w jaskini. Ekstra.

– W olbrzymiej jaskini – dodałam, wciąż próbując ocenić jej rozmiar. Płomienie Blake'a oświetlały tylko jej fragment, więc nie dało się tego stwierdzić.

Danielle obróciła się na pięcie i spojrzała na Kate.

– Wiesz, gdzie jest wskazówka?

– Nie. – Kate potrząsnęła głową. – A kompas jest bezużyteczny. Igła kręci się w kółko.

– No to się rozejrzyjmy – powiedział Blake, wydłużając płomienie w swoich dłoniach. Nie czekając na odpowiedź, odwrócił się i ruszył naprzód.

– Czekajcie. – Danielle uniosła dłonie, żeby nas powstrzymać. – Musimy zapamiętać, jak tu wrócić. Możliwe, że ten głaz to jedyne wyjście stąd, więc musimy być w stanie go odnaleźć. Czy ktoś ma coś, czego moglibyśmy użyć do oznaczenia drogi?

– Tak jak Jaś i Małgosia rozrzucający okruszki, żeby nie zgubić się w lesie? – zapytała Kate.

– Tak – odpowiedziała Danielle. – Właśnie tak.

– Zapamiętam drogę – oznajmiłam.

– Ale jeśli twoje doskonałe wyczucie kierunków zawiedzie albo jeśli będziemy musieli się rozdzielić? Lepiej mieć zapasowy plan – stwierdziła Danielle, wyzywająco unosząc podbródek.

– Niech będzie. – Podniosłam dłonie na znak zgody. Nie przypuszczałam, by moje nowe wyczucie kierunków nagle przestało działać, a rozdzielanie się rzadko okazywało się dobrym pomysłem, ale nie warto było sprzeczać się z Danielle.

Pokiwała głową z poważną miną.

– W takim razie czy ktoś ma coś, czym moglibyśmy oznaczyć drogę?

– Przepowiednia jest krótka – powiedziałam, wyciągając pogniecioną kartkę z tylnej kieszeni spodni. – Poza tym to tylko kopia, więc mogę oderwać tekst, a resztę podrzeć na kawałki.

– Świetny pomysł – stwierdził Blake. – Chris, idź na końcu i co parę metrów odrywaj i rzucaj skrawek. Tylko taki mały. Żeby się za szybko nie skończyły.

– Jasne – odpowiedział Chris, choć zmarszczył brwi, więc pomyślałam, że wcale nie ma ochoty iść na samym końcu.

Oderwałam tę część kartki, na której zapisana była przepowiednia, i podałam resztę papieru Chrisowi. Pasek, który mi został, był tak wąski, że wyglądał jak chińska wróżba z ciasteczka. Złożyłam go i wsunęłam z powrotem do kieszeni, a potem wzięłam głęboki oddech, przygotowując się na odkrywanie czekających na nas ciemności.

Nie pokonaliśmy nawet dziesięciu metrów, gdy Blake zatrzymał się nagle i rozpostarł ramiona, dając sygnał, byśmy się zatrzymali.

ROZDZIAŁ 32

Tuż przed nami podłoże gwałtownie się kończyło, opadając w ciemność, która zdawała się nie mieć dna.

– Nie podchodźcie bliżej – powiedział Blake, rzucając w dół kulę ognia. Spadała jakieś trzydzieści metrów, po czym uderzyła o dno i zaskwierczała. Dostrzegłam coś, co wyglądało jak tunel na samym dole, ale zaraz potem światło zgasło całkowicie.

– Świetnie – mruknęłam i kopnęłam kamyk, żeby spadł przez krawędź. Po chwili zastukał o dno. Zakręciło mi się w głowie i cofnęłam się, żeby nie patrzeć już w przepaść. – Nie szliśmy nawet przez minutę i już trafiliśmy na urwisko.

– Może spróbujemy inną drogą? – zaproponował Chris.

– Nie. – Blake rzucił kolejną kulę ognia, ponownie rozświetlając dno. Płomienie zgasły po kilku sekundach. – Nie potrafię podtrzymać ognia dłużej na taką odległość, ale tam na dole jest tunel – powiedział. – Musimy się zorientować, jak do niego dotrzeć.

– Żaden problem – Chris podciągnął rękawy kurtki i spojrzał w dół urwiska.

– Naprawdę? – zapytała Kate. – Zamierzasz opuścić nas wszystkich na dół? Masz wystarczającą ilość energii, żeby to zrobić?

– Pewnie. – Zatarł ręce, uśmiechając się i patrząc na nas po kolei. – Kto pierwszy na ochotnika?

– Ja – zgłosiła się Kate. – Wiem już, co robić, bo podniosłeś mnie do orła na pomniku. Nie żeby trzeba było w ogóle coś robić – zapewniła nas. – Ale wiem, jak to wygląda.

– Tylko co ze światłem? – zapytała Danielle. – Blake nie może być w dwóch miejscach naraz, a Chris musi widzieć osobę, którą opuszcza.

– Ma rację – przytaknął Chris. – Jeśli stracę kogoś z oczu, upuszczę go.

– A możesz unieść dwie osoby jednocześnie? – zapytał go Blake.

– Prawdopodobnie – odparł z namysłem Chris. – Jeśli będą blisko siebie.

– To może zróbmy tak – powiedział Blake, zerkając w dół urwiska. – Opuścisz mnie na dół z jedną osobą, a ja będę oświetlać drogę. A potem zabierzesz mnie z powrotem na górę i będziemy tak kontynuować, aż wszyscy znajdą się na dole.

– Chyba dam radę to zrobić. – Chris jeszcze raz popatrzył w przepaść, a potem zerknął na Kate. – Nadal chcesz być pierwsza?

– Jesteście tego pewni? – Nie wyglądała już na tak przekonaną, jak przed chwilą. Nic dziwnego, skoro Chris nie wiedział, czy potrafi to zrobić.

– To może ja? – zaoferowałam. Zaskoczyły mnie moje własne słowa. Ale choć nie znoszę dużych wysokości, to wolałam mieć to już z głowy. Nie będę musiała stać tutaj, panikując. – Mam moc uleczania, wiec gdyby ktoś spadł i się zranił, będę mu mogła pomóc.

– Po tym, ile energii już dzisiaj zużyłaś? – Blake potrząsnął głową. – Dasz radę?

– Nic mi nie będzie – odpowiedziałam, choć miał rację, że zużyłam dziś dużo mocy. Może nie czułam się tak, jakbym miała zaraz zemdleć, ale odczuwałam silne zmęczenie.

Miałam nadzieję, że wszyscy znajdą się na dole cali i zdrowi i w ogóle nie będzie takiej potrzeby.

Jeszcze raz zerknęłam przez krawędź urwiska, drżąc na myśl o jego wysokości. Zakręciło mi się w głowie i cofnęłam się.

– Jesteś gotowy? – zapytałam Chrisa, starając się, by w moim głosie nie słychać było niepewności.

Chris pokiwał głową.

– Stań obok Blake'a. – Ten znajdował się przy samym występie. – I nie upuść jej, bo nie będzie miał nas kto leczyć.

– Nie martw się – powiedział do mnie Blake. – Nie upuszczę cię. – Wyciągnął rękę, wpatrując się w moje oczy tak intensywnie, jakby próbował przekonać mnie, bym mu uwierzyła.

– Wiem – powiedziałam, biorąc go za rękę. Jego dłoń emanowała ciepłem, pewnie od ognia, który przed chwilą w niej trzymał. W drugiej nadal miał kulę płomieni. Jasno oświetlała jego skórę. Ręce wciąż mi drżały, więc zacisnęłam swoją dłoń na jego, żeby się uspokoić. – Ufam ci.

Objął mnie ramieniem i przyciągnął do siebie, aż oparłam policzek o jego pierś. Poczułam przyjemne ciepło, tak odmienne od lodowatego chłodu, z którym mieliśmy do czynienia przez większość dnia. Przytrzymałam się go mocno i głęboko zaczerpnęłam powietrza. Ładnie pachniał – jak ognisko na biwaku w letnią noc. Na pewno mnie nie puści. Chris też nie.

– Gotowi? – Głos Chrisa rozbrzmiał mocno w jaskini. – Zaczynam.

Poczułam, że powietrze wokół zawirowało, wypychając mnie za stopy do góry. Unieśliśmy się z Blakiem z ziemi, aż znaleźliśmy się kilkanaście centymetrów nad podłożem. Technicznie rzecz biorąc, nie stałam na niczym, ale czułam się tak, jakbym miała coś pod stopami – jakby powietrze zagęściło się, żeby nas utrzymać, choć to nie było nic konkretnego. Tak jakbyśmy chodzili po chmurach.

Ta nieistniejąca chmura przesunęła się w bok, zabierając nas ze sobą. Nagle minęliśmy krawędź i podłoże zniknęło spod naszych stóp. Serce zaczęło mi bić szybciej. Gdyby Chris nas teraz upuścił, to byłby koniec.

Mocno zacisnęłam oczy, przytulając policzek do piersi Blake'a i słuchając regularnego rytmu jego serca. Dzięki temu byłam w stanie nie myśleć o tym, że frunę właśnie trzydzieści metrów w dół i mogę w każdej chwili spaść, jeśli Chris się zdekoncentruje albo straci nas z oczu. Na samą myśl znów przyśpieszyło mi tętno i poczułam, że ścisnęło mnie w płucach, aż zaczęłam się dusić i byłam w stanie wykonywać tylko krótkie, płytkie oddechy.

Blake mocniej zacisnął ramię na mojej talii, jeszcze ciaśniej mnie do siebie przytulając.

– W porządku? – szepnął na tyle cicho, by nikt inny nie usłyszał.

– W porządku – skłamałam. – Daleko jeszcze?

– Jeszcze parę metrów. – Ciepło ognia sprawiło, że przypomniałam sobie, że nie jesteśmy otoczeni całkowitą ciemnością, a dzięki temu zaczęło mi się lżej oddychać. Oczywiście, że nic nam nie będzie. Chris nie pozwoliłby nam spaść.

Minęła cała wieczność, zanim moje stopy dotknęły wreszcie ziemi. Gdy byłam pewna, że utrzymam już równowagę, zmusiłam się do otwarcia oczu. Zobaczyłam kamienną ścianę. Spojrzałam do góry, ale nie byłam w stanie dostrzec postaci na szczycie urwiska.

– Wszystko okej? – zawołał Chris.

– Tak – odpowiedział Blake, cały czas obejmując mnie mocno w pasie. Żadne z nas nie zrobiło nic, żeby się rozdzielić. – Świetnie się spisałaś – powiedział cicho.

I wtedy nagle ogarnęła nas ciemność. Całkowita, nie taka jak w nocy, gdy nad głową świecą księżyc i gwiazdy i mimo wszystko widzimy otoczenie. Raczej jakbyśmy oślepli. Pomachałam sobie ręką tuż przed twarzą, żeby sprawdzić, czy ją zobaczę, ale nic z tego. Cały świat zniknął.

– Co tam się dzieje? – krzyknął Chris z góry.

– Płomień zgasł, a mnie wypadła zapalniczka – odpowiedział Blake. – Czekajcie, zaraz ją znajdę.

– Wszystko w porządku? – zapytałam na tyle cicho, by usłyszał mnie tylko on. – Pewnie zmęczyło cię korzystanie z mocy przez cały dzień. Powinieneś odpocząć, na pewno wszyscy zaczekają.

– Nic mi nie jest – powiedział. – Chociaż to słodkie, że się o mnie martwisz.

– Okej. – Starałam się coś dostrzec, ale to było niemożliwe. Mogłam skupić się tylko na mocnym uścisku Blake'a, który nadal obejmował mnie ramieniem w pasie. Byliśmy tak blisko siebie, że czułam jego oddech na policzku.

Przesunął się, by być naprzeciwko mnie, i musnął mnie nosem w nos. – Chcesz poznać sekret? – zapytał.

– Jaki sekret? – odpowiedziałam ledwo słyszalnym szeptem.

– Ogień nie zgasł przez przypadek.

I wtedy przycisnął wargi do moich ust, a ja straciłam kontakt z rzeczywistością. Przesunął palcami wzdłuż mojego ramienia i zanim zorientowałam się, co robi, przycisnął mnie do ściany urwiska, wsuwając palce głęboko w moje włosy. Moja dłoń odnalazła jego, ich wnętrza połączyły się. Poczułam, jak przez moje ciało przepływa fala energii, gdy łącząca nas więź mocniej się splotła i zaczęła przypominać to, co czułam, gdy wcześniej go leczyłam.

Nie powinniśmy tego robić – ale nic mnie to nie obchodziło. Ważne było tylko to, że Blake mnie całuje, a ja pragnę, żeby nigdy nie przestał.

– Co wam tak długo zajmuje? – Głos Chrisa przywołał mnie z powrotem do rzeczywistości. Rzeczywistości, w której Danielle stała trzydzieści merów wyżej, nieświadoma, że jej chłopak zdradza ją tuż pod nosem.

Wezbrało we mnie poczucie winy i odsunęłam się od Blake'a, cieszyłam się, że jest na tyle ciemno, że nie widzimy się nawzajem. W przeciwnym razie zorientowałby się, jaki ma na mnie wpływ, a to jeszcze bardziej utrudniłoby mi zrobienie tego, co należy.

– Upuściłem zapalniczkę i musiałem ją znaleźć – zawołał Blake. – Już ją mam.

– To dobrze – powiedziała Danielle, a ja na dźwięk jej głosu odsunęłam się od Blake'a o kolejny krok. Gdybym tego nie zrobiła, mogłabym znów ku niemu sięgnąć, a nie mogłam na to pozwolić. – Możesz ją znowu zapalić? – zapytała. – Tu jest ciemno jak w grobie.

– Tak – powiedział Blake. – Chwila.

Musnął moją dłoń, ale ja szybko zabrałam rękę, żeby wygładzić włosy. Aż skręciło mnie w żołądku na myśl o tym, co się stało. Przyczynianie się do zdrady nie było w moim stylu. Ale też nie byłam już tą samą osobą, co kiedyś w Georgii. Teraz wiedziałam, że w moich żyłach płynie krew starożytnych bogów i że posiadam moce, w których istnienie nie wierzy większość ludzi.

Nie pozwolę jednak, żeby to wpłynęło na moją uczciwość. Bo choć Blake powiedział mi, że chce zakończyć swój związek z Danielle, to jeszcze tego nie zrobił.

I dopóki to nie nastąpi, nic nie może się między nami wydarzyć.

– Nicole? – szepnął. – Wszystko okej?

– To nie powinno się było stać – powiedziałam. – I nie może się powtórzyć.

– Wcale tak nie myślisz.

– Owszem, myślę. – Przełknęłam wzbierające łzy. – A teraz sprowadź następną osobę. Czekają.

Milczał przez kilka sekund, jakby czekał, aż cofnę te słowa. Ale nie zrobiłam tego. Zapalił więc zapalniczkę i choć teraz znów wszystko widziałam, nie chciałam spojrzeć mu w oczy. Gdybym to zrobiła, mogłabym się całkowicie zatracić.

ROZDZIAŁ 33

Chris sprawnie opuścił Kate, Danielle i na końcu samego siebie. Starałam się nie patrzeć na Blake'a, bo ktoś mógłby dostrzec coś w moim spojrzeniu i uświadomić sobie, że coś musiało się między nami wydarzyć, gdy zapadła ciemność. Najtrudniej było, gdy opadał razem z Danielle, obejmując ją ciasno ramionami, jak wcześniej mnie. Bo choć powiedział, że chce z nią zerwać, to przecież tak wiele ich łączyło. Znali się od lat. Czy można z czymś takim konkurować?

Nie chciałam skupiać się na nich, żeby znów łzy nie napłynęły mi do oczu i rozejrzałam się po otoczeniu. Jaskinia widziana z dna urwiska wydawała się jeszcze większa niż z góry. Ściany pięły się ku kulistemu sklepieniu, a stalagmity i stalaktyty były potężniejsze niż w górnej części jaskini. Niektóre z nich narastały od tak dawna, że zdołały się połączyć, tworząc gigantyczne kolumny.

– Chodźmy – powiedział Blake i odwrócił się, by ruszyć dalej.

Dotarliśmy do krańca wolnej przestrzeni i zobaczyliśmy tunel, który dostrzegliśmy z krawędzi urwiska. Był wysoki na trzy metry, przypominał otwarte usta i panowały w nim takie same ciemności jak w całej jaskini. Nie było widać, dokąd prowadzi. Z wnętrza doleciał ciepły podmuch powietrza i rozwiał mi lekko włosy. Jakby to miejsce żyło. Choć nie wiedziałam, co nas czeka w środku, miałam bardzo złe przeczucia.

– Naprawdę mamy tam wejść? – zapytałam. – A jeśli się zawali?

– Mam władzę nad ziemią – przypomniała Kate. – Nie pozwolę, żeby tak się stało.

Skinęłam głową, starając się stłumić niepokój. Nie mogliśmy już teraz zawrócić. Kate miała rację. Każdy z nas miał władzę nad jakimś żywiołem i żadne z nas nie pozwoliłoby, żeby innym coś się stało. Musiałam zaufać moim przyjaciołom.

– Pójdę pierwszy, żeby oświetlać drogę – oznajmił Blake, podchodząc bliżej wejścia do tunelu z ogniem palącym się jasno w jego dłoniach.

Pośpieszyłam, by znaleźć się za nim, lecz Danielle wpadła na ten sam pomysł i omal się nie zderzyłyśmy. Obrzuciła mnie pogardliwym spojrzeniem i przyśpieszyła, żeby znaleźć się tuż za Blakiem. Za mną szła Kate, a Chris zamykał pochód. Pilnie upuszczał co trochę skrawek papieru, żeby zaznaczyć przebytą przez nas drogę.

Ogień Blake'a nie rzucał tyle światła, byśmy mogli dostrzec, dokąd prowadzi tunel. Szliśmy przed siebie, a powietrze gęstniało od wilgoci. Na czole zebrały mi się krople potu, więc rozpięłam kurtkę. To była miła odmiana od lodowatej pogody na zewnątrz.

Z daleka dobiegało jakieś ciche bulgotanie, jak woda w garnku, która zaczyna się gotować. Wreszcie tunel się skończył i znaleźliśmy się w kolejnej wielkiej komorze.

Ogień w ręku Blake'a wzbił się wyżej.

– Mamy kolejny problem – powiedział spokojnym tonem, patrząc przed siebie.

Podłoże się kończyło, ale tym razem nie znaleźliśmy się na krawędzi urwiska. To było parujące jezioro wrzącej wody, które rozciągało się na całą szerokość pieczary. Na powierzchni pojawiały się olbrzymie pękające bąble i było tam tak parno, że miałam ochotę zdjąć z siebie wszystko i rzucić na ziemię. Ale tylko ściągnęłam włosy do tyłu w kucyk – dobrze, że zawsze noszę gumkę na nadgarstku.

– Myślisz, że uda ci się przenieść nas na drugą stronę? – zapytałam Chrisa.

– Zużyłem dużo energii na urwisku – powiedział. – Chciałbym móc powiedzieć, że tak. Ale tak naprawdę… Nie jestem pewien.

Zrezygnowana popatrzyłam na drugą stronę pieczary. Można tam było jedynie przepłynąć, tyle że to oznaczałoby naszą śmierć. Moja uzdrawiająca moc na nic by się zdała, gdybyśmy nie dotarli na drugą stronę żywi.

– Dlaczego wszyscy wyglądacie tak, jakby miał nastąpić koniec świata? – Danielle roześmiała się i podeszła na sam brzeg. – To tylko jezioro wrzącej wody. Ogarnę to. – Odrzuciła włosy za ramię i przyklęknęła, zbliżając dłoń do parującej tafli. Spodziewałam się, że krzyknie z bólu, ale ona tylko mocno zamknęła oczy, przygotowując się i skupiając na tym, co zamierzała zrobić.

Wnętrze jaskini wypełnił trzask i cienkie pasmo wody zamieniło się w lód, tworząc ścieżkę prowadzącą prosto na drugi brzeg. Woda bulgotała wokół, ale ścieżka się nie topiła.

– Widzicie? – Danielle otrzepała dłonie z wody i uśmiechnęła się. – Łatwizna. Nie rozumiem, dlaczego nie wierzycie w moją moc.

– Mam nadzieję, że nikt z nas się nie poślizgnie – powiedziała Kate. Gdy popatrzyła na ścieżkę, lekko zadrżała jej dolna warga.

Chris stanął za nią i położył jej dłoń na ramieniu.

– Nie śpiesz się – powiedział delikatnym, uspokajającym tonem. – Będę tuż za tobą.

– Dzięki. – Kate oparła się o niego i głęboko zaczerpnęła powietrza.

Blake ostrożnie postawił stopę na lodzie i nacisnął. Wydawał się mocny, więc dostawił drugą nogę i już stał na ścieżce całym ciężarem ciała.

– Wytrzymuje – powiedział, uginając nogi dla zwiększenia nacisku. – Tylko pamiętajcie, żeby iść powoli. Jak się będziecie śpieszyć, możecie się poślizgnąć i spaść.

Kate spojrzała na Danielle, która uśmiechała się, podziwiając swe dzieło.

– Nie wiem, dlaczego nie zamroziłaś całego jeziora – mruknęła Kate na tyle głośno, by nie zagłuszyło jej bulgotanie wody.

– Nie marudź – odparła Danielle. – Zużyłam dzisiaj dużo energii. Potrzebowałabym sto razy więcej mocy, żeby zamrozić całe jezioro, więc wolałam nie ryzykować. Mogłabym się bardziej postarać, jeśli ci za trudno, ale ta ścieżka wydaje się wystarczająco szeroka, więc nie wiem, w czym problem. – Obróciła się i ruszyła do jeziora, dobitnie stukając obcasami.

– Łatwo jej powiedzieć. – Głos Kate był na tyle cichy, że usłyszeliśmy ją tylko ja i Chris. – Ona się nie ugotuje na śmierć, jeśli spadnie.

– Na pewno nie spadniesz – zapewniłam ją, choć wrząca woda wokół lodowej ścieżki we mnie również budziła niepokój. – Nie śpiesz się, a wszystko będzie dobrze. A gdyby ktoś jednak wpadł, zawsze będę go mogła wyleczyć.

O ile wyciągniemy go, zanim ugotuje się na amen.

Kate pokiwała głową, a ja ruszyłam ku ścieżce, obserwując, jak radzą sobie na niej Blake i Danielle. Wydawało się to proste. Postawiłam jedną stopę na lodzie i okazało się, że nie jest wcale tak śliski, jak się spodziewałam. Mimo to stawiałam kolejne kroki powoli, aby nie stracić równowagi. To nie było trudne – dopóki koncentrowałam się na swoich stopach i nie patrzyłam na wrzącą wodę tuż obok.

Danielle i Blake zatrzymali się w połowie drogi i czekali, aż ich dogonimy. Dotarłam do nich i obejrzałam się przez ramię, żeby sprawdzić, jak idzie Kate i Chrisowi.

Kate była mniej więcej w jednej czwartej drogi. Trzęsła się przed zrobieniem każdego kroku i wyciągnęła ramiona na boki dla złapania równowagi. Chris stał za nią z wysuniętymi rękoma, by w każdej chwili móc ją złapać.

W końcu do nas dołączyli, a Blake odwrócił się, by poprowadzić nas dalej. Pierwsza połowa nie była taka zła. Powinniśmy dać radę.

On i Danielle dotarli na drugi brzeg w czasie, w którym ja pokonałam kilka metrów. Myślałam przede wszystkim o tym, że zostało mi już bardzo niewiele i zrobiłam kolejny krok, starając się utrzymać równowagę i nie upaść.

I wtedy z tyłu rozległ się trzask.

Zerknęłam przez ramię i serce podeszło mi do gardła. Na początku ścieżki lód pękł. Kawałek odłamał się, wpadł do gotującej się wody i natychmiast stopniał. Kolejny znalazł się we wrzątku sekundę później. W takim tempie rozpad zaraz nas dogoni.

Przerażona odwróciłam się i zaczęłam biec. Ślizgałam się i omal nie przewróciłam kilka razy, ale udało mi się utrzymać równowagę i dotrzeć na brzeg. Cały czas się trzęsłam, więc otuliłam się ramionami i starałam równo oddychać, skupiając się na przyciąganiu kojącej niebieskiej energii.

Gdy już się nieco uspokoiłam, spojrzałam do tyłu na Kate i Chrisa. Kate była pierwsza i każdy krok robiła powoli, z oczami szeroko otwartymi ze strachu. Lód topniał za nimi, a wrzątek był coraz bliżej – mogli nie zdążyć. Gdybym wbiegła na ścieżkę, żeby im pomóc, tylko zablokowałabym przejście i opóźniła ich. Mogłabym wpaść na nich albo spaść do wody.

Musieli przyśpieszyć i dać sobie radę sami.

– Złap ją i unieście się w powietrze! – zawołałam do Chrisa.

– Nie mam dość energii. – Wsunął palce we włosy, pot spływał mu po twarzy. – Nie po tym, jak spuściłem wszystkich z urwiska. Dalej, Kate. Musisz biec.

– Musisz dotrzeć tylko do mojej ręki. – Blake stanął na krawędzi i wyciągnął ramię. – Potem cię wciągnę.

Danielle przykucnęła przy wodzie i zanurzyła dłoń we wrzątku, mocno zaciskając oczy. Ścieżka topiła się jeszcze szybciej. Kończyła się teraz tuż za Chrisem, który wyglądał tak, jakby miał zamiar złapać Kate i ponieść ją dalej na rękach. Kate zerknęła do tyłu, zobaczyła, jak lód szybko znika, i przyśpieszyła w naszą stronę ze wzrokiem pełnym przerażenia.

Prawie jej się udało, ale poślizgnęła się i zaczęła się przewracać. Wstrzymałam oddech, sparaliżowana strachem, niezdolna do jakiegokolwiek działania.

Wtedy Chris sięgnął i złapał ją pod pachy. Akurat w chwili, gdy już zsuwała się z lodu. Przewrócili się na ścieżkę, ale przynajmniej na razie byli bezpieczni.

Lecz lód wciąż się topił i wkrótce pod nimi zniknie. Dlaczego Danielle nie była w stanie tego powstrzymać? Nie poruszała się, skupiona, z głową pochyloną ku wodzie i dłonią zanurzoną we wrzątku.

W końcu lód przestał kruszeć, kilkanaście centymetrów od Kate i Chrisa.

Kate podparła się, by usiąść, i przyciągnęła kolana do klatki piersiowej. Była blada jak ściana. Chris pochylił się, objął ją i utrzymując jakoś równowagę, doniósł na brzeg jeziora.

– Niewiele brakowało – stwierdził, kładąc Kate na ziemi. Miał mocno zaczerwienione policzki i oparł dłonie o uda, ciężko oddychając.

Kate przesunęła się i oparła o ścianę.

– Przypomnij mi, żebym nigdy więcej tego nie robiła. – Pokręciła głową i spojrzała na jezioro, w którym nie było już nawet śladu po lodowej ścieżce.

Chciałabym jej to obiecać, ale nie mogłam. Bo najpewniej będziemy musieli wrócić tą samą drogą. A zużyliśmy już tyle energii, żeby dotrzeć do tego miejsca… Jak damy radę pokonać tę trasę z powrotem?

Ale byliśmy tu, gdzie byliśmy, i nie było sensu się teraz tym martwić. Powinniśmy skoncentrować się na tym, co czeka nas w tej chwili. Przed nami majaczył kolejny tunel, identyczny jak ten na dnie urwiska.

Nie mieliśmy innego wyjścia, jak nim ruszyć.

ROZDZIAŁ 34

Ten tunel był krótszy od poprzedniego – na tyle krótki, że widzieliśmy światło po jego drugiej stronie. Nawet z daleka mogłam dostrzec kształty świec umieszczonych na ścianach. Przynajmniej Blake nie będzie musiał zużywać energii na oświetlenie nam drogi.

Weszłam do kolejnej komory jaskini i zamarłam.

Pośrodku pieczary siedziała na krześle... moja siostra. Miała związane nadgarstki i stopy, a ramiona przywiązane do oparcia. Jej usta były zakneblowane kawałkiem materiału, więc nie mogła mówić. Wierciła się, gęste, kręcone włosy miała całkiem rozczochrane, wyglądała, jakby wdała się w bójkę.

– Becca! – Pobiegłam do niej i odsunęłam knebel, aby sprawdzić, czy nie jest ranna. Poza zaczerwienieniami w miejscach, gdzie sznur otarł jej skórę, chyba nic poważnego jej nie było. Poczułam ulgę. Jednak jej obecność tutaj nie miała żadnego sensu. – Co tu się, do cholery, dzieje?

Otworzyła usta, jakby miała coś powiedzieć, ale nie wydobył się z nich żaden dźwięk. Po raz pierwszy w życiu Becca nie wiedziała, co powiedzieć.

Przyklęknęłam, żeby rozwiązać jej ręce, szarpiąc mocno sznur. Ale więzy się nie poddawały. I wtedy Kate wykrzyknęła moje imię, a ja gwałtownie się odwróciłam.

Minął mnie sunący po ziemi cień i wielki ptak wylądował tuż obok z głośnym hukiem, odpychając mnie swoim olbrzymim pierzastym skrzydłem. Uderzyłam łokciem o ziemię, próbując złagodzić upadek, i usłyszałam trzask. Natychmiast złapałam się za rękę i uleczyłam ją.

Gdy ból zelżał, mogłam skoncentrować się na tym, co mnie przewróciło.

Najpierw zobaczyłam szpony – olbrzymie, zakrzywione pomarańczowe pazury po trzy na każdej stopie. Przypominały łapy ptaka, tylko były pięć razy większe. Prążkowana pomarańczowa skóra ciągnęła się do połowy ud, by tam zmienić się w ciało przypominające ludzkie. Podobnie górne kończyny – szpony przechodziły w normalną skórę na poziomie łokci. Z pleców wyrastały czerwone skrzydła, każde rozpościerało się na prawie dwa metry. Twarz tej istoty była pokryta zmarszczkami, jak u starej kobiety, która za dużo przebywała na słońcu, a zamiast ust widniał wielki zakrzywiony dziób.

Kreatura przypominała kobietę, ale byłam pewna, że nie jest człowiekiem.

Popatrzyła na mnie z góry swoimi wielkimi żółtymi oczami i zaczęła się zbliżać, wydając z siebie gdakanie i odrzucając głowę do tyłu. Błyskawicznie się odsunęłam i rozejrzałam, ale nie było tam niczego, czego mogłabym użyć do obrony. Byłam w pułapce.

I wtedy kula ognia świsnęła w powietrzu i trafiła prosto w skrzydło bestii. Blake stał tuż za nią i trzymał w dłoni zapalniczkę, przygotowując kolejny atak.

Ptak odwrócił się i syknął na niego.

– Nie chcę z wami walczyć – powiedział swoim krzywym dziobem. Zaskoczył mnie zupełnie faktem, że potrafi mówić. Głos miał ochrypły, jakby nie mówił od lat, i poklepał sobie skrzydło, żeby ugasić ogień. Smużki dymu uniosły się do góry, a koniuszki piór były osmalone na węgiel. – Chcę zawrzeć układ – kontynuował. – Gdy dokonamy wymiany, będziecie mogli odejść.

– Moja siostra też? – zapytałam, kładąc rękę na oparciu krzesła.

– Ona jest częścią umowy – syknęła istota. Zwinęła skrzydła, a w powietrzu rozprzestrzenił się zapach palonego pierza. – Jesteście gotowi mnie wysłuchać?

Spojrzałam na pozostałych. Ustawili się w półokręgu przy wejściu do pieczary. Blake trzymał w ręku zapalniczkę, gotowy do walki. Chris i Danielle też wyciągnęli dłonie.

– Tak, wysłuchamy cię – powiedziała Kate zaskakująco spokojnym głosem. – Ale to nie znaczy, że się zgodzimy na twoje warunki.

Blake opuścił zapalniczkę, a Chris i Danielle ręce. Gdy już nie starałam się uwolnić siostry czy uciec przed dziwnym ptakiem, mogłam przyjrzeć się otoczeniu. Ściana z przodu lśniła, podobnie jak głaz w lesie, przez który weszliśmy do jaskiń. Natomiast na tylnej ścianie jakaś ciemna, oślizgła substancja układała się na kształt drzwi. Gdy na nie spojrzałam, poczułam ucisk w żołądku – taki sam, jak kiedy pierwszy raz zobaczyłam las Bolsey.

Gdy było jasne, że nikt nie zamierza atakować, ptasia istota powiedziała:

– Za mną znajduje się Księga Cieni. – Przesunęła się, ukazując elegancki drewniany pulpit, na którym leżała starożytna księga. Metr dalej znajdowało się kolejne urwisko.

– Księga Cieni – powtórzyła Kate, ze zdumienia otwierając usta. – Czyli o to chodziło w przepowiedni z Cieniami. Cały czas zmierzamy ku tej księdze.

– Zakładam, że to po nią tutaj przybyliście – odparł ptak. – A to oznacza, że jesteście piątką z przepowiedni, która dysponuje władzą nad żywiołami.

– Nazywamy się Elementals – wtrącił Chris, nieśmiało się uśmiechając. Danielle szturchnęła go łokciem, żeby był cicho.

Gdyby ta istota miała źrenice pośrodku żółtych oczu, przysięgłabym, że właśnie nimi przewróciła.

– A zatem… – Skupiła wzrok na mnie, sprawiając, że przeszedł mnie dreszcz. – Oto układ, jaki wam proponuję. Dacie mi Księgę w zamian za twoją siostrę. A potem wszyscy możecie odejść.

– Dlaczego sama jej sobie nie weźmiesz? – Wyprostowałam się, mając nadzieję, że dodam sobie w ten sposób animuszu.

– Bo tylko ktoś obdarzony mocą ducha może podnieść ją z pulpitu. – Istota warknęła i uniosła skrzydła, aż utworzyły łuk nad jej głową. – Wysłałam tego głupiego kundla

Ortrosa, żeby cię tu sprowadził, ale to najwyraźniej nie wystarczyło. A teraz podaj mi Księgę, a ja nie wtrącę twojej siostry w otchłań Kerberosu, ale pozwolę jej odejść. – Zerknęła na oślizgłe drzwi, a ja uświadomiłam sobie, że to portal prowadzący do Kerberosu. Czyli świata-więzienia, o którym wspomniał Darius, gdzie trzymane są wszystkie złe istoty, które zbuntowały się przeciwko Olimpijczykom.

Czy przejście do Kerberosu nie miało pozostać zamknięte na zawsze?

– Ale skąd w ogóle wzięła się tu Becca? – zapytałam, krzyżując ramiona. Granie na zwłokę da nam czas. Tylko tyle byłam w stanie na razie wymyślić.

– Portal osłabł i kilkorgu z nas udało się uciec – odpowiedział ptak, z powrotem składając skrzydła. – Po nieudanej próbie sprowadzenia cię przez Ortrosa postanowiłam zrobić to sama. Lecz tym razem wybrałam łatwiejszą ofiarę – twoją siostrę. Przyniosłam ją tu kilka godzin temu. Gdy wyruszyłaś z przyjaciółmi na tę waszą polegającą na zbieraniu śmieci wyprawę, bez problemu dostałam się po nią do waszego domu przez okno na piętrze. Wasza matka tak głośno słucha muzyki, że nawet nie słyszała jej krzyków. – Istota spojrzała na mnie, a ja mocniej zacisnęłam dłonie na krześle. – Ale wybór należy do ciebie – kontynuowała. – Jeśli odmówisz oddania mi Księgi, energia z sześciu czarowników na pewno ucieszy tam moich kumpli. – Wskazała szponem na oślizgłe drzwi – portal do Kerberosu – i znów zagdakała.

Ona nie wie, że Becca nie jest czarownicą – pomyślałam.

Danielle wystąpiła do przodu, wyzywająco unosząc podbródek.

– A co powstrzyma cię przed wrzuceniem nas tam, kiedy Nicole da ci tę Księgę? – zapytała.

– Macie moje słowo. – Ptak uśmiechnął się najlepiej, jak potrafił, biorąc pod uwagę, że miał dziób zamiast ust.

– O, w takim razie możemy być spokojni. – Becca prychnęła.

Ptasia istota uniosła szpony i syknęła na nią. A potem zwróciła swe głodne oko na mnie.

– Moje słowo to wszystko, co macie – powiedziała. – I raczej nie jesteście w stanie negocjować. Więc... jak będzie?

ROZDZIAŁ 35

Wpatrywałam się w żółte oczy gigantycznego ptaszyska i starałam się nawet nie drgnąć – choć mogło bez wysiłku rozerwać mnie na strzępy w ułamku sekundy. Ptak wydał z siebie groźny syk, a ja wiedziałam, że muszę natychmiast coś zrobić. Nie zamierzał dłużej czekać.

Podeszłam do Księgi i zawiesiłam nad nią ręce, jakbym próbowała ją podnieść. A potem spojrzałam na Blake'a i skinęłam głową.

Pstryknął zapalniczkę i rzucił w ptasią istotę kulą ognia, trafiając ją w bok twarzy. Otworzyła dziób, wydając z siebie rozdzierający skrzek.

– Bardzo dobrze – stwierdził Blake ze wzrokiem pełnym gniewu. – Twoje słowo nic nie znaczy. – Rzucił kolejną kulę ognia w pierś ptaka, lecz ten rozpostarł skrzydła i wzniósł się powietrze, by wylądować obok Kate. Płomienie trafiły w skalną ścianę i zgasły ze skwierczeniem.

Kate znieruchomiała, a potem zaczęła cofać się pod ścianę. Ptak pochylał się nad nią, odrzucając głowę do tyłu i gdacząc.

– Patrz tutaj! – krzyknął Chris, wymachując gwałtownie rękoma nad głową. W istotę uderzył tak silny podmuch powietrza, że cisnął nią o ścianę. Ptak parsknął, otrzepał się i ruszył na Chrisa. Odbijał się szponami od skał z taką siłą, że trzęsła się cała jaskinia.

Blake rzucił w jego skrzydła kolejną kulę ognia, a jednocześnie Chris wyrzucił ramiona do przodu, posyłając następny podmuch prosto w pierś ptaszyska. Uderzyło w ścianę, tuż przy oślizgłym portalu do Kerberosu. Jego skrzydła zajęły się ogniem, a wtedy ptak zaczął toczyć się po ziemi, żeby je ugasić, wywołując gęste kłęby dymu.

Blake i Chris podchodzili bliżej, cały czas używając swoich mocy. Przyklęknęłam przy Becce, która starała się uwolnić z więzów.

– Co to za stwór? – zapytała z urywanym oddechem. – I dlaczego macie jakieś dziwne supermoce?

– Później ci wytłumaczę – odparłam, ciągnąc za sznur wokół jej nadgarstków. – Przestań się wiercić, to cię wyswobodzę.

Uspokoiła się, ale więzy były tak ciasne, że choć starałam się z całych sił, nie byłam w stanie ich poluzować. Becca miała nadgarstki tak poocierane, że zaczęły krwawić. Całe dłonie miałam umazane jej krwią. Zamknęłam oczy i przywołałam białą energię, żeby uleczyć siostrę, zanim będę dalej próbować ją uwolnić. Ale choć robiłam wszystko, co mogłam, więzy nie puszczały. Potrzebowałam mocy ognia Blake'a, żeby je przepalić, ale był zajęty bronieniem nas przed ptaszyskiem.

I wtedy kątem oka zobaczyłam, że ktoś się porusza. To była Danielle. Stała przed tunelem z rękoma uniesionymi do góry. Zanim zorientowałam się, co robi, woda gwałtownie wypłynęła z tunelu i uderzyła ptaszysko w pierś, głośno przy tym bulgocząc. To musiała być wrząca woda z pieczary obok.

Ptak wygiął głowę do tyłu i wydał z siebie skrzek tak głośny, że miałam wrażenie, że popękają mi bębenki. Blake rzucił kulę ognia prosto w odsłoniętą szyję, a ptak znów zaskrzeczał, potoczył się do tyłu i upadł na rumowisko pod skalną ścianą. Pozbawione życia skrzydła opadły na boki.

W pieczarze po raz pierwszy od chwili, gdy się w niej znaleźliśmy, zapadła cisza.

– Zabiliście go? – zapytała przyciśnięta do ściany Kate.

– Możliwe. – Chris podszedł kilka kroków bliżej. – Kto ma ochotę sprawdzić?

Blake stworzył dwie kolejne kule ognia i rzucił nimi w pierś ptaka.

– Tak na wszelki wypadek – wyjaśnił.

Wtem żółte oczy stwora się otworzyły, wydał z siebie kolejny skrzek i uniósł skrzydła. Zdołał się podnieść i obrócić na szponach, by stanąć przodem do mnie. Patrzył na mnie z góry, a w jego wzroku płonął gniew.

I wtedy zaatakował.

Odsunęłam się szybko od Bekki, a kilka kul ognia minęło mnie tak blisko, że poczułam ich żar na twarzy.

Ktoś krzyknął moje imię, zanim pokryta piórami masa zderzyła się z moim ciałem. Siła ciężaru ptaka odepchnęła mnie w tył, w stronę urwiska, które wcześniej zauważyłam, i straciłam grunt pod stopami. Próbowałam na oślep się czegoś uchwycić, a pieczarę wypełnił krzyk, który z trudem rozpoznałam jako swój.

W tym momencie uderzyłam głową o ziemię i zapadła ciemność.

ROZDZIAŁ 36

Miałam wrażenie, że moja czaszka rozbiła się, a drobne fragmenty powbijały się w szczeliny mózgu. Zdołałam otworzyć oczy, ale świat wokół wirował tak szybko, że musiałam zamknąć je z powrotem, żeby przestało mnie mdlić. W mojej głowie rozlegało się ogłuszające łupanie. Jakby ktoś wziął gong, umieścił mi go tuż przy uchu i uderzał w niego z całej siły najcięższym młotem, jaki udało mu się znaleźć.

Uniosłam rękę, próbując uciszyć ten hałas, lecz od łokcia wzdłuż ramienia przeszył mnie tak ostry ból, że jego rozdzierające echo poczułam w całym ciele. Opuściłam bezużyteczną rękę na ziemię. Gdy tylko jej dotknęłam, poczułam kolejną falę bólu przebiegającą wzdłuż kręgosłupa. Moje włosy zwisały, lepiły się od czegoś ciepłego i choć nie byłam w stanie się ruszyć, by ich dotknąć, wiedziałam, że to krew. Czułam, jak cieknie mi po karku.

Z góry rozległ się rozdzierający uszy krzyk i ktoś zawołał moje imię. Wołanie dotarło do mnie mocno przytłumione przez łupanie w głowie, które całkowicie zdominowało mój umysł. Spróbowałam raz jeszcze otworzyć oczy, ale nie mogłam. Widziałam przed sobą tylko płonące żółte oczy, a potem smugę czerwieni. Czerwień, wszędzie dookoła. Było jej tyle, że w niej tonęłam.

Wtedy jednak pomyślałam o innym kolorze – o bieli. Biel sprawi, że ból się skończy.

Gdyby tylko ucichło to łupanie w głowie, mogłabym się skoncentrować.

Kolejny przytłumiony krzyk dotarł z góry, a potem rozległ się łomot, jakby coś upadło na ziemię. Wydawało mi się, że to był głos Kate, ale nie byłam pewna.

Skup się – powiedziałam sobie w duchu, zaciskając mocniej powieki, jakbym mogła w ten sposób sprawić, że ból zelżeje. *Potrafisz się uleczyć. Już to robiłaś.*

Jednak to, że potrafię wyleczyć zadrapania i skaleczenia, nie oznacza, że umiem naprawić szkody powstałe po upadku z urwiska – zwłaszcza biorąc pod uwagę, jak dużo energii już dzisiaj zużyłam. A co, jeśli ją wyczerpałam? Mogę umrzeć.

Przeraziła mnie ta myśl. Wiedziałam, że to, co planowaliśmy na ten dzień, może być niebezpieczne, ale nie zdawałam sobie sprawy, że mogę tego nie przeżyć. A teraz krwawiłam na dnie urwiska. Moi przyjaciele znajdowali się w niebezpieczeństwie i najprawdopodobniej nie będą mogli mi pomóc na czas. A nawet gdyby, to i tak nic nie mogliby zrobić. Wciąż znajdowaliśmy się głęboko w jaskini, z której nie było łatwego wyjścia.

Jeśli sama się nie uleczę, na pewno umrę. Mimo ryzyka wyczerpania energii do cna musiałam spróbować.

Postarałam się oczyścić umysł, na ile to było możliwe, i zamknęłam oczy, szukając wokół energii. W pierwszej chwili nic nie znalazłam. Ale sięgałam dalej – tak się starałam, że głowa niemal eksplodowała mi od wysiłku – aż ją znalazłam. Wypełniała jaskinię niczym elektryczność, odbijając się od ścian we wszystkich kierunkach. Przyciągałam ją do siebie, nie puszczając, aż białe strumienie zaczęły wpływać w głąb moich dłoni.

Wokół mnie zaczęło szumieć, otoczył mnie kokon czystej, trzeszczącej energii, którą moja skóra chłonęła niczym gąbka wodę. Nagle była wszędzie – wokół mojego ciała i w jego wnętrzu, otulała mnie z każdej strony. Całkowicie straciłam orientację w przestrzeni, nie wiedziałam już, gdzie jestem. Zupełnie jakbym unosiła się wewnątrz ciepłej białej chmury, którą mogłam swobodnie kształtować.

A potem energia zniknęła, zabierając ze sobą ból. Znów poczułam pod sobą podłoże. Uniosłam rękę, spodziewając się kolejnej fali rozdzierającego bólu, ale ręka była sprawna, jakby nigdy nic jej się nie stało. Dotknęłam głowy z tyłu, tam, gdzie wcześniej czułam krew. Choć wciąż tam była, nie mogłam wyczuć rany.

Udało mi się. Miałam połamane całe ciało i wszystko wyleczyłam. Otworzyłam oczy i zobaczyłam wyraźnie stalaktyty i stalagmity, które nie tworzyły już mdlącego chaosu niewyraźnych kształtów. Krawędź urwiska nie była nawet tak wysoko – najwyżej dwa metry.

Rozejrzałam się wokół, próbując wymyślić jakiś plan. Bo gdy dostanę się jakoś na górę, będę się musiała bronić.

Tylko czym? W jaskini nie było tylu możliwości, co na placu zabaw. Tutaj były tylko ściany, skalne podłoże i... stalaktyty i stalagmity.

Gdybym zdołała któryś oderwać, miałabym świetną pałkę.

Pociągnęłam za najbliższy, ale nawet nie drgnął. Miałam za mało siły. Potrzebna mi była Kate i jej moc panowania nad ziemią, by oderwać stalagmit od podłoża. Ale sądząc po odgłosach walki dobiegających z góry, nie była w stanie mi teraz pomóc.

I wtedy zauważyłam wyjątkowo ostro zakończony stalagmit – był cienki i mniej więcej takiej długości jak miecz. Podpełzłam do niego najciszej, jak mogłam, starając się nie myśleć o skwierczeniu płomieni, szumie wody, podmuchach wiatru i krzykach dochodzących z góry. Powinnam skupić się na tym, co jestem w stanie zrobić, by pomóc reszcie, czyli na oderwaniu stalagmitu, który był jednak jak przyspawany do podłoża. To było niemożliwe, ale przecież potrafię robić niemożliwe rzeczy.

Tylko muszę wymyślić jak.

Nagle przypomniałam sobie, co zrobiłam w klasie ze szklanką – sprawiłam, że wybuchła pod wpływem pomarańczowej energii. Gdybym zdołała zrobić to samo ze stalagmitem, może udałoby mi się go oderwać. Trzeba będzie skupić energię w punkcie, gdzie styka się z podłożem, żeby cały się nie rozpadł. Na górze panował taki chaos, że nawet nie usłyszą, jeśli mi się uda.

Zbliżyłam się na czworakach do stalagmitu, a przy każdym ruchu kręciło mi się w głowie. Kilka razy musiałam się zatrzymać, żeby złapać oddech, ale w końcu mi się udało. Teraz powinnam skupić się na energii. Lecz gdy spróbowałam, poczułam się tak, jakbym nagle wpadła na ścianę. Zawirowało mi w głowie na tyle mocno, że musiałam podeprzeć się na rękach. Czułam się, jakbym nie spała od wielu, wielu dni. Miałam ochotę położyć się i zamknąć na chwilę oczy, ale słysząc krzyki dobiegające z góry, zwalczyłam zmęczenie i postanowiłam się skoncentrować.

Energia cały czas mi się opierała. Byłam wyczerpana. Nie dam rady. Zamknęłam oczy, ale wtedy pieczarę wypełnił kolejny krzyk – tym razem Bekki. Przerażenie w jej głosie natychmiast mnie obudziło. Przyjaciele byli w stanie bronić się przed ptaszyskiem, ale moja siostra była bezbronna. W ogóle nie powinno jej tutaj być.

Musiałam ją uratować.

Skoncentrowałam się na okiełznaniu energii, wyobrażając sobie pomarańczowy kolor, aż zaczął otaczać mnie ze wszystkich stron. Poczułam go na skórze i przyciągałam do chwili, gdy moje ciało było tak pełne światła, że nie mogłam już zebrać więcej. Wtedy dotknęłam podstawy stalagmitu, zmrużyłam oczy i posłałam energię jedną wiązką.

Eksplodował z głośnym hukiem.

Uniósł się pył, a ja przestraszyłam się, że zniszczyłam stalagmit. Ale gdy kurz opadł, zobaczyłam, że leży na ziemi nienaruszony. Sięgnęłam po niego, mając nadzieję, że się nie rozpadnie, i poczułam ulgę, że jest cały. Zacisnęłam mocniej dłoń i sam fakt, że go trzymałam, sprawił, że poczułam się przytomniejsza i bardziej skoncentrowana.

Dam radę.

Najpierw jednak musiałam dostać się na górę. Rozejrzałam się w poszukiwaniu jakiegoś sposobu. Urwisko nie było gładko ścięte, tu i tam towarzyszyły mu stosy skalnych odłamków. Gdybym mocno się zaparła, dałabym radę się podciągnąć. Podpełzłam więc do największego kawałka skały i wciągnęłam się na niego. Wyjrzałam przez krawędź, żeby sprawdzić, co się dzieje.

Blake i Danielle z całych sił atakowali ptasiego stwora ogniem i wrzącą wodą, choć widać było, że ich siły słabną. Ptak skrzeczał z bólu, ale cały czas się do nich zbliżał. Mogli się tylko cofać – niedługo ptak zapędzi ich do kąta, gdzie znajdą się w pułapce. Chris chronił Beccę, która nadal była przywiązana do krzesła, a Kate nigdzie nie mogłam dostrzec.

Teraz albo nigdy.

Zaciskając dłoń na stalagmicie, zebrałam siły, by podciągnąć się na krawędź. Wyczerpało mnie to i znów zawirowało mi w głowie. Odetchnęłam kilka razy głęboko, żeby się skupić. W takim stanie nie wyceluję równie dobrze, jak na placu zabaw, gdy trafiłam ogara szczeblem z drabiny. A miałam tylko jedną szansę, bo ptak był akurat tyłem do mnie. Jeśli cisnę stalagmitem i spudłuję, zorientuje się, że przeżyłam, i stracę przewagę wynikającą z zaskoczenia. Musiałam trafić za pierwszym razem.

Uniosłam stalagmit i ruszyłam biegiem ku stworowi, celując w miejsce na jego plecach. Wbiłam ostrze głęboko w jego skórę.

ROZDZIAŁ 37

Ptak wygiął głowę i zachwiał się do tyłu, wrzeszcząc i wymachując skrzydłami. Puściłam stalagmit, ale nie odrywałam wzroku od miejsca, w którym utkwił pomiędzy jego skrzydłami.

Nie trafiłam w serce, bo obrócił się i warknął.

– Ty – powiedział, a jego ochrypły głos był tylko nieco głośniejszy od szeptu. – Powinnaś była umrzeć po upadku. Jak ci się udało tutaj wrócić? – Uniósł szpon i zrobił krok w moim kierunku, a w jego żółtych oczach pojawił się ból. Mięśnie pyska stężały, gdy przyciągnął drugą łapę do pierwszej. Stękając z wysiłku, sięgnął ręką na plecy i dotknął stalagmitu. Chwycił go pazurami i jednym ruchem wyrwał.

Otworzył dziób i wydał z siebie okrzyk bólu, upuszczając jednocześnie ostrze na ziemię. Szkarłatna krew zaczęła płynąć z rany i zbierała się u dołu w kałużę.

Chris nie tracił ani chwili i puścił podmuch wiatru w stronę ptaka. Jego siła przewróciła stwora na bok, tak że całym ciężarem przygniótł sobie skrzydło i uderzył głową o ziemię. Aż wzdrygnęłam się na ten dźwięk. Lecz zdołał otworzyć oczy, które wciąż płonęły żółcią, i cały czas wpatrywał się we mnie.

Nie odwracałam wzroku, tylko ugięłam nogi, gotowa uskoczyć, gdyby udało mu się wstać.

– Upadek mnie nie zabił – odpowiedziałam na jego pytanie. – Wykorzystałam mój żywioł, żeby się uleczyć.

– Jesteś silniejsza, niż zakładałam. – Ptasia istota mówiła wolno, każda wypowiadana głoska oznaczała wysiłek. – Lecz to dopiero początek. W Kerberosie są uwięzieni inni, którzy są ode mnie o wiele potężniejsi, a niedługo portal na tyle osłabnie, że oni też zdołają się wydostać. Trudno wam będzie ich pokonać, sądząc po tym, co pokazaliście dzisiaj. – Ptak ucichł i ciężko oddychał. Aż zabulgotało mu w gardle, gdy znów spróbował się odezwać. – Nawet bogowie nie zdołają was ocalić, gdy ucieknie Tyfon i powróci do swej prawdziwej postaci. Do zobaczenia w Hadesie, moja mała półbogini. A gdy powstanie Tyfon, postaram się, by wysłał cię na zawsze do Tartaru.

Wydał z siebie stłumiony śmiech i zaczął chrapliwie dyszeć. Wtedy wpadłam na szalony pomysł, podeszłam bliżej i przyłożyłam dłoń do jego piersi. Skoro potrafiłam leczyć przez dotyk, to pewnie mogę też zrobić coś przeciwnego. Zabić.

Gdy leczyłam, potrzebowałam białej energii. Do niszczenia powinnam chyba użyć jej przeciwieństwa. Czarnej energii.

Nie miałam tylko pojęcia, jak ją przywołać.

Zrobiłam więc to, co wydawało mi się naturalne – pomyślałam o nienawiści. Nienawidziłam tego stwora. Porwał moją siostrę. Zaatakował moich przyjaciół. Próbował mnie zabić. Zepchnął mnie z urwiska na pewną śmierć. Gdybym się nie uleczyła i nie wspięła z powrotem, zabiłby też moich przyjaciół. I moją siostrę.

Czarna energia zaczęła kłębić się we mnie, kałuże czarnego atramentu popłynęły moimi żyłami, aż zebrało się jej tyle, że nie byłam już w stanie jej powstrzymać. Nie mogłam jednak ryzykować, że utracę kontrolę nad tą ciemną mocą i wypełni ona całą jaskinię. Kto wie, co by się wówczas wydarzyło? Musiałam to zrobić natychmiast.

Wbiłam więc wzrok w olbrzymie ślepia ptaka i posłałam ciemność prosto do jego serca.

ROZDZIAŁ 38

Stwór wypuścił z sykiem powietrze, a potem zamigotał i zniknął w ciemności. Jedynymi śladami potwierdzającymi, że istniał, były kałuża krwi na ziemi i poplamiony nią stalagmit leżący tuż obok.

Wstrząśnięta wpatrywałam się w miejsce, gdzie jeszcze przed chwilą leżało ptaszysko. Czy ja naprawdę to coś zabiłam? Samym dotykiem?

– Będziesz tam tak stać czy może jednak uzdrowisz Kate? – Pytanie Danielle przywołało mnie do rzeczywistości.

– Kate? – zapytałam. – Co jej się stało? Gdzie ona jest?

Danielle spojrzała na wejście do jaskini.

– Za tobą.

Odwróciłam się i zamarłam. Kate leżała z plecami przyciśniętymi do ściany. Była bardzo blada. Włosy opadły jej na twarz, częściowo przesłaniając zamknięte oczy. Ręce miała bezwładnie rozrzucone.

Pośpieszyłam ku niej, nie zważając na to, że z każdym krokiem gęstnieje mgła wypełniająca mój umysł.

– Kate? – zapytałam cicho, delikatnie potrząsając ją za ramię. Modliłam się, by otworzyła oczy albo chociaż poruszyła palcami – zrobiła coś, co pokazałoby, że żyje. Ale pozostała zupełnie nieruchoma.

Sięgnęłam po jej nadgarstek i głośno wypuściłam powietrze, gdy wyczułam tętno.

– Nicole? – Blake przyklęknął obok mnie, kładąc rękę na moim ramieniu. – Możesz ją uleczyć? Zużyłaś mnóstwo energii...

– Nie wiem – odpowiedziałam, czując suchość w gardle. – Ale muszę spróbować.

– Zostało ci za mało energii – stwierdziła Danielle. – Jeśli spróbujesz, być może się zabijesz.

Przełknęłam ślinę, bo Danielle prawdopodobnie miała rację.

– Wiem – odpowiedziałam ledwo słyszalnym szeptem. – Ale nie pozwolę, żeby Kate umarła.

– Wszyscy ci pomożemy – oznajmił Blake. – Potrzymamy cię za jedną rękę. Wtedy będziesz mogła przywołać naszą energię, a drugą dłonią uleczysz Kate.

– A nie narazicie się w ten sposób na ryzyko? – Zwalczyłam kolejną falę zawrotów głowy i otarłam kroplę potu z czoła. – Wy też zużyliście dziś mnóstwo energii.

– Nic nam nie będzie. – Zdecydowana odpowiedź Blake'a ucięła dalszą dyskusję. – Nie damy ci całej naszej energii. Tylko tyle, by pomóc ci uratować Kate.

– Czy mam zrobić coś specjalnego? – zapytałam. – Żeby zadziałało?

– Rób to, co robisz normalnie, i udawaj, że nas tu nie ma. – Oczy mu pociemniały i przysunął się do mnie tak blisko, że nasze twarze dzieliło zaledwie kilka centymetrów. – Ale pamiętaj, że tylko przywołujesz naszą energię. A nie nam ją odbierasz. Obiecaj, że do tego nie dopuścisz.

Spojrzałam na Kate. Wciąż była nieruchoma i oddychała bardzo płytko. Jej twarz wydała mi się jeszcze bledsza.

– Dam radę – powiedziałam. – Obiecuję.

– Skoro się decydujesz, to moja pomoc też się pewnie przyda – rzuciła z tyłu niechętnie Danielle. Miała twarde spojrzenie i choć nie wyglądała na zachwyconą, przyklęknęła obok Blake'a. Chris też dołączył i we trójkę utworzyli wokół mnie półokrąg.

Mocniej uścisnęłam dłoń Kate. Wydawała się tak delikatna, że miałam wrażenie, że przy silniejszym uścisku pogruchotam jej wszystkie kostki. Blake, Danielle i Chris położyli dłonie na mojej drugiej ręce, a przez mojej ciało przepłynęła fala ciepłego światła. Mgła w głowie rozproszyła się, jakby ktoś usunął mi kłębki waty z uszu. Zaczęłam słyszeć wszystkie dźwięki dookoła – szelest stóp, wodę kapiącą gdzieś w oddali, szum energii, która pulsowała w powietrzu.

– Okej – szepnęłam, patrząc na Kate. – Lepiej, żeby się udało.

Przygotowałam się na olbrzymi wysiłek, oczywisty po tym, co już zrobiłam tego dnia, ale przywołanie białej energii wcale nie było takie trudne. To na pewno miało związek z tym, że pomagali mi we troje, ale pomna słów Blake'a, w ogóle się na nich nie skupiałam. Myślałam o białej energii, która płynęła przez moje ciało, od głowy aż po czubki palców u stóp. Zbierała się we mnie, opleciona smugami błękitu, czerwieni i żółci, i rozpychała się aż do naskórka. Gdy poczułam, że zaraz pęknę od tego nacisku, pozwoliłam, by wypłynęła z mojej dłoni ku Kate.

Energia opuściła moje ciało tak szybko, jak powietrze uchodzące z balonu. Gdy zniknęła, otworzyłam oczy i mocniej ścisnęłam dłoń Kate, jakbym mogła w ten sposób wpłynąć na jej stan.

Nawet się nie poruszała.

I wtedy, gdy już pomyślałam, że to, co zrobiłam, to za mało, zamrugała oczami.

Spojrzała najpierw na mnie, a potem na Blake'a, Danielle i Chrisa. W jej oczach nie było tego samego blasku, co zwykle, ale przynajmniej żyła.

– Co się stało? – Jej szept był ledwo słyszalny. – Zabiliście harpię?

– Ha… co? – zapytałam, przysiadając na piętach.

– Harpię. – Potrząsnęła głową i usiadła, opierając się o ścianę. – To coś wygląda jak krzyżówka starej kobiety i zmutowanego ptaka. Ich zadaniem jest sprowadzanie opierających się do Tartaru. Niektóre harpie poparły Tytanów podczas Drugiej Rebelii i te zostały zesłane do Kerberosu.

Tylko Kate mogła zrobić mi wykład z historii natychmiast po tym, jak cudem uniknęła śmierci.

Chris zdjął dłoń z mojej ręki i przysunął się bliżej Kate.

– Pewnie, że ją zabiliśmy – odparł ze śmiechem. – My troje mocno ją pokiereszowaliśmy, a Nicole dobiła ją stalagmitem. To było niezłe. – Uniósł do góry rękę z wyimaginowanym stalagmitem i opuścił ją gwałtownie, udając atak. – I wtedy zniknęła... – Ściszył głos i jakby odpłynął myślami. – Nie wiem, gdzie się podziała. Ale już jej nie ma.

Zerknęłam do tyłu na zakrwawiony stalagmit. W głowie zawirowało mi przy tym ruchu, a w żołądku poczułam mdłości. Chris nie miał pojęcia, że zabiłam harpię dotykiem. Myślał, że zrobiłam to za pomocą ostrego stalagmitu.

A może oni wszyscy tak myślą? Może powinnam pozwolić, by nadal w to wierzyli. Nie mówić im prawdy. Kate powiedziała mi pierwszego dnia, że korzystanie z czarnej energii jest nielegalne. Nie wiem dlaczego – nawet nie wiedziałam, do czego się jej zwykle używa. Ale wiedziałam, że to, co zrobiłam, może ściągnąć na mnie kłopoty ze strony Starszych... Być może nawet odebraliby mi moce.

A co, jeśli powiem przyjaciołom prawdę, a oni się wystraszą? Co, jeśli pomyślą, że jestem jakimś potworem?

Chyba lepiej nie ryzykować.

– Jeśli skończyliście już to, co tam robicie, to może ktoś przyszedłby mnie uwolnić z tego krzesła? – Wysoki głos Bekki wypełnił jaskinię, wyrywając mnie z zamyślenia.

Jak mogłam aż tak zaangażować się w ratowanie Kate, że zapomniałam uwolnić Beccę? Przynajmniej nic jej nie było, poza paroma skaleczeniami. Kobieta-ptak – harpia – była tak skupiona na obronie przed nami, że nie miała czasu zająć się Beccą.

– Ja to zrobię. – Chris zerwał się i podbiegł do Bekki. Zajął się rozplątywaniem sznurów, najpierw tych na nadgarstkach, a potem wokół jej kostek.

Ucieszyłam się, że się zgłosił, bo znowu kręciło mi się w głowie i musiałam ze wszystkich sił starać się, żeby nie zamknąć oczu, gdyż czułam się tak, jakbym nie spała od wielu dni. Przyciągnęłam nogi do klatki piersiowej i oparłam głowę na kolanach. Dam radę. Muszę. Wystarczy mi kilka minut odpoczynku.

– Nicole? – zapytał Blake, podtrzymując mnie. – Wszystko w porządku?

– Jestem tylko zmęczona – wymamrotałam, walcząc z opadającymi powiekami.

Becca podbiegła do mnie, zanim Blake zdążył cokolwiek dodać, i objęła mnie tak mocno, że prawie mnie przewróciła.

– Co to było? – rozpoczęła serię pytań. – I co to za miejsce? Dlaczego to coś nazwało nas czarownikami? A ta półbogini? Czy wy naprawdę macie moce? To znaczy wiem, że macie, bo widziałam, ale skąd je macie? I skoro wszyscy je macie, to czy ja też je mam?

W głowie mi wirowało od jej pytań, więc przycisnęłam palce do skroni, żeby przestało w niej dudnić. Starałam się spokojnie oddychać, ale musiałam łykać powietrze, jakby było w nim za mało tlenu. Dlaczego nikt inny nie zauważył, że w jaskini brakuje tlenu? Nic im nie było – nawet Kate, która wstała i podeszła do nas.

– Jesteś Becca, tak? – zapytała Kate, przyklękając przed nią. – Siostra Nicole?

Becca pokiwała głową i skrzyżowała ręce.

– Tak – odpowiedziała. – To ja.

Kate wsunęła włosy za uszy i posłała jej delikatny uśmiech.

– Wszystko, co tutaj widziałaś, wymaga dłuższego wyjaśnienia – powiedziała łagodnym tonem. – Ale obiecuję, że postaram się odpowiedzieć na twoje pytania, gdy już wydostaniemy się stąd i będziemy bezpieczni.

Danielle zmarszczyła brwi i wzięła się pod boki.

– To zły pomysł – stwierdziła. – Wiem, że członkowie najbliższej rodziny, którzy nie są czarownikami, mogą o nas wiedzieć, ale to, co ona widziała, to nie były zwykłe czary. A co będzie, jeśli spanikuje i wygada o tym wszystkim? Darius powinien się tym zająć.

– Danielle ma rację – powiedział Chris. – Powinniśmy zabrać Beccę do domu Dariusa i pozwolić mu z nią porozmawiać.

– To znaczy, że wiecie, jak się stąd wydostać? – zapytała Becca.

– Powiedzmy – odparł Chris. – Coś wymyślimy.

– Jeszcze nie teraz – oznajmiła Kate. – Po pierwsze, Nicole musi zabrać Księgę Cieni. – Spojrzała na mnie, wskazując głową na pulpit z książką. – Pomóc ci tam podejść?

Sądząc po wyrazie troski w jej oczach, musiałam wyglądać naprawdę źle.

– Nic mi nie jest – odpowiedziałam, starając się zmusić do uśmiechu i wstać. Ale świat wokół mnie zawirował i musiałam podeprzeć się na dłoniach, żeby nie upaść.

Zanim zorientowałam się, co się dzieje, Blake podniósł mnie i zaniósł do Księgi. Objęłam go za szyję i zamknęłam oczy. Miał taką ciepłą skórę. Miałam ochotę wtulić się w niego i zasnąć na zawsze.

– Nicole? – szepnął głosem pełnym troski. – Musisz zabrać Księgę z tego pulpitu. Jak to zrobisz, będziesz mogła odpocząć, a ja zabiorę cię stąd w bezpieczne miejsce. Okej?

Spojrzałam na niego, uśmiechając się do jego wpatrzonych we mnie ciepłych oczu.

– Okej – odpowiedziałam, choć ledwo zdołałam otworzyć usta. – Może być.

Za nami rozległy się kroki i obok Księgi pojawił się Chris. Spróbował ją podnieść, ale nie poddała się.

– Ani drgnie – powiedział.

Kate też spróbowała ją podnieść, ale bez efektu.

– Harpia miała rację, twierdząc, że tylko ty możesz zabrać Księgę – powiedział Chris, patrząc na mnie. – Podnieś ją i podaj mi, a ja ją stąd wyniosę, dobrze?

– Postaw mnie, żebym mogła ją zabrać – poprosiłam Blake'a, mrugając kilka razy, żeby oczy same mi się nie zamknęły.

Opuścił mnie, ale od razu objął w talii, gdy tylko dotknęłam stopami ziemi.

– Wszystko dobrze? – zapytał, trzymając usta kilka milimetrów od mojego ucha. Miło było czuć go tak blisko. I jego ciepło. Jak wtedy, gdy całowaliśmy się na dnie urwiska, w ciemności, gdzie nikt nas nie widział.

Gdzie Danielle nas nie widziała.

Otrząsnęłam się z tych wspomnień i spróbowałam skupić. Miałam dać Księgę Cieni Chrisowi. A potem Blake znowu weźmie mnie na ręce i będę mogła odpocząć w jego ramionach, a on wyniesie mnie z jaskini. To brzmiało tak wspaniale, że miałam ochotę od razu się poddać i zamknąć oczy.

Ale najpierw musiałam wziąć Księgę.

Wiedziałam, że Blake nie pozwoli mi upaść, więc sięgnęłam i objęłam dłońmi krawędzie Księgi. Była pokryta kurzem – jakby od lat tkwiła w tej jaskini. Kurz powlekł wnętrza moich dłoni, sprawiając, że zrobiły się suche i śliskie. Ale jakoś udało mi się ją podnieść.

Uniosłam ją tylko na kilka centymetrów, gdy Chris wyjął mi ją z rąk. Grunt zachwiał mi się pod stopami, a Blake objął mnie mocniej i z powrotem podniósł. Oparłam głowę o jego pierś i zaczęłam słuchać bicia jego serca – powolnego i regularnego niczym kołysanka.

Odsunął kosmyk włosów z mojej twarzy i wsunął mi go za ucho.

– Świetnie się spisałaś – szepnął, przesuwając palcem po moim policzku. Skóra załaskotała mnie od jego dotyku. – Gdyby nie ty, utonąłbym w oceanie i żadnego z nas by tu nie było. Uratowałaś mi życie. A gdy spadłaś z tego urwiska... – Zawahał się, a ja poczułam, jak przyśpiesza mu tętno. – Byłem przerażony. Myślałem, że już po tobie. Nie mogłem sobie wyobrazić...

– Idziemy czy jak? – Wysoki głos Danielle wypełnił jaskinię. – Ja mam na dzisiaj dosyć zatęchłych pieczar. Ona da radę iść?

– A wygląda na to? – Głos Chrisa był przytłumiony, jakby odszedł gdzieś dalej, gdy ja i Blake rozmawialiśmy. A raczej, gdy Blake mówił do mnie, bo ja nie miałam dość siły, by wziąć udział w konwersacji. Co on zamierzał powiedzieć w chwili, gdy Danielle nam przerwała? Nie mógł sobie wyobrazić... czego?

Chciałam zapytać, ale nie miałam sił, żeby się odezwać.

– Zużyła więcej energii, niż powinna... – wtrąciła Kate.

– Może pożyczyć trochę od nas, żeby się uleczyć – zaproponował Chris. – Jak wcześniej.

– To nie takie proste. – Kate powiedziała to tak cicho, że musiałam nadstawić uszu, żeby ją usłyszeć. – To coś innego niż to, co zrobiliście ze mną. Tamto też było niebezpieczne – gdybym była przytomna, powiedziałabym wam, żebyście tego nie robili.

– A czym to się różni? – zapytał Chris.

– Pozwoliliśmy Nicole przywołać naszą energię, żeby uzdrowić Kate, by nie musiała zużywać tak dużo własnej mocy – wyjaśnił Blake. Czułam pod policzkiem, jak jego klatka piersiowa wibruje, gdy mówi. To było przyjemne uczucie. – Zmieniła naszą energię w białą energię, nie wchłaniając jej w swoją własną energię życiową. A potem użyła tej energii, żeby uleczyć Kate. Gdyby wzięła ją choć w części dla siebie, mogłaby przy okazji zabić nas wszystkich, bo w zasadzie nie ma sposobu, żeby przerwać połączenie, gdy zaczniesz pobierać czyjąś energię. A gdy zrobisz to raz, to koniec. Zawsze już będziesz potrzebować mocy innych, żeby przeżyć. Było nas wystarczająco dużo, żeby ją powstrzymać, gdyby popełniła błąd i zaczęła wchłaniać naszą energię, zamiast ją przekazywać, ale gdyby wzięła choćby odrobinę, byłoby po niej. Zmienilibyśmy ją w zabójczynię.

– To dlaczego w ogóle daliśmy jej naszą energię? – zapytał Chris. – Dlaczego nie pozwoliliśmy, żeby uleczyła Kate własnymi siłami?

– Bo miała ich już za mało, więc by się zabiła, a wtedy Kate też by umarła – odpowiedziała Danielle. – A wszyscy powinniśmy pozostać przy życiu, nawet jeśli oznaczało to ryzyko, że Nicole zamieni się w wysysającą energię zabójczynię. Cieszmy się, że tak się nie stało. Bo gdyby dowiedzieli się o tym Starsi...

– Nie dowiedzieliby się – przerwał jej Blake. – Chronilibyśmy Nicole. Bez względu na wszystko.

– To nieistotne, bo żadne z nas nie jest zabójcą – powiedziała Kate. – Nic nam nie jest.

Poczułam, że zmroziło mi krew w żyłach, ale starałam się nie poruszyć. Cieszyłam się, że mam zamknięte oczy i nikt nie dostrzeże w nich wyrzutów sumienia. Bo może niedokładnie o tym mówili, ale ja byłam właśnie tym, czego się obawiali. Zabójczynią.

Zabiłam harpię samym dotykiem.

Teraz miałam już pewność – nikt nie mógł dowiedzieć się o tym, co zrobiłam. Bo za nic nie chciałabym dowiedzieć się na swoim przykładzie, jaka byłaby kara, gdyby odkryli to Starsi.

Utrzymanie tego w sekrecie było jedynym sposobem, by zapewnić sobie bezpieczeństwo.

– Na pewno jest coś, co możemy w tej chwili dla niej zrobić – powiedział Chris. – Spójrzcie na nią. Nawet nie jest w stanie iść.

– Dopóki nie musi używać energii, potrzebuje po prostu odpoczynku – stwierdziła Kate. – Ale musimy zabrać ją do Dariusa. On będzie wiedział, co robić.

Chciałam pomóc im się stamtąd wydostać. Jak zamierzają to zrobić beze mnie?

Sama myśl o otwarciu oczu wydała mi się jednak tak wyczerpująca, że poddałam się ostatecznie i pozwoliłam, by ogarnął mnie sen. Nie byłam już w stanie dłużej mu się opierać.

ROZDZIAŁ 39

Pierwszą rzeczą, jaką poczułam, gdy się obudziłam, było ciepło na twarzy. Słońce.

Byłoby to całkiem zwyczajne, gdyby nie fakt, że moja sypialnia nie miała okien wychodzących na wschód, więc słońce rano do niej nie docierało.

Przez ten brak porannego słońca bardzo tęskniłam za moim dawnym pokojem w Georgii.

A może nadal jestem w sypialni w Georgii? Może ta cała historia z czarami to był sen, a ja otworzę oczy i znajdę się z powrotem w dawnym domu, szykując się do szkoły po zimowej przerwie. Wszystko, co się ostatnio wydarzyło, z całą pewnością było wystarczająco dziwne, żeby być snem – choć bardzo osobliwym i bardzo realistycznym.

W gardle miałam tak sucho, jakbym nie piła od wielu dni. Spróbowałam przełknąć, ale odczułam to tak, jakby setki malutkich ostrzy wbiło mi się w tył gardła. Język miałam wysuszony i szorstki niczym papier ścierny.

Powinnam napić się wody. Ale najpierw muszę mieć dość siły, żeby wstać i po nią pójść. A w tym momencie nie dałabym nawet rady przekręcić się na bok.

– Nicole? – zapytał cichy głos. – Obudziłaś się?

Rozległy się czyjeś kroki, coraz bliższe, aż ktoś postawił coś na szafce nocnej – chyba szklankę, sądząc po tym, jak stuknęła o blat.

– Jeśli nie śpisz, to masz tu lodowatą wodę – kontynuował kobiecy głos. – Pomoże ci odzyskać trochę energii.

Wyobraziłam sobie, jak ta woda musi wyglądać – chłodne szkło pokryte zimną mgiełką – i gardło aż zapłonęło mi na samą myśl. Oczy miałam mocno zaropiałe, ale otworzyłam je. Powitało mnie światło słońca wpadające przez okno. Nieznane mi okno – jasnobrązowe framugi i delikatne zielone zasłony.

– Obudziłaś się! – wykrzyknął głos. Odwróciłam głowę i zobaczyłam Kate.

Nadzieja na to, że życie w Kinsley było tylko szalonym snem, wyparowała. Wszystko było prawdziwe – aż po obrzydliwego ptasiego stwora, który porwał moją siostrę i próbował nas wszystkich zabić w jaskini, do której weszliśmy przez lśniący głaz w lesie.

– Gdzie ja jestem? – zapytałam ochrypłym głosem. Przypomniałam sobie o wodzie przy łóżku, sięgnęłam po nią i błyskawicznie opróżniłam szklankę.

– U mnie w domu. – Kate przyciągnęła drewniane krzesło, ustawiła je obok łóżka i usiadła przodem do mnie. – Straciłaś przytomność, gdy dałaś Chrisowi Księgę Cieni. Żadne z nas nie miało siły wracać tą samą drogą, którą tam weszliśmy, więc spróbowaliśmy szczęścia przez tamten lśniący portal w jaskini. Wyprowadził nas na plac zabaw przy Hemlock Center. Strasznie zdemolowany, chyba rozegrała się tam jakaś wojna gangów. – Przerwała, żeby zaczerpnąć powietrza, po czym kontynuowała: – Zadzwoniliśmy po Dariusa, a on odebrał nas i dowiózł do mojego auta. W jaskini niemal całkowicie wyczerpałaś swoją energię, ale Darius powiedział, że potrzebujesz czasu, żeby w sposób naturalny ją uzupełnić i że nic ci nie będzie. Więc przywiozłam cię tutaj, żebyś odespała.

Podciągnęłam się i podparłam o wezgłowie łóżka.

– Czuję się lepiej niż w jaskini – powiedziałam. – Ale co z Beccą? Ona też wróciła? Pewnie strasznie panikuje. Co jej powiedzieliście?

– Darius sprawił, że o wszystkim zapomniała – powiedziała Kate spokojnym tonem. – Zabrał ją do was do domu. Sprawił też, że twoi rodzice myślą, że zadzwoniłaś do nich, że będziesz nocować u mnie, a potem zrobił tak, żeby zapomnieli, że w ogóle u nich był.

– Potrafi robić takie rzeczy? – Zamrugałam oczami ze zdumienia.

– Tak – odpowiedziała. – Wszyscy Starsi to potrafią. Ale ingerują w pamięć tylko w wyjątkowych przypadkach.

Wydawało się to dość kontrowersyjną praktyką, ale miałam w tym momencie inne zmartwienia.

– Jak długo spałam? – zapytałam.

– Jakieś trzynaście, czternaście godzin – odparła. – Ale lepiej się czujesz, prawda?

– Może nie doskonale, ale przeżyję. – Podciągnęłam kolana pod brodę i objęłam je ramionami. – Czuję się raczej tak, jakbym wczoraj za długo balowała, a nie uleczyła troje ludzi – w tym samą siebie – którzy byli bliscy śmierci, a na dodatek zabiła potwora za pomocą stalagmitu.

Kate roześmiała się i wsunęła włosy za uszy.

– Wszyscy czekają na wieści o tobie – powiedziała już poważnym tonem. – Zaraz do nich zadzwonię, ale może chcesz jeszcze wody?

– Tak. – Skinęłam głową, oblizując usta. Gardło i język nadal miałam tak wysuszone, że mogłabym wypić całą wannę wody, gdyby tylko ktoś mi ją podstawił. – Dzięki.

Wyszła z pokoju i cicho zamknęła za sobą drzwi, a ja miałam chwilę, by przemyśleć wszystko, co się wydarzyło. Dobrze chociaż, że Darius sprawił, że Becca o wszystkim zapomniała, więc nie musiałam jej w to angażować. Jednak tamta istota zdołała ją dopaść, a nie było powodu, by sądzić, że inne stworzenia, które uciekły z Kerberosu, będą łaskawsze dla ludzi – zwłaszcza tych, którzy są bliscy ich wrogom.

Oparłam głowę na kolanach. Jak miałam się na coś takiego przygotować? Pozostali wiedzieli o swoich mocach przez całe życie. Ja dowiedziałam się o swoich zaledwie półtora tygodnia temu. A teraz miałam stanąć do walki w pradawnej bitwie z istotami, które miały takie doświadczenie, jakiego ja nie zdobędę zapewne do końca życia. Jeśli przepowiednia jest prawdziwa i naprawdę ja mam to zrobić, to los doprawdy płata figle. Przecież do bitwy należy się przygotować i potrenować. Ja najwyraźniej nie będę miała takiej możliwości.

Drzwi się otworzyły, a ja uniosłam głowę i zmusiłam się do uśmiechu, gdy napotkałam wzrok Kate. Niosła kolejną szklankę wody – tym razem większą od poprzedniej. Chwyciłam ją i szybko opróżniłam.

– Lepiej ci? – zapytała.

– Tak – odpowiedziałam, odstawiając pustą szklankę na stolik. – Woda mi pomogła. Dziękuję.

– Nie ma za co. – Usiadła na końcu łóżka i oparła się o ścianę, po czym wyprostowała nogi tak, że stopy zwisały z krawędzi. – Zadzwoniłam do Dariusa – oznajmiła. – Powiedział, żeby podjechać do niego do domu, jeśli dasz radę. Zadzwoni po resztę. Chce porozmawiać z nami o Księdze Cieni. Bo ona… Cóż, wyjaśni nam wszystko, jak już u niego będziemy.

– Coś nie tak z tą Księgą? – zapytałam.

– Darius chce zebrać nas wszystkich, żeby ustalić, co robimy dalej – odpowiedziała. – Z tego, co mówiła harpia, wynika, że czekają nas większe wyzwania niż poszukiwanie Księgi Cieni.

– A co ona dokładnie powiedziała? – zapytałam, próbując przypomnieć sobie szczegóły. – Coś o półbogini i chyba o jakimś… ty… tyfonie. To jakiś rodzaj tajfunu?

Kate spuściła wzrok i przygryzła wargę.

– Poczekajmy na rozmowę z Dariusem. Przede wszystkim musisz coś zjeść. Moi rodzice nie chcieli nas budzić i pojechali sami na brunch, ale możemy zrobić sobie śniadanie.

Zaburczało mi w brzuchu. Wyciągnęłam mocno ramiona w górę, czując, że wraca mi energia.

– Bardzo chętnie – powiedziałam. – Zjemy śniadanie, a potem jedziemy.

– Okej. – Przyjrzała mi się i zeskoczyła z łóżka. – Postaraj się nie dziwić temu, co powie Darius. To zabrzmi… – zawahała się i spojrzała na swoje dłonie – …cóż, najlepiej sama ocenisz. Chodźmy.

ROZDZIAŁ 40

Drzwi wejściowe domu Dariusa były otwarte, więc weszłyśmy z Kate do salonu. Darius siedział w czerwonym fotelu, a Chris, Blake i Danielle na kanapie w tym samym kolorze. Popatrzyli na mnie z wyrazem ulgi na twarzach – nawet Danielle.

Chris zerwał się z miejsca, zanim zdążyłam się przywitać.

– Nicole! – zawołał, przywołując mnie gestem. – Zajmij moje miejsce. Ja posiedzę na podłodze.

– Dzięki. – Podeszłam do kanapy, starając się nie patrzeć na Blake'a, gdy siadałam. Pocałunek w jaskini zmienił wszystko, ale nie miałam pojęcia, co dla nas oznacza – i czy dla niego w ogóle cokolwiek znaczy. Z tego, co widziałam, nadal nie zerwał z Danielle. Powinnam z nim porozmawiać, ale bez świadków. Na razie przysunęłam się jak najbliżej krawędzi kanapy i oparłam o podłokietnik, omijając Blake'a wzrokiem.

Chris usiadł po turecku przed stolikiem do kawy, na którym leżała Księga Cieni. Skórzana oprawa była stara i zniszczona, a żółte kartki nierówne, przez co wyglądała jak jedna ze staroświeckich powieści z biblioteczki mojej babci. Tyle że Księga była większa niż normalna książka – miała raczej rozmiary dużego słownika.

Blake podchwycił mój wzrok, a mnie aż zabrakło tchu od intensywności jego spojrzenia.

– Cieszę się, że lepiej się czujesz – powiedział. – Wszyscy bardzo się martwiliśmy o ciebie. Myślałem… Cóż, po prostu cieszę się, że nic ci nie jest.

Troska w jego głosie wydawała się taka szczera, że aż poczułam ciarki. Muszę znaleźć sposób, żeby z nim porozmawiać sam na sam. Później. Na razie tylko lekko się uśmiechnęłam i zwróciłam do Dariusa, który przyglądał mi się z takim samym niepokojem.

– To prawda, wszyscy cieszymy się, że nic ci nie jest – powiedział.

Założyłam nogę na nogę, jeszcze bardziej odsuwając się od Blake'a, i spojrzałam na Księgę.

– Co w niej jest? – zapytałam, opierając się chęci sięgnięcia i otworzenia jej.

– Zanim do tego przejdziemy, musimy porozmawiać o tym, co powiedziała wam harpia. – Darius spojrzał na Danielle i skinął głową. – Możesz jeszcze raz powtórzyć jej słowa?

– Nie pamiętam ich dokładnie – odparła Danielle. – Ale powiedziała coś w stylu, że Tyfon powstanie i że musi powrócić do swojej prawdziwej postaci. I… – patrząc na mnie, zmrużyła oczy – nazwała Nicole półboginią.

– A czy nie wszyscy jesteśmy półbogami? – zapytałam. – Przecież pochodzimy od greckich bogów.

– Jesteśmy czarownikami – wyjaśniła Danielle. – Rozrzedzona krew bogów płynąca w naszych żyłach umożliwia nam dostęp do energii i korzystanie z czarów. Ale każde kolejne pokolenie jest słabsze, gdyż krew bogów miesza się z ludzką, aż zdolność do czynienia magii zanika całkowicie. Jeśli utrzymamy czystość krwi, magia, którą przekazujemy, będzie silna. I dlatego jesteśmy zachęcani, by wiązać się z innymi czarownikami, a nie z ludźmi. Natomiast półbogowie są bezpośrednimi potomkami boga i człowieka. Pół-bogami, pół-ludźmi. To coś innego.

– Jeśli jestem półboginią, to znaczy, że jedno z moich rodziców musi być… – Umilkłam, niezdolna wypowiedzieć tego na głos.

– Jedno z twoich rodziców musi być bogiem – dokończył za mnie Blake. – A nigdy nie poznałaś swojego biologicznego ojca, więc to możliwe.

– Twierdzicie, że mój biologiczny ojciec jest bogiem? – Spojrzałam na Dariusa, szukając potwierdzenia. Odpowiedziało mi jego poważne spojrzenie. – To śmieszne. – Roześmiałam się. – Nie rozwijałam swoich umiejętności, nawet o nich nie wiedziałam, dopóki się tutaj nie znalazłam. Gdybym była półboginią… – przerwałam, kręcąc głową na sam dźwięk tego słowa – …chyba zorientowałabym się wcześniej, co?

– Rada Starszych blokuje moce półbogów, dopóki nie są gotowi do ich wykorzystania albo dopóki nie są na tyle silni, by móc pokonać urok – powiedział Darius z poważną miną. – Dla bezpieczeństwa młodych półbogów Rada Starszych nie informuje nikogo poza swoim kręgiem o tym, kim są. Narodziny półboga są dziś bardzo rzadkie, bo bogowie nie zjawiają się na Ziemi zbyt często, ale zdarzają się. Blokowanie mocy zmniejsza ryzyko, że młody półbóg straci kontrolę i mimowolnie skrzywdzi ludzi. Przypomnij sobie, jak przypadkiem sprawiłaś na lekcji, że eksplodowała szklanka z wodą. – Przerwał, a ja wspomniałam tamtą chwilę. – A teraz wyobraź sobie, że dwuletnia półbogini ma napad złości. Lepiej, żebyście nie mieli świadomości swojej mocy, dopóki nie jesteście wystarczająco dojrzali, żeby nad nią zapanować.

– Załóżmy, że harpia powiedziała prawdę i rzeczywiście jestem półboginią – stwierdziłam. – To by znaczyło, że powinieneś mieć jakieś pojęcie o tym, kto jest moim ojcem. Zgadza się?

Darius pokiwał głową, a na jego ustach czaił się uśmiech.

– Zastanawiałem się nad tym – powiedział. – Świetnie grasz w tenisa, a to znaczy, że umiesz celować. Przyjaciele twierdzą, że masz dobrą intuicję, która zwykle się sprawdza. Twoje szczególne uzdolnienie to moc leczenia. Sprawdziłem informacje o twojej mamie w internecie, bo byłem ciekaw, który bóg mógł się nią zainteresować, i okazało się, że śpiewa i maluje. Czyli najprawdopodobniej spodobała się… – Rozejrzał się wokół, czekając, aż ktoś dokończy, jakbyśmy byli teraz na lekcji, a nie w jego salonie.

– Apollinowi – dopowiedziała Kate, szeroko otwierając usta. – Jesteś córką Apollina.

Sięgnęłam do okruchów wiedzy z mitologii greckiej, jaką zdobyłam przez kilka ostatnich dni.

– Boga słońca? – zapytałam.

– Między innymi. – Kate pochyliła się i zaczęła wyjaśniać: – Apollo jest przede wszystkim patronem uzdrowicieli, łuczników, muzyków, artystów i proroków.

– Uzdrawianie się zgadza – powiedziałam, opadając w głąb kanapy. – Łucznictwo wyjaśniałoby mój dobry cel. – Wróciłam pamięcią do walki z ogarem i przypomniałam sobie, jak łatwo mi było trafić szczeblem drabiny w jego serce. – Zawsze lubiłam muzykę. Trochę grałam na gitarze, choć nigdy nie chodziłam na lekcje.

– Powinnaś spróbować – powiedział Chris. – Może będzie z ciebie drugi Hendrix. – Zagrał kilka akordów na wyimaginowanej gitarze, rozśmieszając wszystkich i rozluźniając nieco atmosferę.

– Okej – zgodziłam się. – Ale czy jest jakiś sposób, żeby to potwierdzić? Raczej trudno będzie mi w to uwierzyć bez dowodów.

Darius potrząsnął głową.

– To tylko hipoteza. Może w przyszłości zdobędziemy dowód, ale na razie wszystko wskazuje na to, że jesteś półboginią.

– Jestem półboginią. – Zabrzmiało to idiotycznie. – Powiedzmy, że masz rację. Czy są jakieś zasady, które zabraniają bogom odwiedzania swoich dzieci? Bo nigdy nie poznałam mojego biologicznego ojca. Fajnie byłoby mieć go przy sobie, gdy dorastałam, a skoro jest nieśmiertelny, to czasu mu raczej nie brakuje. Czy jego w ogóle obchodzi, że ma dziecko?

– Bogowie są zajęci – odparł z westchnieniem Darius. – To nie tak, że ich nie obchodzi…

– Bogowie często ignorują swoje dzieci – wtrąciła Danielle. – Jedyny sposób na to, aby półbóg zwrócił na siebie uwagę boga, to dokonanie czegoś spektakularnego, jak Perseusz, który zabił Meduzę, albo Herkules, który pokonał najsłynniejsze potwory. Wątpię, by zabranie książki i zabicie przypadkowej harpii wystarczyło.

Czekałam, aż Darius powie, że się myli, ale on milczał.

– To prawda? – zapytałam wreszcie. – Bogowie ignorują swoje dzieci?

– On cię nie ignoruje – odparł łagodnie Darius. – Jestem pewien, że jest po prostu bardzo zajęty. Do tego toczy się wojna. Może kiedyś w przyszłości z tobą o tym porozmawia.

Danielle nadal uśmiechała się z wyższością.

– Wątpię – stwierdziła. – Ale co z tą Księgą Cieni? Coś się zmieniło od wczoraj?

Darius uśmiechnął się do mnie bez entuzjazmu i przeniósł wzrok na Księgę.

– Nic mi o tym nie wiadomo – odpowiedział. – Ale nie zaglądałem do niej od czasu, gdy ją przynieśliście. Może jeśli Nicole spróbuje, będzie inaczej. Skoro tylko ona mogła ją podnieść z pulpitu, to może też tylko ona może poznać jej treść.

– To znaczy? – zapytałam.

Darius wskazał na Księgę.

– Sama zobacz.

Opadłam na kolana przed stolikiem i pochyliłam się nad Księgą. Choć prosta skórzana oprawa zdawała się pochodzić sprzed setek lat, to nie miała żadnego zadrapania. Zupełnie jakby przeniesiono ją w czasie i jakby nigdy nie tknęła jej ludzka ręka.

Dotknęłam jej i byłam zaskoczona, jaka jest ciepła – jak gdyby była żywa. Z łatwością otworzyłam okładkę i wstrzymałam oddech, ciekawa, co zobaczę w środku.

Mój wzrok spoczął na kompletnie pustej stronie. Przekartkowałam kilka następnych i wszystkie wyglądały tak samo.

– Nic w niej nie ma. – Spojrzałam na Dariusa, czekając na wyjaśnienie.

Opadł głębiej w fotel i skupił wzrok na Księdze.

– Czyli nic się nie zmieniło.

– A więc Księga Cieni ma pomóc nam uratować świat, ale jest pusta – powiedział Chris. – W jaki sposób nam w takim razie pomoże?

– Bogowie muszą mieć jakiś plan – powiedziała Kate. – W przeciwnym razie po co przepowiednia doprowadziłaby nas do Księgi?

Darius położył dłonie na kolanach i popatrzył na każdego po kolei.

– Wszystko objawi się w odpowiednim czasie – oznajmił. – Zostawcie Księgę Cieni u mnie. Jeśli coś się zmieni, od razu was zawiadomię.

– Mamy tak po prostu iść do domu? – zapytała Danielle.

– Tak. – Darius pokiwał głową. – Chcę, żeby Blake przeczytał swoją książkę i zaczął wytwarzać opisaną w niej broń. Sądząc po próbach, którym w piątkę musieliście dotąd stawić czoła, będzie wam potrzebna. A reszta niech mu pomaga, jak kto potrafi. Ja przygotuję specjalny program treningowy, żebyście wszyscy nauczyli się, jak wykorzystać nowe moce zgodnie z waszymi zdolnościami. Potrzebuję kilku dni, żeby porozmawiać z Radą Starszych i ustalić, co się tutaj dokładnie dzieje. Tymczasem nałożę na szkołę i wasze domy ochronne zaklęcie, które uniemożliwi potworom dostanie się do środka.

– Tamta istota z taką łatwością porwała Beccę – przypomniałam. – Nawet z ochronnym zaklęciem po prostu poczeka, aż moja siostra wyjdzie z domu, i wtedy ją dopadnie. Jak możemy to powstrzymać?

– Dopadając te potwory jako pierwsi – powiedział Darius całkowicie poważnym tonem.

W ułamku sekundy przeleciały mi przez głowę tysiące myśli. Księga, która miała pomóc nam uratować świat, okazała się pusta. Portal do Kerberosu osłabł na tyle, że zamknięte w nim potwory uciekały. I jeszcze to coś, co powiedziała harpia…

– Co to jest tyfon? – zapytałam, mając nadzieję, że dobrze zapamiętałam to słowo. – Harpia powiedziała coś o tyfonie. Co to jest?

– Raczej kto to jest – odpowiedziała Kate z ponurym wyrazem twarzy. – Tyfon to najniebezpieczniejszy z potworów. Jeśli się wydostanie… – przerwała, by zaczerpnąć powietrza. – Nie wiem, jak moglibyśmy go pokonać. Ale harpia powiedziała, że Tyfon musi powrócić do swej prawdziwej postaci. A jego prawdziwa postać…

– Wysoki niczym góra – wtrącił Blake, unosząc do góry ramiona. – Ma sto głów, węże zamiast nóg i ogień w źrenicach… Cóż, to przerysowanie, które ma przerazić ludzi, ale zasadniczo wolelibyśmy z nim nie walczyć. Bylibyśmy bez szans.

– Może nie będziemy musieli – powiedział Chris. – Wystarczy, że zabijemy go, zanim odzyska swą prawdziwą postać.

– A gdzie jest ta jego postać? – zapytałam.

– Zeus dawno temu powalił go błyskawicą i uwięził pod górą Etną, czyli na Sycylii, we Włoszech – odpowiedziała Kate z błyskiem w oku, który zwykle pojawiał się, gdy mogła podzielić się swoją wiedzą. – Tytani chcieli uwolnić Tyfona podczas Drugiej Rebelii, bo jest najgroźniejszym z potworów, ale Zeus zamknął ich w Kerberosie, zanim zdołali do niego dotrzeć. Wtedy Zeus oddzielił duszę Tyfona od jego ciała i umieścił ją w Kerberosie, pozostawiając ciało pod górą. Przez to jest mu dwa razy trudniej uciec. – Spojrzała na swoje paznokcie i wzruszyła ramionami. – Żałuję, że nie mieliście więcej czasu, żeby porozmawiać z harpią, zanim ją zabiliście. Może podałaby nam więcej informacji…

– Albo zabiła nas pierwsza – przerwał jej Blake. – Dobrze zrobiliśmy, powstrzymując ją, gdy mogliśmy.

– Zgadza się. – Darius pokiwał głową. – Byliście bardzo dzielni. Ale wyświadczcie mi przysługę i nikomu jeszcze o tym nie opowiadajcie. Nie trzeba wzbudzać paniki, dopóki nie dowiemy się, co się dzieje. Powiem wszystkim w klasie, co będzie trzeba, gdy tylko zdobędziemy więcej informacji. Na razie bądźmy cicho.

– Ale mogliby pomóc nam walczyć. – Chris nachylił się i uderzył pięścią w otwartą dłoń. – I czy nie powinniśmy zacząć trenować jak najszybciej?

– Możemy rozpocząć oficjalne szkolenie dopiero wtedy, gdy będziemy wiedzieć, z czym mamy do czynienia – odparł Darius. – Mam nadzieję, że wkrótce się tego dowiemy i opracujemy strategię. Lecz na razie skupcie się na wytwarzaniu broni i trenowaniu swoich umiejętności.

– Według mnie to ma sens – zgodziła się Kate. – Co jeszcze możemy zrobić, by pomóc?

– Wracajcie do domów i zachowujcie się tak, jakby nic się nie zmieniło – poinstruował nas. – Pracujcie nad udoskonalaniem swych zdolności. – Zwrócił się ku mnie z poważnym wyrazem twarzy. – Nicole, Kate zapewne już ci powiedziała, że wymazałem z pamięci twojej siostry wszystko, co się stało. Nie mogliśmy ryzykować, że opowie komuś, co widziała – zwłaszcza innym ludziom.

Przypomniałam sobie, jak Becca wyglądała z nadgarstkami i kostkami przywiązanymi do krzesła, niezdolna, by się bronić. Cieszyłam się, że nic jej nie jest.

– Tak będzie najlepiej – odpowiedziałam Dariusowi. – Becca nie jest najlepsza w dotrzymywaniu tajemnic.

– Muszę jechać, żeby spotkać się ze Starszyzną w Waszyngtonie i omówić z nimi szczegóły wydarzeń. – Darius pochylił się i zamknął Księgę. – A na was pora, by wrócić do domów i odpocząć, żebyście rano wstali do szkoły. Dopóki nie wrócę, nie przebywajcie nigdzie poza szkołą i domem, czyli miejscami, które chroni zaklęcie. Wyjadę z miasta, więc będzie za mnie zastępstwo. Jestem pewien, że potraficie udawać, że wasza klasa jest absolutnie normalna.

Normalna. Przewróciłam oczami. Nic w moim życiu nie było teraz normalne.

Pożegnaliśmy się i wstaliśmy w milczeniu, bo każdy zastanawiał się nad tym, co usłyszał. Od nowych informacji aż wirowało mi w głowie.

– Może cię podwiozę? – zapytał Blake, gdy wkładałam kurtkę. Uważnie mi się przyglądał, a mnie przypomniało się nagle, jak całował mnie w jaskini, i serce zaczęło mi szybciej bić. – Umówiłem się z rodziną na późny lunch, a restauracja jest tylko przecznicę od twojego domu.

Spojrzałam na Kate, aby dowiedzieć się, co ona na to, bo w końcu to z nią tu przyjechałam. Spuściła powieki, jakby chciała mi powiedzieć, żebym zrobiła, jak chcę, więc odwróciłam się do Blake'a i powiedziałam:

– Okej. – Starałam się, by głos mi nie drżał. – Tak będzie najwygodniej.

Danielle podeszła do nas, wymachując kluczykami.

– Do zobaczenia wieczorem – rzuciła do Blake'a. Powiedziała to bardzo zdecydowanym tonem, jakby starała się opanować złość, ale nie do końca jej wychodziło. Nachyliła się i pocałowała go, i choć zareagował na to z entuzjazmem drewnianego kołka, krew i tak się we mnie zagotowała. – Zadzwoń, jak dojedziesz do domu.

– Jasne – odparł, a potem spojrzał na mnie z poczuciem winy w oczach. – Gotowa?

Poczułam gulę w gardle, więc przełknęłam ślinę, żeby się jej pozbyć.

– Tak – powiedziałam. – Dzięki za propozycję podwózki.

Starałam się zachowywać normalnie, gdy żegnałam się z Kate, i podziękowałam, że się mną zajęła, gdy odzyskiwałam siły. Wpatrywała się we mnie znacząco, żebym nie miała wątpliwości, że przemagluje mnie potem porządnie na temat moich relacji z Blakiem. A ja nigdy nie umiałam kłamać, więc będę jej musiała wszystko opowiedzieć. Miałam przynajmniej nadzieję, że dochowa tajemnicy.

Na razie ja i Blake szliśmy w milczeniu do jego range rovera. Otworzył mi drzwi, a ja się uśmiechnęłam. Gdy przechodził na stronę kierowcy, zastanawiałam się, czy wspomni o naszym pocałunku w jaskini. Najprawdopodobniej to zrobi.

A wtedy ja będę musiała mu powiedzieć, że dopóki jest z Danielle, coś takiego nigdy się już między nami nie wydarzy.

ROZDZIAŁ 41

Blake właściwie nawet na mnie nie spojrzał, gdy wyjeżdżał z podjazdu. Wierciłam się w fotelu, zerkając przez okno. Wyglądało na to, że sama będę musiała rozpocząć rozmowę.

– Czego nie mogłeś sobie wyobrazić? – zapytałam nagle.

Spojrzał na mnie z uniesionymi pytająco brwiami.

– W jaskini zacząłeś mówić, ale Danielle przerwała ci, zanim dokończyłeś – przypomniałam.

– Nie mogłem sobie wyobrazić… – powtarzając te słowa, patrzył ze skupieniem na drogę. – Gdy harpia zepchnęła cię z urwiska, nie mogłem sobie wyobrazić, co się ze mną stanie, jeśli nie przeżyjesz tego upadku. – Zacisnął dłonie na kierownicy i kontynuował: – Nie wiem, jak to wyjaśnić, ale poczułem z tobą jakąś więź już w chwili, gdy cię zobaczyłem, jak wchodzisz do klasy pierwszego dnia. Wobec Danielle nigdy czegoś takiego nie czułem. Czy ty masz tak samo? Czy ja po prostu zwariowałem? –

Popatrzył na mnie po raz pierwszy, odkąd wsiedliśmy do auta, a intensywność jego spojrzenia sprawiła, że przez moje ciało przeszła fala gorąca.

– Czuję to samo – odpowiedziałam. – Ale to, co się stało w jaskini... Nie może się powtórzyć. – Umilkłam, bo głos utkwił mi w gardle. – Bo nawet jeśli zerwiesz z Danielle, ona nadal będzie członkiem grupy. Jesteśmy całą piątką związani ze sobą bez względu na to, czy tego chcemy, czy nie. Jeśli będziemy razem, to co się stanie, jeśli Danielle tak się rozgniewa, gdy się o tym dowie, że odmówi współpracy z nami? Bez niej nie będziemy w stanie walczyć tak, jak potrzebujemy. A to narazi na niebezpieczeństwo nie tylko nas, ale i nasze rodziny. A po tym, co ta harpia zrobiła Becce, nie mogę do tego dopuścić.

Po tych słowach poczułam w sobie pustkę. Ale wiedziałam, że postąpiłam słusznie.

Tylko dlaczego wcale się tak nie czułam?

– Coś wymyślimy – powiedział, a kostki palców aż mu zbielały od ściskania kierownicy. – Moglibyśmy być razem w tajemnicy.

– Okłamywać wszystkich? – zapytałam. – I cały czas mieć poczucie, że robimy coś złego? Ja tak nie potrafię.

– Nie byłoby tak zawsze – powiedział. – Nie mów na razie nie. Przemyśl to jeszcze.

– Nie mogę – odpowiedziałam. – Zwłaszcza gdy nadal jesteś z Danielle.

– Nie zmieniłem zdania – odparł. – Nie miałem jeszcze czasu porozmawiać z Danielle i powiedzieć jej, że między nami koniec. Ale zamierzam to wkrótce zrobić. Obiecuję.

Oboje milczeliśmy przez chwilę, a gdy już miałam rzucić coś o pogodzie, żeby przerwać niezręczną ciszę, dodał:

– Powinienem od razu domyślić się, że jesteś półboginią. Niewiarygodne, że od razu się nie zorientowałem.

– Nawet Darius nie wiedział – powiedziałam. – Dlaczego ty miałbyś się zorientować, skoro nawet on na to nie wpadł?

– Nieważne. – Potrząsnął głową. – Zapomnij, że cokolwiek mówiłem.

– Nie możesz tak robić.

Uniósł brew.

– Jak?

– Zaczynasz coś mówić, a potem przerywasz. Jeśli nie chcesz czegoś powiedzieć, to nie zaczynaj. To jak ta zasada z tajemnicami, że nie wspominasz komuś o tym, że masz sekret, chyba że zamierzasz mu go zdradzić.

Roześmiał się z błyskiem w oku.

– Istnieje taka zasada?

– Tak. – Uśmiechnęłam się i skrzyżowałam ręce na piersi. – Zacząłeś mówić, że powinieneś był zorientować się, że jestem półboginią – mimo że nawet Darius tego nie wiedział. Teraz już musisz mi powiedzieć, o co ci chodziło. Doprowadzisz mnie do szału, jeśli tego nie zrobisz.

– Może chcę cię doprowadzić do szału. – Uśmiechnął się kącikiem ust.

Poczułam, że rumienią mi się policzki, i przez kilka sekund nie wiedziałam, co odpowiedzieć.

– No dalej – rzuciłam wreszcie. – Gadaj.

– Chodzi mi o to, że masz tak potężną moc – powiedział. – Tylko ja widziałem, jak pokonałaś tamtego ogara na placu zabaw. Powinienem był się zastanowić i złożyć kawałki układanki. Gdyby to Kate z tobą wtedy była, na pewno by o tym pomyślała.

– Może i tak. – Wzruszyłam ramionami. – A może nie. Ale mówisz to tak, jakbym to zrobiła tylko ja, a przecież razem walczyliśmy z tym psem. I świetnie sobie radziłeś z harpią. Nie zabilibyśmy jej, gdyby nie ty.

– Pewnie masz rację – odparł. – Jesteśmy świetną drużyną.

– Jednak nawet z naszymi nowymi umiejętnościami nadal nie wiem, jak sobie poradzimy – powiedziałam. – Mamy stawić czoło każdej złej istocie, która istnieje i która przyłączyła się do Tyfona i Tytanów podczas Drugiej Rebelii…

– A może nawet samemu Tyfonowi i Tytanom – dodał, rozciągając usta w ponurym uśmiechu.

– Lepiej, żeby Darius ze Starszyzną opracowali doskonały plan.

– Coś wymyślą – odparł. – I pamiętaj, że my mamy po swojej stronie bogów Olimpu. Jakby co, będą walczyć z nami. Muszą.

Miałam ogromną nadzieję, że się nie myli.

Gadaliśmy przez resztę drogi i wkrótce dojechaliśmy pod mój dom. Blake zatrzymał auto.

Rozpięłam pas i spojrzałam na niego, bo wcale nie miałam ochoty wysiąść.

– Dzięki, że mnie podwiozłeś – powiedziałam, zakładając włosy za ucho. Choć przed chwilą powiedziałam mu, że nic między nami nie może się wydarzyć, to serce biło mi jak nigdy i patrzyłam na niego wyczekująco, zastanawiając się, co zrobi.

Jeśli mnie pocałuje, nie będę w stanie się oprzeć.

– Jak mówiłem, to tylko przecznica od restauracji, w której się umówiłem. – Zaskoczył mnie oficjalny ton jego głosu. Siedział też jakiś taki sztywny i wyprostowany. Jakby wyrósł między nami mur. Powinnam być wdzięczna – bo tego przecież chciałam – ale czułam rozczarowanie. – Do zobaczenia jutro w szkole.

– Jasne. – Wyskoczyłam z auta, ale nie zatrzasnęłam drzwi. – I dziękuję za wszystko, co zrobiłeś w jaskini. Gdybyś nie wpadł na pomysł, żeby pozwolić mi przywołać waszą energię, nie byłabym w stanie uleczyć Kate.

– To nie było takie trudne – odpowiedział skromnie. – Po prostu nikt o tym nie mówi ze względu na ryzyko. Ale ty próbowałabyś ją uleczyć, nawet nie mając dość energii, a ja nie mogłem pozwolić ci umrzeć. Nigdy bym sobie nie wybaczył, gdyby cokolwiek ci się stało.

Po tych słowach poczułam do niego jeszcze silniejsze przyciąganie, jakby coś mnie ku niemu pchało. Chciałam cofnąć wszystko, co wcześniej powiedziałam o tym, że nie możemy być razem.

Ale gdyby Blake wiedział o tym, co zrobiłam harpii – że wykorzystałam czarną energię, żeby zabić ją samym dotykiem – to czy wciąż czułby do mnie to samo? A może by się przeraził?

Nie wiedziałam tego.

Więc choć było to trudne, pożegnałam się i weszłam do środka, nie oglądając się za siebie, gdy odjeżdżał.

ROZDZIAŁ 42

Gdy weszłam do domu, znalazłam mamę w jej atelier, gdzie kończyła malować obraz, który widziałam kilka dni temu. Nie zdziwiła się, gdy powiedziałam, że pójdę się zdrzemnąć. Pewnie założyła, że ja i Kate gadałyśmy do późna, bo to zwykle robiłam z przyjaciółkami w Georgii, gdy zostawałam u nich na noc.

Po drodze do swojego pokoju zajrzałam do Bekki. Siedziała przy komputerze i albo odrabiała pracę domową, albo wymieniała wiadomości z koleżankami – obstawiłam, że raczej to drugie. Zwinęła włosy w niedbały kok na karku i miała na sobie czerwoną bluzę z gimnazjum w Georgii. Pod jej zwykle błyszczącymi oczami widać było głębokie cienie. Nigdy nie widziałam jej tak zmęczonej. Darius wymazał jej pamięć, ale może jednak zapamiętała coś z wczorajszego dnia?

Musiała mnie usłyszeć, bo obróciła się w fotelu i posłała mi krzywy uśmiech.

– Dobrze się bawiłaś w weekend? – zapytała, unosząc znacząco brwi. – Szczególnie w piątkowy wieczór?

Omal nie zapytałam jej, co się działo w piątkowy wieczór, ale przypomniałam sobie – w tamtą noc wymknęłam się do Blake'a. Tyle się wydarzyło od tamtej pory, że zupełnie zapomniałam, że to było zaledwie dwa dni temu.

Sądząc po tym, jak spokojna była Becca, domyśliłam się, że Dariusowi udała się sztuczka z pamięcią. Moja siostra najwidoczniej nie pamiętała porwania przez harpię ani żadnego zdarzenia z jaskini. Była bezpieczna. Miałam ochotę podbiec do niej i ją uściskać, ale powstrzymałam się. Darius powiedział przecież, żeby zachowywać się normalnie, a to nie byłoby z mojej strony normalne zachowanie.

– Aż za dobrze. – Przewróciłam oczami, udając sarkazm. – Dzięki, że pytasz. I dzięki, że mnie kryłaś.

– To może powiesz mi, z kim się spotkałaś, to będziemy kwita?

– To nie ma znaczenia – mruknęłam. – Bo nic się między nami nie wydarzyło. To było jednorazowe wyjście.

– A więc to był chłopak! – Uśmiechnęła się triumfalnie. I wtedy rozległ się dźwięk przychodzącej wiadomości w jej komputerze. Przeczytała ją i natychmiast wystukała odpowiedź. Ktoś, z kim rozmawiała, odwrócił jej uwagę.

Ucieszyłam się, że rozmowa dobiegła końca, poszłam do swojego pokoju i rzuciłam się na łóżko. Jednak świecące przez okno słońce nie pozwalało mi zasnąć, więc zmusiłam się, by wstać i opuścić żaluzje.

Znieruchomiałam na widok małego drewnianego pudełka na parapecie na zewnątrz. Na pewno go tutaj wczoraj nie było. Otworzyłam okno i zabrałam je. Idealnie mieściło się w mojej dłoni, a złoty zamek z łatwością się poddał.

Wewnątrz umieszczono delikatny złoty wisiorek w kształcie słońca zawieszony na łańcuszku. Przypominał mi zawieszkę, którą Blake zrobił dla mnie na ceramice, tylko że ten był o wiele gładszy i ładniej wykonany.

Zamknęłam okno, położyłam pudełko na łóżku i wyjęłam naszyjnik. Słoneczny wisiorek jakby leciutko brzęczał na mojej skórze i lśnił swoim własnym światłem. Był jak magia.

Obróciłam go w dłoni i dostrzegłam wygrawerowaną z tyłu literę: eleganckie „A" wyryte w metalu. Przesunęłam opuszką palca po literce, chłonąc jej znaczenie.

Może pomysł Dariusa, że to Apollo jest moim ojcem, nie był wcale taki szalony…

O Autorce

Michelle Madow jest autorką powieści dla młodzieży o tak wartkiej akcji, że niezwykle trudno się od nich oderwać.

Dorastała w stanie Maryland, a obecnie mieszka na Florydzie, gdzie pisze książki z gatunku *young adult*. Uwielbia czytać, zwiedzać świat, jeść pizzę, odbywać podróże w czasie, oglądać musicale na Broadwayu i spędzać czas z rodziną i przyjaciółmi. Przejechała całe Stany, od Florydy po Kalifornię i z powrotem, by promować swoje książki i zachęcać uczniów liceów do czytania i pisania. Ma nadzieję, że pewnego dnia wyruszy w roczną podróż statkiem wycieczkowym dookoła świata.

Najnowsze informacje w języku angielskim, fragmenty książek i bonusy znajdziecie na pod adresem: michellemadow.com oraz na jej profilu na Facebooku i Twitterze.